独行天下

旅行文学系列

90 YUAN

ZOU ZHONGGUO

90元走中国

2

陈超波／著

测绘出版社

图书在版编目（CIP）数据

90元走中国. 2/陈超波著. —北京：测绘出版社，2015.1
ISBN 978-7-5030-3598-2

Ⅰ. ①9… Ⅱ. ①陈… Ⅲ. ①纪实文学－中国－当代 Ⅳ. ①I25

中国版本图书馆CIP数据核字（2014）第275637号

策　　划：赵　强
责任编辑：赵　强
执行编辑：徐以达
责任印制：陈　超
美术设计：锋尚设计

出版发行	测绘出版社	**电　　话**	010-83543956（发行部）
地　　址	北京市西城区三里河路50号		010-68531609（门市部）
邮政编码	100045		010-68531363（编辑部）
电子信箱	smp@sinomaps.com	**网　　址**	www.chinasmp.com
印　　刷	北京新华印刷有限公司	**经　　销**	各地新华书店
成品规格	170mm×230mm	**印　　张**	17
字　　数	200千字	**版　　次**	2015年1月第1版
印　　次	2015年1月第1次印刷	**定　　价**	42.00元

书　　号　ISBN 978-7-5030-3598-2
本书如有印装质量问题，请与我社门市部联系调换。

目录
CONTENTS

代序一

万水千山行

和超波的缘分始于微博。两年多前，循着一位叫“潇湘仙浪”的博友的评论线索，我开始关注并逐渐了解了90元走中国的陈超波。

超波是一个怀揣着梦想并执着于实践的90后男青年。近两年，我所教授的旅游管理专业的大学生们都是90后了。每当新学期开课之时，我给学生们列出的专业必读参考文献中，有三个人的微博和博客网址，一位是著名旅游学者、中国旅游研究院的戴斌院长，下一位是著名旅游专家、社会学者、中国旅游报首席评论员刘思敏博士，而另一位就是陈超波。我对学生们说：戴斌代表着中国旅游的宏观研究与政策，刘思敏代表着旅游哲学的探索与对中国旅游的深刻观察，陈超波则不但代表着一种旅游的信念，还代表着新生代的一种精神。他表现出来的对自然的崇拜、对梦想的追求以及面对苦难显示出的坚强精神，是当下这个浮躁的社会中年轻人所匮乏的。

超波是一个乐于分享自己的精神世界的90后男青年。在行走中国的同时，他会在微博里留下旅程中的感人片段、动人美景等等重要信息。许多人和我一样，在了解到超波超越自我的可贵精神的同时，都为他在艰难险阻中依然能热爱自然、尊重生命，并展现人性光辉的故事所感动着。

记得2012年2月12日夜里，我从微博上得知，超波当晚露宿在东北荒野雪地里的一辆废弃面包车里，不禁为他的安全担心。但他却淡然道：“星空下、雪地中、弃车里，一个人静静地回味着今天的感动……”感慨之下，我赋诗道：

星空罩雪野，弃车宿旅人。

莫道天寒彻，豪情暖心身。

文字的表达源自一个人经历中的内心感触，有了这些经历感触，即使是用最朴素的文字表达出来的感悟，也能成为鼓舞自己和他人的精神推力。超波的前作《90元走中国》出版以后，好评如潮。如今，《90元走中国2》又即将出版。正如超波所说："《90元走中国》是一部心灵的成长之旅，《90元走中国2》则是一场灵魂的探险之旅！"在即将出版的这本书中，超波旅行的视野，已经从对自然风光、人文古迹的感悟，深入到了对环境保护、特殊职业群体的状况、民族间的平等信赖等社会现实问题的关注中。

超波作为一个旅行者，是不易的。旅行者要有激情、韧性，还要有强大的内心世界以抵御在旅程中所要面对的种种孤寂。在读过超波行走在千山万水间的故事后，很多人在无限感慨的同时，都会和我一样想对超波说：人生旅程，顺利也好，挫折也罢，你都不会孤单，因为我们会一直关注着你人生旅途中的印迹。

一位兼书法家、诗人于一身的老者曾赠给酷爱旅游的我一句诗："英，三尺讲台育苗辛。霞客路，万水千山行。"但我觉得"霞客路，万水千山行"这一句送给"90元走中国"的陈超波才是最恰当不过的。

——《思念的经幡》作者、上海师范大学旅游学院教师 刘民英（小湖）

2014年6月26日于上海

代序二

最真实的行走

每次读到超波的文字，都会觉得眼角湿湿的，他总会让我有再度翻看自己最初梦想的勇气。曾经、现在以及将来，行走亦是我追求，但行走的计划又往往由于世俗的羁绊被无奈地束之高阁。每当我觉得需要通过旅行让身心再度充电的时候，超波在路上的故事就会给我足够的力量去“Support”这个想法，于是我带上了灵魂和相机，去享受“在行走”的快乐。

这本书里诉说的故事，已经不是单纯意义上的游记，而更像是一种心灵的升华。超波在书中提到：“也许是因为在路上遇到的好人太多（或者甚至可以说‘我遇到的全都是好人’），唯一遇到的一次‘抢劫’，最后还跟对方成了朋友，在一起喝酒。久而久之，我对社会产生了一种信任感，有了一种觉得‘天下无贼’的感觉。”这种对社会的信任感正是现今最可贵的信仰，那种渴望互相信任、相互交心的期望，每每在此书的文字中自然流露——他的自行车在城市里从不上锁；为减去游玩时的负重，他的背包也常常随手在公园的长凳上搁置，直到晚上才寻回。虽然这样无数人会问：丢了怎么办？丢了怎么办？陈超波向世界展现了一个纯粹的、不设防的自我，正是这样完全对社会信任的态度，让他也同样在不同的地方收获了各种各样的真心对待。我不敢期望看完了此书，所有人马上都对社会有了绝对的信任感，但我将和超波一起坚信世间应当如此，因为唯有如此，我们的社会才有希望，我们的行走才能真正的随心随性。

随心所欲地行走，是很多人永远没有办法实现的梦想，这个梦想连说出来都很奢侈，但这本书常常能让我感到温暖，从而获得前进的动力。他让我想到一句话：“我之所以这么努力，是不想在年华老去之后鄙视我自己。”活得充实比活得成功更重要，而这正是努力活着的意义。

没有谁愿意，让一生在现实的碌碌无为中度过，可是往往事与愿违，很多人都无法甩开世俗的羁绊，因为工作、因为父母、因为家庭、因为孩子……如此种种，都让我们无法迈开第一步。如果你认识了超波，你就会知道，其实一切并没有那么复杂，旅行，只需要一颗安静的心和不停的脚步。我心目中真正的旅行，应当是像超波一样，让灵魂和身体一同漂泊，只有这样，我们才能有机会从繁杂的世事中解脱出来，触摸到自己内心的深处，并一同寻回了翻看自己最初梦想的勇气。

——腾讯微博名人、独立旅行者 谢坚深

2014年6月29日

自序

走向理想

2013年9月中旬，我虽已回到出发地东莞，但不知是因为惯性还是因为错觉，我的意识似乎还沉浸在漂泊之中——总觉得自己还在路上。

在微博上突然看到广东省东莞市石排镇政府的官方微博接连发了两条微博，一条是2011年5月我出发时《南方都市报》对我的采访，一条是近日同家媒体对我归来的新闻报道。我感到十分有趣，一条是开始，一条是结束，如此简单。

在路上，我曾设想过许多种回到东莞时的场面，或许我会在万众瞩目中轰轰烈烈地出现在终点，但当我越走越远、感悟越来越深、不断反省时，我发现那不是我的初衷，也不是我想要的，一切都是虚荣心在作祟，毫无意义。尽管我的心态可以说已经摆得极正，可当我看到政府这两条微博，与众多朋友、网友好奇地询问我关于这场旅行的看法时，我意识到，我有必要将所遇到的与所想到的都表达出来，告诉人们这些年我到底经历过什么、一路上又到底发生过什么。让大家知道我行走中国亲历过的酸甜苦辣、体验到的各种各样的生活态度，以及我见识到不同的人们那各不相同的价值观。也许，只有我将它汇成了一本书，分享出我的故事，我的这段走遍中国的旅程才算是真正结束了，才更接近完美。

2010年，因为一个偶然，我记起了孩提时想做一个旅行家的梦想。不久后，我便辞掉了在深圳的工作，开始了我人生的第一次远行——独自前往中国最西的城市新疆喀什。旅途中，我在大西北的许多地方留下了足迹。

行走至西藏林芝境内时，我失足跌落悬崖，昏迷了过去。幸运地被藏族牧

民所救，经历生死后，我顿悟了许多，思维豁然开朗，更加珍惜生命、珍惜时间，决定这一生只为梦想而活着。

2011年5月13日，我携带身上仅有的90元钱背上背包离开了广东省东莞市石排镇，开始行走中国。以徒步旅行、搭顺风车、骑自行车的环保行走方式前进，以打零工、摆地摊等方式筹集并不多的旅行经费。从起初的广东、江西、福建几省，一直到后来的华东、华中、华北、东北、西北、西南、东南等等地区，前后辗转了两年半时间，最终于2013年9月3日走回了出发地石排镇。

2012年夏季，测绘出版社文化生活分社从我2010年到2012年间的部分旅行经历中精选出了许多感人肺腑的故事加以编辑整理，出版了《90元走中国》一书，社会反响非常好。

现在，承接前作，我与测绘出版社再次合作，将我2012年7月到2013年9月间经历的难忘故事奉献给大家，给我的“90元走中国”的旅程画上一个圆满的句号，这就是这部《90元走中国2》。

《90元走中国》是一部心灵的成长之旅，《90元走中国2》则是一场灵魂的探险之旅！因为这部书里有我“挑战火车的速度”的疯狂，有我徒步穿越荒无人烟、与世隔绝的柴达木沙漠的勇气，有我探访罗布泊、深入昆仑山脉、在新藏线上的“被失踪”、远赴边陲小镇墨脱等等的冒险经历。还有在青海、新疆、宁夏、西藏等地与当地少数民族同胞在文化思维、历史认识上碰撞出的火花。

在我走遍中国的这两年半里，我经历过许许多多出发前未曾想过的事情，有凌晨时绝望的泪水，有万众瞩目的光环，有生死之间的平静祥和，也有走出无人区时九死一生的兴奋，但不管遇到了什么考验与挑战，总有一句话会在我的脑海浮现："天无绝人之路。"当我回到东莞，发现世界并没有什么不同，确切地说，外部世界并没有因为我走完了中国而有一点点不同。但我深深地知道，在我的内心世界中，出发前那一个青涩的男孩，此刻已成为了一个自信的行者。

——陈超波

2014年5月10日

第1章
寻找
汉墓

“1943年春，日本学者水野清一与助手在阳高县古城村发掘了三冢汉代文物。”我看到资料上这条信息，顿时心潮澎湃，脑海中已开始联想到电视中一些古墓探秘的节目，我对未知或有趣的事情总会充满好奇心。于是，从网上、书上收集了很多关于古城村的信息。从中我了解到，古城镇的古墓现有58冢，墓冢封土高3—10米，周长90—100米，在许家窑和单家窑一带最为集中，这么高大且集中的古墓群该有多么壮观呢？而且，许家窑还有一处十万年前的石器遗址。越想就越向往那里，我决定前去探个究竟，正好我原来设计的旅行路线就有山西大同，而阳高县古城村离大同不远。山西东部与河北交界，我从北京出发稍微一绕道就可以到达这个神秘的地方。

2012年7月10日，头夜的一场阵雨让我睡得不太安稳，但也带来了今天的蓝天白云。我骑着一辆国产的变速车从河北进入山西地界之后，沿着一条省道南下前往古城村。这辆自行车是上个月在辽宁阜新时，几个朋友在我离开前偷偷买了送给我的，我骑着它到了北京。在北京的半个月时间里，我与朋友整理了《90元走中国》一书，然后又继续一路向西。起初我以为这辆几百元的国产车肯定会在途中突然挂掉，但没想到这辆车后来带我走了3000多公里直到青海，最后因为要徒步穿越柴达木沙漠才不得不将它舍弃，但是后来这辆车几经辗转又回到了我的手中，现在就放在我的老家。

沿着S201公路到达赵家沟乡，再沿一条狭窄的小道西行，一路上散发着浓烈的历史气息的村寨建筑不断给我带来视觉冲击，令我兴奋不已。建在沟谷中全由窑洞组成的村庄、随处可见的烽火台遗址，还有原始的耕作方式，这一切都让我反问自己是否已回到过去，要不是一些黑色的电线杆，我想自己简直已经穿越回古代了。回想起在天镇县看到的慈云寺，那里古色古香的精美木雕艺术以及因贫困而造成的原始，让我情不自禁地感伤。

我总是被神奇的大自然和浓厚的文化所震撼，总是想去触碰一片自己没有涉足的未知，了解每一个盲区，探索、观察、发现，旅行许久之后，经历了从2011年5月13日东莞出发到现在这一年里很多很多顿悟之后，我已经不再像当初那样去问世界：“我是谁？”而是转向大自然、转向未知去问：“你是谁？”

下午3点，眼看着快要到古城村了，天色突然暗了下来。抬头一望，几

山西阳高县的窑洞

阳高县古城村

朵黑云遮住了太阳，从身后向我追赶过来，黄土高原上和内蒙的草原一样空气洁净，视线可以望到很远很远。冰凉的雨点打在手上，霎时间狂风大作，路上的村民抓紧了速度赶着毛驴回家，我也使劲蹬着自行车与黑云赛跑，风越来越大，雨点也越来越密，一阵阵狂风卷起地上的沙子和着树叶抛向空中，狂风暴雨说来就来，这鬼天气！

过了一会儿，雷声轰隆隆地震动着大地，眨眼间，暴雨倾盆而下。雨终于来了，但我也在此时到了古城村，找了个屋檐躲了起来。这是村口的一家商店，几个没来得及回家的农民扛着锄头和我一块同在屋檐下避雨。有的农民衣服淋湿了，但脸上并没有露出不悦，而是用方言笑容满面地同其他人谈论着什么。是啊，阳高这边常年干旱少雨，而这里没有工业，经济全靠农业，靠天吃饭，突然下这么一场暴雨，谁能不高兴呢？雨水迅速汇集成水流，冲刷着新鲜的泥土，空气也变得清新极了，我也一扫刚才暴雨带来的烦恼，心情好了起来。

突然发现他们都在朝着我打量、小声地嘟囔着，我转过头对他们微微一笑，他们见我发现了不好意思地点了一下头，其中一个大叔看我比较面善就顺口问：“小伙子哪里人呀？到这儿来做什么生意呀？”我想他一定是以为我那辆红色自行车后座驮着的巨大背包里装的满是货物吧，当他们得知我的旅行计划并已绕了大半个中国后，都连声赞叹：“小伙子好样的！”屋檐下的气氛变得活跃起来，我也顺口跟他们打听古墓的情况。一听我找古墓，有

阳高县古城村

的村民就哈哈大笑起来说："别找了，墓早就被盗完了！"难道他们把我当成盗墓贼了吗？我忙解释自己只是想去游览，并没有什么非分之想。当我从他们那里打听到墓的大概位置时，雨停了，天空中的黑云走了，露出了灿烂的阳光，农民们也都散了各回各家。时间已经5点多了，暴雨淋湿了地上的树枝让我无法用它们来生火做饭，所以我就近找了个面馆吃了碗刀削面，然后前往农民所指的方向。这个古城村果然名副其实，建筑几乎全是土墙房屋和窑洞，大部分窑洞已经废弃了，里面布满蜘蛛网。这个古城村是镇的级别，街上有一些砖房建筑，其他全为土制，有的窑洞还是两层的。

顺着那个村民所指的方向，我找了很久，除了几个土堆外什么也没有，我开始有些失望，难道村民在骗我或者是古墓早已被盗掘过，大多都已损坏了吗？但就算已损坏也能看到一些痕迹吧，我决定往古墓最集中的许家窑村去，现在失望还太早。打听了一下许家窑的大概方向后，就马上骑着车沿着一条土路前行，大雨过后的土路泥泞不堪，有的低洼处还积了水，别说骑车过去了，推车过去都很难。废了老大的劲才越过了一个个"陷阱"，搞了一身泥。忽然间路中间黄土里面半掩着的一块青色的石碑吸引了我的目光，我扒开一些土一看，原来是个墓碑，碑文的边上刻着的"光绪"字样清晰可见。这是一块能证明过去的文物呀，为何没人将它放在一个不会被风吹雨淋

的地方呢？当然，我是不可能将它带走的，只是拍了张照片便离开了。

过了几条沟壑后，地面平整了很多，推着车走了三公里后，看到了几个巨大的土堆，一个、两个、三个……我开始数着，没错！那些就是汉墓，我放下车，马上跑了过去，爬上了一个高大的墓，站在墓顶。看着远处，一个个巨大的土堆散落在广袤平坦的、刚刚长出新苗的玉米地之间，像海洋中一个个小岛般美丽。所有的墓都有被挖过的痕迹，有的被掏去了一半，有的则全被挖平种上了玉米，那些玉米苗壮地成长着。这些墓的主人不是达官显贵，所以没有得到社会应有的重视。同时也因地处偏远，当地人缺乏保护意识，这些本可以让这里增加一笔巨大收入的旅游资源、历史遗迹，永远地沉睡，逐渐被遗忘，不再为人所知。

天边的夕阳正一点一点降落下去，染红了朵朵云彩，照射在一段被挖去半壁的墓壁上，呈现出令人窒息的沧桑昏黄。山西是华夏文明的发源地之一，在这片古老的土地上留下了太多古老的故事和遗迹。也许就是因为太多，以至当地人并没有如珍宝般珍惜，如果这些墓是在广州或上海，那当地人又会如何对待呢？对此我感到十分痛心。

时过境迁，这些古墓未来终将如何，谁也不知道。但是能确定的是如果人们不对它们作出保护，停止破坏，那这些古墓会越变越矮，最后消失，成为铺路的土、庄稼地，在广阔的原野上再也找不出它们的身影。对人为的破坏我感到既愤怒又惋惜，有些事情真是无奈。8点半，夜幕完全降临，我在观察了几个墓的现状后，在其中两个墓的中间搭起了帐篷，几只萤火虫在帐篷边飞来飞去，与遥远夜空中的点点繁星同时闪烁着。

黄昏时我在古城村看到的其中一座被挖去一半的汉墓

第2章

托克托
雨夜

2012年7月20日清晨，在呼和浩特停留两天后，我出发前往包头。途中我忽然发现手机和移动电源竟然都已经没电了，无法看导航，只好看着地图册，朝大致方向骑去，灰尘和废气在城市郊区的公路上飘荡，尽显荒凉。如此骑了两个小时后，我感觉不太对劲，去包头的路是条国道，路上车辆应该很多才对，但这条公路上的车流好像并不大。直到我注意到路边的里程碑上写着S103，才知道走错路了。这是一条到托克托县的省道，若再返回去走国道前往包头的话，那又要花上两个小时，况且我对工业城市从来都不感兴趣。考虑了一会儿，我决定将错就错，前往托克托县，再去鄂尔多斯，放弃包头之行吧，没想到这个决定带给了我一个痛苦的夜晚。

省道的两旁生长着茂盛的枸杞树，累累果实像红宝石般缀满了树藤。真是奇怪，竟然还会有人把枸杞树用作公路防护林。我摘下一个尝了尝，真甜！西北的枸杞含糖量高，营养价值丰富，是不错的补品，但眼前的枸杞绝

黄昏时的托克托县双坐城镇

大部分被来往的运煤车熏成了黑的。看来是无人管理的，我边走边摘，走走停停。快到傍晚时到达了一个村庄，一看地图我竟然才前进了十多公里。正好村口有个汽车修理厂，我去打听了一下，得知这里是永圣域镇，属于托克托县。老板很热心，允许我把手机放在这里充一会儿电，还让我把水瓶里灌满水。我想先去找个地方做晚饭，吃完后再回来取手机。

村庄看起来不大，都是低矮的砖房，村庄周围是荒芜的草地，我找了个低凹处把炊具从背包里取出，找来搭灶的砖头和起火的树枝，点火做了面条。折腾了半个小时，当我正在吃面时，看到一些男男女女手里拿着长木条赶着羊往村内缓缓走去。说他们是牧民但又不太像，羊太少了，有的赶着三五只，有的十几只，大概是半农半牧的人吧。虽然是一起赶回来的，但每家的羊都分得很开，容易区别。当他们从我身旁走过时，我已经开始搭帐篷了，他们用奇怪的眼神看着我并小声讨论着。人们看到自己熟识的生活环境中突然出现了一个造型奇特的人，并且还有可能在此住下来，感到奇怪也很正常。

天空渐渐黑了下来，空气异常闷热，蚊子嗡嗡作响，令我更加烦躁，难以静心。过了不知多久，开始有凉风吹来，舒服多了，蚊子的叫声也消失了，睡意袭来，不一会儿就睡着了。

忽然间，"唰，唰，唰"的声音传来，我被惊醒，条件反射地坐起来查看情况，帐篷被风压得很低很低，玻璃杆仿佛即将被折断，我想应该没事的，刮风而已嘛，又继续睡下。就在又将睡着时，"嗒，嗒，嗒"的声音令我害怕起来，仔细一听，该死，下雨了！雨点伴随着电闪雷鸣密密麻麻地打来，看来不撤走是不行了，我马上起来收拾好睡袋，这时雨点打在帐篷上的声音越来越大，越来越快。我陷入了焦急状态，睡意全散。必须要尽快找个避雨处，否则今晚就没觉睡了，我这样想。

我匆匆地把睡袋等东西塞进背包，背着它手拿防潮垫一溜烟地跑到来时的路上看到的一个铁路桥底下，放下后又急忙冒着雨回来收帐篷，因为没定地钉，帐篷已被狂风吹到了几米远的杨树下，抱着拆完的帐篷推着车又回到了桥下，这下不会被淋到了，终于可以歇口气。不远处的村庄漆黑一片，如

果不是白天已经看到，否则现在根本看不出那里有人居住。一看时间已经12点多了，想必人们都已经睡着，桥洞外的风雨声仍在怒吼，我感觉自己就像身处荒野，十分无助。这个桥洞是进出村的一条通道，随时都可能有车或人经过，自然是不能在此住。

我打着雨伞和手电四处去寻找能避雨搭帐篷的地方，走了一会儿，看到铁路旁边有个低矮的土坯房，我正要从一个比我还要矮一头的门进去时，突然看到一个白色的东西从我脚边蹿了过去，吓了我一大跳。那个东西跑了一会儿，回头看我有没有追赶，然后钻进了草丛。原来是一只白色的大猫，口里还叼着一只小猫咪，这场景令我有些动容，我为自己把恰好在此避雨的母子俩给吓跑了而感到抱歉。

这是一个不到4平方米大，高不过1.5米的废弃羊圈。屋檐上几只蜘蛛正趴在蛛网上静候猎物。地上看起来比较干燥，显然已经很久没用了，这里倒是可以将就一晚。但空间太小帐篷无法支开，如果直接把防潮垫铺在地上，它会被那些小虫子和干羊粪弄脏的。我灵机一动，准备把房屋旁过膝盖的杂草拔出来，先在地上铺一层然后再用帐篷平铺，之后再放上防潮垫和睡袋。半小时后，新家弄好了，没想到杂草铺在下面不仅舒服，而且浓浓的草香掩盖了其他异味，不会感觉到羊圈的沉闷。门外，雨仍然下个不停，但这下可以睡个安稳觉了。

睡梦中我感觉有什么冰凉的东西打在我的脸上。我睁开沉重的眼睛，门外暴雨击打地面与狂风摇晃草丛的声音令我沮丧不已。本以为北方的雨是下不大的，更何况这是大西北呀，可看雨势今晚是不会停了。我摸了摸枕头旁的

永登城镇的旅店院内

手机，睡觉前我就把它从修理厂拿回来了，一看时间才凌晨三点多，一阵寒意袭遍全身。我慢慢坐起来，用手电四处照了照，发现不妙。天呐！睡袋竟已湿了大半，并且沾上了脏兮兮的泥土。哪儿来的泥土啊？往头顶上看，一排排屋顶上的房梁下欲滴的大水珠，在我手电光的照射下晶莹剔透，但也略带灰色。原来房顶是用泥土与树枝混在一起铺成的，历经风吹雨淋，时间久了本来就已不牢固，出现了缝隙，再加上今晚这场连绵暴雨的摧残，被打湿的泥土便随着雨水从屋顶的缝隙中滴落下来，让我的睡袋成了这副惨状，仿佛一个落魄乞丐的肮脏蒲团，真真是“屋漏偏逢连夜雨”！

我必须离开这里，先不说小破屋随时有被暴风雨压垮的可能，就是一整晚躺在潮湿的地方也肯定会生病的。我草草收拾了一下，把背包等行李放在了墙角，并且用雨衣将它盖住，我打着伞空手跑回了桥洞下，刚想蹲下来休息一下，才发现被凉风从两边斜吹进来的冰雨已侵占了本来就不大的桥洞。我无奈地往中间挪了挪，还有两个小时就会天亮，也不必再找住处了，就在这儿等候天明吧。此时除了风雨声和我的呼吸声外，就听不到别的声音了。这份宁静使那因刚才急忙撤离而走开的疲惫又迅速跑了回来，它使我感到眼皮异常沉重。我靠着洞壁睡着了，尽管饥寒交迫……

忽然间，一辆拖拉机的发动机声将我从睡梦中吵醒，一束耀眼的光芒让我感觉到眼睛一阵刺痛。天亮了！狂风与暴雨没有了，天空中只剩下毛毛细雨，看来雨也下累了吧？一个大叔开着拖拉机从村里出来，我忙站到旁边给他让路。待他过去后，我打算到昨晚找到的那个羊圈看看我的行李。正准备离开时，我打了一个大大的喷嚏，接着又上来几个，难道感冒了？我这么棒的身体也会感冒吗？自从东莞出发后我可从未感冒过呀！正想着就已走到了那个小破屋，掀开墙角用来盖行李的雨衣，发现情况真是狼狈呀，湿透的睡袋和背包裹满泥巴，看来今天是没办法出发了，行李必须要清洗一遍，而且疲惫的身体是走不远的，倒不如一切处理妥当后，再以好的状态上路。我拿定主意便开始往村内走，打算把行李和自行车先放在这儿，一会儿找到住处后再来拿，不然提着一大堆东西到处走很不方便。

走近村庄时，一阵悦耳的歌声传了过来，我循声过去，一栋高耸的建筑

竖立在村庄的中央，十分显眼。我看到它的顶端有个端正的十字架，很明显这是座基督教堂。我在东北时也见过不少教堂，只是从未进去过。我虽不是基督徒，但这次却有了种想进去看看的冲动。我快速走到了门口，几个老妇人也打着伞从另一边走来，对我微笑了一下然后一起走进了教堂。

教堂里面很漂亮，墙壁上有美丽的图案，堂上大大的十字架立在正中间，已经有好几个老人家坐在教堂的一排凳子上，每排桌子上都放着一些书本。我找了个座位坐下，翻开其中一本，发现里面是一些宗教歌曲的词曲。和我一起进来的老妇人很熟练地坐下并翻开桌子上的书本并小声吟唱了起来。她们注意到了我，但只是看了一眼，然后又继续忙自己的事儿，没跟我说什么。我尴尬地坐在那儿故作深沉地观察她们，不敢发出一点什么声响，生怕惊扰到她们。过了一会儿，一个穿着长袍的牧师出来了，接着他开始指引她们祈祷。我安静地观看了她们祈祷的整个过程，直到结束我才如释重负地离开，并继续给自己寻找住处。

来到了镇中心，那里只有几家店铺，街道上连个人影都没有。向一个商店里正闲着的老板打听这个镇是否有旅店，老板说只有一个，就在前面。我往前走了会儿，果然看到一个门口写着旅店字样的小店，铁皮门紧闭。敲了一会儿无人应答，我正想找个人问问情况，发现远处有个穿着蓝色短袖衫的高瘦男子向我走来，看见他我也迎了上去。没等我开口，他就笑眯眯地问我是否要住宿。见他和蔼可亲，我对刚才无人应答的疑惑一扫而空，便跟他聊了起来，他答应以15元一张床的价钱让我住。带我到了院子后面的房间，嘱咐了一些事情后就离开给我提热水去了。我也到那个小破屋把行李和自行车推了回来。此时雨也停了，云开雾散，天空明亮了很多。

我把行李拿回来后，就开始在院子里做全面清洗工作，边洗边和给我送热水的老板闲聊起来。原来老板的爷爷是从山西吕梁走西口过来的，他们这儿平均每户大概有四五十亩地，但很多都荒着没人种。因为附近有煤矿，很多人都去那儿打工，每天200元工钱，比种地划算。这也难怪一路上会看到那么多的荒地。忙了一小时后，睡袋、帐篷、防潮垫以及衣服等该洗的都洗完了。我从中享受到了劳动的乐趣。

托克托县的公路

清洗完毕后，把它们在宽阔的院子里晾了起来，然后去商店买来方便面，用开水泡上当作早餐。旅店非常安静，也许是太过偏僻，除我之外并没有别的客人，看时间还早，才9点多，再补个觉吧，昨晚的睡眠时间太少，长期缺觉等于慢性自杀。

这是个有四张床的多人间，床是中学宿舍里那种一躺下便会“吱吱”作响的铁架床，房间不大，活动空间只有床与床之间狭窄的过道，我在最里面的一张床上躺下，想起昨晚因找不到合适的避雨处而折腾了一夜，而现在躺在一张真正的床上，颇感幸福，感觉是那么真实、那么踏实。不禁又想起在广东时自己对朋友说过的那些欲望：“想做一个成功者，想挣很多很多钱，买名车、豪宅，让身边的人都敬仰自己。”那些想法让我成了一个用他人的眼光制定自己成功标准的人，现在想想，那是多么幼稚。其实生活并不需要这些无谓的“执着”，就算有一天做到了别人眼中的成功，那又怎样呢？归根结底只不过是替他人完成了他人想做到的事情而已。只有做真实的自己，过自己想要的生活，才会拥有从内到外的幸福和快乐！

醒来时，已经是中午1点多了，院子里的几棵杨树高大挺拔。种在庄稼地里的番茄、青椒等作物硕果累累。天空中蓝天白云，非常美丽，就像《还珠格格》中的紫薇在失明后突然复明时看到的景色一样。好美的小四合院，好美的阳光。此时回忆昨晚，仿佛已事隔多年，但记忆又是那么的清晰，那么的深刻。

第3章
离开
煤窑

艰苦的日子里，我变得更加坚强，并不总去奢望他人的救助，也不乞求好运降临。生存环境越艰苦，越能磨炼意志，增加处世智慧，提高做人的能力。这就是为何我谢绝了一个个想要赞助我的企业而依然坚持以自己的方式独立旅行。

从内蒙古自治区进入陕北后，视野里的黄土逐渐代替了黄沙，不见了一望无际的荒漠，但多了纵横的沟壑。而且有一样东西始终没少，反而更多了，那就是煤。过了神木县来到了府谷县地界，更是车水马龙，往来的大多是运煤车。这一段路让我的自行车严重受损，从运煤车车轮上掉落下来接着被吹到路边的钢丝一次次扎破我的车轮。以往也常有车胎被扎的情况，但今天却出乎意料地被扎了六次。破了六次，补了六次，真叫我苦不堪言。这一天是2012年7月28日。

在府谷县西北部一个叫张明沟的村庄附近，我从公路旁的一条崎岖小路爬上了路边高处的一处平坦的台地。这看起来像个采石场，也许是矿已采完，所以被废弃了。地上低凹处的土地有些潮湿，看来昨天这里刚下过雨。但就这个地区来说，此处已经是还算不错的露营地了，望着漆黑的公路两旁长着灌木丛的土山，我决定就在这儿将就下吧。

天边的落日余晖与我烧水的黑锅上垂直升起的一缕炊烟惺惺相惜，更显出几分寂寥。不一会儿水便开了，我正要往里面放面条时，听到一阵摩托车的声音从山脚下传来。一会儿，两个穿着黑色短袖的高大中年男人朝我走来，一胖一瘦，都戴着墨镜，他们走到我身旁，那个瘦子抬起右手指着我劈头盖脸地问：“你干吗的？在这干吗？”看他们这个架势不像是什么好人，但我没有害怕，因为刚才看到他们第一眼时，我就想到了一句话：“大晚上的还戴墨镜，是想学黑社会分子装酷吗？”想到这儿我差点笑出了声。此刻太阳早已下山，天空已经暗下来。他们现在戴墨镜若不是在装腔作势，那便是心虚，不敢让我看清他们的真面目。为了不惹上麻烦我仍然得应付一下他们，我笑着站起来说：“这位大哥好啊，我是旅行的，今晚准备在这里搭帐篷住。”

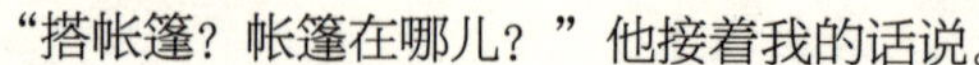
“搭帐篷？帐篷在哪儿？”他接着我的话说。

黄土高原上的小煤站

府谷县张明沟村

“当然，在这儿。”我从背包里拿出来给他看。

他瞄了我一眼就开始打量起我的行李来，难道是担心我这个外来人会对他们产生不利吗？为了免除他们的忧虑，我继续向他们讲解我的旅行计划，告诉他们我为何会来到这里等等事情，待我说完他们已经转来转去踱了好几圈了。胖子大手一挥凶狠地说：“我不管你是干什么的，这里很危险，你赶紧走吧！”说完两手交叉在胸前。

“很危险？什么危险呀？这里虽然是在山腰上，但山并不高，而且还长满了绿树，现在又没有下雨，应该不会出现山体滑坡什么的自然灾害吧，不知大哥说的危险是什么呢？”我笑着问道。瘦子不悦地指着西边说：“这附近几个煤矿都已经停工好几个月了，所有工人都闲着没事做，到处晃悠，有的人经常到村里偷东西，前些天出现过好几次这种情况，小心他们晚上偷了你的东西啊！”他用异样的眼神紧紧盯着我。

“啊，有这事，那政府和警察没管吗？”我将信将疑地问道。

“管？怎么管？那么多人谁管得了啊？”瘦子不耐烦地答道。

“原来你是关心我呀，谢谢了，不过不用担心，我能保护自己，再说我也没什么钱。”我想让对话不再那么尖锐，而再次表示出善意。

“就算你没钱，那这自行车也算是你的财产啊，身份证让我看看。”瘦子说话的语气平和了许多。我把身份证递到他的手上，他用手机的光亮照着身份证跟那个胖子一边端详一边讨论了一会儿才还给我。接着又问道：“你怎么保护自己啊？你有枪吗？”

“我没枪，但我有刀。”说完我幽默地拿用来切水果的小刀给他看。

“你这刀能有什么用？我这是提醒你，你不信就算了，出事了可别说没人提醒你啊！”说完他们就转身走了，下了山骑上摩托车扬长而去。他们的最后一句话还是使我心生疑惑。想起今天来时，我确实在路边一些工棚门口看到有三五成群闲坐着的工人，目不转睛地盯着我看。想到这里，我不免有些担忧起来，要不要离开呢？这可是我好不容易找到的露营地啊，而且现在天已经黑了，如果继续赶路的话，恐怕更加危险。真正令我担心的就是这两个戴墨镜的，他们为什么不敢让我看清他们的真面目呢？而且他们不断问我各种奇怪的问题，难道是想探探我的底，知道我有没有防范能力，说不定偷东西的就是他们呢。但如果他们确实是好心来提醒我的，那我岂不是将他们的好心当成驴肝肺了。也许是因为过去受骗太多，我发现自己也开始总把人往坏处想，但无论如何还是小心为好。吃完面后，我决定先去不远的村庄问问情况，看能不能在村里搭帐篷，实在不行再回来。

借着月光，我推着车，来到了村里，大老远就看到一个赤膊的男人坐在村口一个亮着昏黄灯光的屋子门口，这场景让我感觉温暖了许多。走近后我跟他打了招呼，他点头示意。原来那亮灯的屋子是个商店，里面的货架上放满了商品。见他比较和善，我跟他讲起了刚才那两个“墨镜男”跟我说过的话，并向他求证是否属实，那个大哥摸了摸他的板寸头笑着说：“哪有那回事，一定是那俩人胡说的。”“别听他们‘扯犊子’，我们这儿好着呢，我就没听说过有人偷东西。”听到我们聊天，另一个来买烟的赤膊男子插话道。

“对，他就是这儿的矿工，你可以问他。”商店老板指着插话的男子说道，然后就进屋了。

我一听有“当事人”在场，觉得问到的答案肯定更准，于是高兴地跟他聊了起来。原来他是黑龙江省穆棱市人，姓孙，说话带一口浓浓的东北音，于是我便叫他孙哥。在这儿竟然也能遇上黑龙江人，真是不容易。我觉得“墨镜男”说的工人偷东西一事纯属子虚乌有，露营应该没问题。不过当我问他村里哪儿有合适的露营地时，他说：“露啥营啊，走，到家里去住，反正我也是一个人，你要是不嫌弃的话，就去我家睡吧。”

“哪能嫌弃啊，就是怕给你添麻烦。”我喜上眉梢，也模仿着他的东北口音答道。

“没有没有，走走走。”说完他拉着我往他家走去。我在黑龙江旅行时，受过很多热心人的照顾，对那里的人很有好感，从他的话语和眼神来看，他很诚实，且为人豪爽，我也就没有客气，尽管他身上那些异样的文身让我感到很恐怖。

跟着他上了一个坡，再走十几步就到了他的住处，那是一排出租屋最边上的一个单间，屋内一张大炕就占了一半空间，炕上放着炊具、卧具等杂

物，看上去十分凌乱。孙哥一进门就给我倒水喝，还说要给我做饭吃，我坚称自己已经吃饱他才停下。刚才还在担惊受怕，一进门就感受到如此的温暖，怎会不使我感到惊喜。

坐定后孙哥开始告诉我他的故事。几年前他和牡丹江的同乡来到这里挖煤，住在附近的人也大多是东北人，他买了一辆三轮摩托，用来把挖好的煤块运到煤站，运输自负可以多赚一点，每月收入在六七千元左右。但不巧今年是中央的选举换届年，再有几个月就要召开全国性重要会议了，地方政府为了防止煤矿出事给上面添乱，所以下令让附近的煤矿都停工，他们都已经闲了好几个月了。说到这儿孙哥似乎有些不满意："他妈的，我们都还要赚钱养家呢！也不知道这煤矿什么时候再开，真是走也不好不走也不好。"果真有大量矿工的生计都受到了影响，如此看来，那两个"墨镜男"所说的也不全是骗人的。

府谷县煤矿边的明代长城

一看时间都已经22点多了，我拿出睡袋和他一起挤在炕上，而孙哥开始给他远在东北老家的老婆孩子打电话。我颠簸了一天疲劳极了，一闭上眼睛就睡着了……

之后一阵"叮叮咚咚"的声音将我吵醒，发现天已大亮，看表已

是早上8点多了。孙哥正在洗脸刷牙，见我醒了笑呵呵地说："昨天我打电话跟我老婆说了你，你猜我老婆咋说？她知道你！她在黑龙江电视台上见过你，她还说让我好好招待你呢，一会儿你洗脸，有热水，我去买点酒，一会儿咱俩好好喝点。"说完他把洗脸水倒在门外，然后就出去了。

阳光从门外照到炕上，我下炕梳了头，扎起马尾，开始洗脸刷牙。我记得以前在黑龙江时确实接受过电视台采访，不过那是半年前的事了，竟然还会有人记得，而且在这个煤窑里我遇见的人的妻子就是其中之一，这让我不得不相信缘分的奇妙。我洗完脸时，孙哥已经拿着两瓶一斤装的老白干回来了，一进门就说："这小地方买不到好酒，咱俩就将就喝点吧。"说着就把白酒放在了桌上。

不一会儿，他又准备好了三个小菜，其中有我在东北时爱吃的蘸酱菜，把生的蔬菜蘸上炒过的酱直接吃。我们把菜放在炕上，两人盘坐下来边大吃大喝边谈天论地，喝完了一瓶又一瓶，直到第二瓶喝完，孙哥晕乎乎地说不喝了，我们才结束这个小小的酒席。"呀，都11点了，要不要吃完午饭下午再走？"我正收拾东西、准备出发，孙哥问道。"还是别了，这一顿早餐午餐一块儿解决了。"我边收拾边跟他说。

这时我才发现我的酒量已提高了这么多。再三谢过孙哥后，我带着酒意，继续上路了。有道是"有酒学仙无酒学佛"，人生短短几十年，想做什么就做什么，随遇而安、逍遥自在，这应当是一种生活态度，也是一种旅行心态。

第4章

汾河边的庙会

我站在汾河大桥上看着四面八方缓缓移动的人流，惊讶得瞠目结舌。由年轻男女和老人小孩组成的人流远远延伸到视线以外。有的正在自东经大桥向西岸而去，有的正从西往东来，也有的正在从一些小巷子中走进主干道。大桥下，汾河中奔腾着湍急的流水；大桥上，熙熙攘攘的人群人头攒动，我视野中的一切仿佛都在动。我不知道这是为什么，一个小小的县城也会有这么多人，这让我联想到了欧美某些地方的示威游行，但我并没有看到任何标语，只看到为数不多的几面商业广告牌。

一个穿着绿色T恤且看起来有些稚嫩的小伙子在不远处的桥头向我招手，我想他应该就是之前一直与我联系的小周。小周虽刚高中毕业，比我的年纪都要稍小，但他经常外出骑自行车旅行，算得上是个老手了。前不久他刚骑车去了北京，来了一次“小长途”。在他身边还有两个青年，之后我知道，其中一个姓李，2009年骑车穿越川藏公路（简称“川藏”），曾在湖南上大学（这让我感觉有些亲切）。另一位上个月也刚刚骑完“川藏”回来。我迫不及待地走了过去，好早点了解这里的情况，一阵寒暄与握手之后，小周给我介绍了他的两位朋友，并向我解释了此地热闹的景象。

原来今天是8月1日（农历六月十五），这一天是静乐县一年一度的庙会，从周边各县赶来买卖、游玩的人们挤满了这个小小的县城，热闹的场面一点不亚于春节。我曾经在看一些古装电视剧时常听到“庙会”这一码事，但总以为那只是过去的东西，现在早该消失了。不过，在作为华夏文明发祥地之一的山西，人们竟长年累月地将它作为地方盛会给传承了下来，并且使庙会更加兴盛（后来在山西其他地区也看到过庙会）。

山西汾河

小李笑着说："我们都已骑过了'川藏'，并且不久后小周也会去骑那条线，你什么时候也去骑呀？"也许是听"川藏"听得太多，我朋友中也有很多人老念叨着"川藏"，我都开始有些对"川藏"这个字眼儿感到反感了，于是微笑着说："我会走其他进藏路线，对'川藏'不感兴趣"。该死，我叛逆的性格又表现出来了。但我可不只是说说而已的。后来，我亲自走过了青藏线、新藏线、滇藏线、唯独没有去走川藏线。

我跟随他们来到了一个商铺门口（其实就是他们其中一人家里开的店），他们让我把自行车放在这里。然后我同他们来到了附近的一家小饭店聚餐，一个哥们儿打开了两瓶汾酒。看到这酒时，我突然感到十分惬意，在汾河边喝汾酒，很合时宜。晚餐过后，借着星光，我们融入了熙熙攘攘的人群，开始享受眼前这一切。摆摊写字作画的老先生、捏糖人的艺人、大红灯笼、各种精美的剪纸、奇怪的面具与各式土特产等等景象，密密麻麻地排满了汾河西岸的几条街巷，真是琳琅满目、一片祥和。我感到自己仿佛穿越到了古代，或者是误入了某部古装片的拍摄现场。

晚上我就住在小李的家里，小李的家人很热心，这也就让我不那么拘谨了。躺在柔软的床上，我回想起了这些天从陕北过黄河后一直到静乐县的这一路经历。天上几乎天天下雨，别说路不好走，就连晚上找个干燥的地方露营都成了一种奢侈。即使找到了，晚上仍然会随时面临风雨的侵袭。现在终于可以毫无后顾之忧地睡上一个安稳觉了。我觉得人要懂得感恩，我感谢上苍让我拥有现在的一切。想到这儿，我顿时感到有一份甜蜜的感觉涌上心头。

次日清晨7点多，住在我隔壁房间的小李就起了床，开始洗漱，我也跟着起了床。今天是庙会的第二天，他们要带我一起骑车去天柱山上的庙，我想既然是"庙会"，那"庙"应该才是活动的主题，就欣然答应了。但是因为自行车不是山地车，一上坡度超过45度的盘山路我就实在跟不上他们了，最后我推着车上了山。原来山上有佛庙也有道观，但不论是庙还是观，门前屋后、里里外外都挤满了前来烧香的人。一群穿着袈裟的和尚正抬着一些东西往庙内去，不知是要请佛还是要开光。朋友劝我去烧个香保佑平安，我反问道："你烧过香吗？""我不信那个"他们嬉笑着回答。我敬仰佛，但我不

静乐县天柱山的寺庙

静乐县庙会

信佛，也许事情经历多了，也就会把事情的本质看得越明白吧。我认为，这个世界没有上帝，也没有菩萨，我们唯一能依靠的就是自己，烧香拜佛实际上就等同于承认了自己是弱者，承认了自己无力做得更好，只好向上天乞求。我们进了道观，一个穿着粗麻道袍的青年正坐在摇椅上拿着一部大屏幕智能手机津津有味地玩着游戏。看来道士的生活也跟上了现代节奏啊。由于人太多，我们在山顶上走了一圈后，就没有多逗留，下了山回到了县城。

汾河是黄河的主要支流，山西人把她看作母亲河，也许是北方水量少的缘故，河面看起来并不宽，只相当于我老家宁远县的九嶷河。黄土高原的夏天比南方凉快多了，和朋友们打了一下午篮球后，傍晚时分我们扛着吉他、音响、烧烤工具，骑着车来到了汾河边的草地上，还有不少当地其他喜欢骑行的年轻人也加入了我们，于是十几个人开了个别具一格的烧烤音乐晚会。

趁天还没黑，我先玩起了带来的橡皮艇，汾河水面虽不是很宽，但静乐县的水域属于上游，高度落差比较大，水流湍急，很适合漂流。由于我是第一次接触这种船，不太相信它的安全性，总觉得坐上去，它就会进水或沉下去。在朋友的鼓动下，最后我还是忍不住尝试了一下。橡皮艇载我漂到了河中央，在一阵慌乱之后，我终于掌握好了方向。我操舟漂流了一次、两次，又一次，我开始有些喜欢这项运动了，这是一次不错的体验。

夜幕渐渐占领了天空，我们围坐在一起，小李大学时学的是音乐专业，

他怀抱擅长弹的吉他边伴奏边唱起来：“没有什么能够阻挡，我对自由的向往……”许巍的歌曲成了对这个氛围下大家心情的最佳注解，我们都随着他的节奏一起唱了起来。

一轮圆月在草地上的夜空中移动，成群的飞蛾就好像汾河里的漩涡般在烧烤的火炭上空打着转。汾河大桥上、河边的街道上，不断有人停下脚步望向这里，欣赏着我们的声音与洒脱。一首首欢快自由的歌曲在向路过的人们传达着一个纯粹的迅息：“这个世界很美好！”

明天我将离开，继续漫漫旅程，但现在我乐在其中，利欲熏心的人很难享受到这样简单的快乐。欲望太盛则心不宁，虚荣太强则心不静。做自己喜欢做的事，交自己喜欢交的朋友，不张扬，不做作，没有谁会轻视你，我想大多数喜欢户外运动的人，心灵都是单纯又明净的。

在路上，家人和朋友常常劝我不要再走，这样没有出息，赚不到钱。我都会告诉他们，这个世界上并不是只有“出息”和“金钱”两样东西可以追求。人各有志、各有所好，体验生活、欣赏世界、活出个性不是更有意义吗？

静乐县汾河边的聚会

第5章
失而
复得

2012年8月10日，天空中零零散散飘着几朵白云，午时的阳光强烈地照射在眼前这座灰色古城的庞大身躯上。我站在镌刻有伟人题词的两块石碑中间，眺望着护城河对面的那个城池赞叹不已，这就是平遥古城了。

我骑着车过了护城河上的石拱桥，穿过一个略有修复的古城门进入了古城内。从太原一路下来，虽然已经见识过了榆次老城和祁县大院，但眼前这个古城显然要比它们大得多了，比它们还要气势恢宏，这让我深深体会到了山西历史的深厚与文化的繁荣。单单从古城大街小巷里涌动着的人山人海般的中外游客就能看得出此地非同一般，谁让这里是中国票号的发祥地呢。前面是步行街，所有车辆不能进入，我把自行车放在了街边的一个巷口，步行进入去游览这个商业古城。在学生时代，我曾在地理课本封面上写下了20个我认为此生必去的地方，而平遥就是其中之一。如今来到这里，又可以减去一个了。这种达成小成就所带来的兴奋就像“拍拖”一样。

过了两个小时，我回到了放自行车的地方，发现自行车竟然早已没了踪影。我的自行车没有锁，并不是我大意，而是我没有锁车的习惯。记得2011年8月份我在天津待了五天，每天白天把背包放在海河公园的长木凳上，去市中心、郊区，直到晚上再回到海河边搭帐篷，如此反复，从未出过任何问题。而在其他城市为减去游玩时的负重，我同样会这么做，若在野外则更省心。见我如此大胆，也常有人告诫我：“万一丢了怎么办！万一丢了怎么办？”事实上，在我出发旅行前或刚开始旅行时，我的防人之心也是非常重的，从来都是包不离身，搭个顺风车都要仔细看清楚司机的面貌特征和车牌后才会上车，如果能拍下照片更好。

也许是因为在路上遇到的好人太多（或者甚至可以说“我遇到的全都是好人”），唯一遇到的一次“抢劫”，最后还跟对方成了朋友，在一起喝酒。久而久之，我对社会产生了一种信任感，有了一种“天下无贼”的感觉。记得在2012年4月，在呼伦贝尔草原上的海拉尔市，当时我和从北京飞来的浙江卫视编导星辰姐一起走进市场拍摄视频。我随手把车放在门口正准备进去，星辰姐很不放心地要我一定把它锁好后才能进去。我已经习惯了，觉得没什么关系，可她是绝不敢这么大胆地把车放下就不管的。最后，她竟然要留在门口帮我看着车，让我自己和摄影师进去拍。

平遥古城

我觉得，其实人有时候真是忧心过重了，这种对社会的不信任产生的担忧会影响生活与工作的很多细节，给人带来很多烦恼与忧愁。如果人们都以“人人自危”的心态来防范他人，那这个社会上的种种关系必然紧张。老太太摔倒没人扶，小女孩被车碾压也无人管，人们总觉得好像时时刻刻都有坏人在盯着自己，这样最终会造就“病态的”与“冷漠的”社会。但我觉得这个世界很美好，并坚信着：如果每个人都能坦诚地对待世界、对待他人，那么，孙中山先生理想中的大同社会也就不远了。

现在自行车不见了，我仍然不相信是有人偷走了它，一定是我记错停放的位置了，再多找找，一定能找到。于是，我凭着记忆，开始了一街一巷的找寻，并且向附近的商家询问是否有人看到过我的车，一圈下来得到的回音都是没有注意。我想古城游客来来往往，说不定是有人嫌车碍事，或者影响市容了，于是把那辆自行车推到某个偏僻的地方去了，可是我这人生地不熟的，上哪儿去找呢？忽然我想起了一句话：“有事找警察。”对呀，警察是干什么的，人民警察要为人民服务。于是我拿起电话打了110，电话那头有个女性的声音问我什么事，跟她讲明情况后，她说现在公安局下班了，只有一个人值班，让我到古城治安大队去。好吧，如果真只有一个人值班，让人走开也不太好，那就走过去看看吧。

我来到派出所的院子里，看到接待大厅里确实只有一个人坐在墙角的一张桌子旁，是个男的。“你好，刚才是我报的警。”当他注意到我时，我先表明了来意。警察示意我先坐一会儿，并拿着纸笔坐在我旁边，让我再说一遍情况。说完后，他问我丢的是什么车，我说是价格很高的山地车（其实并

不是，我这么说只是为了引起他的重视），并且努力让他明白车上的背包对我的重要性，这哥们儿大概明白了我的意思，让我上治安巡逻车一起去找找。

回到丢车的巷口，警察麻利地把我找过的地方又找了一遍，并且带我询问了周边所有的商户，最后结果仍然令人失望。看着哥们儿头上不断流下的汗水，我也有些不好意思，但又不得不麻烦他，只好不断向他道谢。

早已围在我们身边看热闹的大妈忽然说："偷应该是没人偷的，可能是开旅游观光车的司机嫌挡道，把它推到哪个地方又忘了推回来了吧，因为这里是观光车停泊和旅客集散的地方。"这话倒是提醒了我，刚才我停车时，确实看到这里停满了车，好像还有些堵，想到这儿我更确信大妈说的话了。我们又开始更细致地搜寻，任何角落都不放过，半小时后，终于在一个巷子的拐角处，看到了我那辆靠在墙上的自行车，我激动地跑过去，检查了一遍，完好无损。那位警察哥们儿一脸愕然说："就这车啊？"然后拍了几张照片，让我登记了一下就离开了。看得出他好像有些失望，因为并不是我所说的山地车。也许此事对他来说只是个小得不能再小的案子，然而对我而言，此事似乎又一次印证了我的某些理念。古人云："防人之心不可无。"我不反对，但可别防得太重。我们"防人"说到底还是为了善待自己、善待他人，如果因为"防人"而做不到善待自己与他人了，那就失去了本质，颠倒主次。之后回想起来这天的经历，感觉坐巡逻车游古城的感觉可真好。

平遥古城

第6章

古色古香 红灯区

2012年8月11日，我来到了一座青灰色的清代古堡，它呈阶梯状盘踞在一座不大不小的石山上。我在矗立中凝望着从石山东面悬崖下蜿蜒流过的汾河。汾河水浑浊不堪，我心头万千思绪。回想出发时制订的旅行计划，发现现在时间已过去了一年半，可完成的路程也不过原计划的二分之一。如此，实现环游中国的时间要再度推迟了，但我心中仍旧充满了继续走下去的冲动与决心，正如我很早说过，旅行是会上瘾的，而这种瘾很难戒掉。

昨天在平遥时我还在琢磨接下来是从晋南去西安再一路西行，还是从晋南到四川再向西行。结果计划来计划去，我依旧犹豫不决、毫无结果，还净给自己添堵。我想，若是到时候去了某些地方，满意度低于期望值，恐怕又会大大地失望了。之后，我转过头看着背后那莽莽大山，脑海中闪过一个念头：不如就从这里开始一路西行，去寻一些杳无人烟的小路，随遇而安地进发，如此穿过吕梁山区前往延安吧！想到这儿，我顿时觉得这真是个好主意，不走寻常路，痛痛快快地流浪，就这么办！我兴奋地走下了那早已荒废、长满野草的古堡大门。踏上自行车，穿过被运煤车染得又黑又脏的108省道，随便选了一条乡间小道就向大山里骑去。

之后，这条曲折的小路沿着狭窄的山谷一路爬高，人们对附近煤矿的大肆开采，使得这里的环境变得很糟糕，因矿工找矿而在路边岩壁上留下来一个个幽深的洞穴，仿佛是本就水土流失严重的黄土高原的伤疤，让人心痛却又无奈。17点左右，过了交口村上了一个大坡后，看到本来就狭窄的公路上整齐地停靠着一排黑不溜秋的大卡车，难道堵车了吗？又走了一段路后，突然发现我被前方的一扇大门挡住了去路，大门旁的白色墙壁上写着某某煤矿。“不会吧，难道走错了路钻到煤矿来了？我可从未偏离乡道呀，而地图显示这条路挺长的，可以通往交口县呢。”我自言自语道。

还是找个人问问为好，免得耽误时间，于是向旁边一个正坐在车轮旁抽烟的大叔打听，原来前面就是煤矿了，这长长的车队都是等候拉煤的。不过大叔告诉我从山下上来的一公里处有条土路可以通向双池镇，我从背包掏出地图一看，果然有个双池镇，而且看上去双池镇也可以通向交口县。但是大

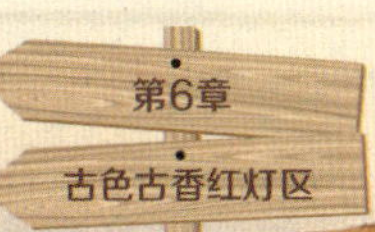

山西灵石县夏门镇汾河边清代古堡

山西交口县长足村

交口县长足村明清小院

叔说的从这里到双池镇的小路，并没有画在地图上，也许太小了吧。这就给我增加了一个不确定因素，这大叔说的走法到底可不可行呢？如果有路，那会不会比这条路更加糟糕呢？毕竟现在出现这情况了，这条路已经不能再走。返回去另寻好路，那不是我的性格。犹豫了一会儿，我决定，就试试那条小路吧。如果骑不了就推着走，按地图比例尺来看距离也就10公里而已。如果今晚走不出去，至多在山里住一晚，反正野外生存我也已经习惯了。

说走就走，下了坡后，果然看到了一条土路，这路坑坑洼洼的，路况实在不怎么样。我推着载着沉重背包的自行车一路上坡，累得浑身大汗淋漓。上了一个山头后，太阳已经下山，四周显得更加宁静，远处鸟叫声在山间回响。我开始一边行走一边寻找合适的露营地。又走了几公里后依然没有看到村庄或有水源的地方，只得埋头继续前行。又过了一个山包，眼前突然豁然开朗，我看到一个种满庄稼的小盆地，而盆地对面的那个山头上还坐落着一个村庄。我心中大喜，也不顾脚下坑洼的路面，极力推着车子向村庄快步走去。快接近村庄时土路变成了由红砖砌成的砖道，路面呈Z字形从盆地里经山腰修上了山头的村庄。

一个农夫正挑着一担水走进自家的竹篱笆院子，两只黄色的小狗狗摇晃着尾巴跟着农夫的脚后跟进了青砖窑洞。而他家旁边两个牌坊式的建筑上有几个布满青苔的繁体汉字，很明显这是一处保存完好的明清建筑群落。窑洞冬暖夏凉，坚固耐用，而且这里的窑洞采用的是清代盛行的青灰砖，木窗子中间是木制的喜字，看上去极具文化底蕴，想起内地农村那些千篇一律丑陋的平房，这可真称得上是艺术。我走进农夫家向他打听到双池镇怎么走，“从那儿一直走，下了山有条大路，再向右转，沿着大路一直走就到了。”大叔笑容满面地举起右手指着远处跟我说。跟大叔聊了些关于这里的情况后，我道完谢就继续上路了，原来这个村叫长足村，离双池镇还有5公里。看下时间才晚上7点多，再要一个小时便可到达。

天空已经完全暗了下来，虽然走错了路，但是我见到了保存完好的清代建筑的村庄，也算是惊喜了。倘若只走一些常规线路，恐怕很难见到这样的世外桃源，我心情十分愉悦。果然如大叔所说，出村庄后，下了山就是大

文口县长是村民房

道，并且都是水泥路面，虽然同样狭窄而且还是盘山路，但比起刚才的土路，这对旅行者来说简直就是享受了。由于下山的路并不长，不一会儿就找到了一条宽阔的公路，我兴奋地奔向双池镇。

不久后，我看到一个写着“双池”的牌子指向右边的一条公路，看来这下是真的到了。在漆黑的夜空下，远处的小镇显得灯火通明，看上去十分热闹。我沿着一条不错的公路进入了小镇，道路两旁摆满了摊位，有的是各种特产，有的是精美的布匹、生活用品，密密麻麻地挤满了整条街道。一个小镇怎会如此繁荣呢？现在也管不了那么多了，我肚子早就饿得咕咕叫了，正好旁边有一个清真饭馆，我迫不及待地把车靠在门口墙壁上便冲了进去。我要了份青椒牛肉盖浇饭，饭后买单时才知道这么大份盖浇饭竟然才收7元钱，山西真是物产丰富。老板告诉我今天这里有集市，还问我是不是来赶集的。看着街道上拥挤的人群，看来今天要露营恐怕有点难了。我决定还是不多折腾，赶了一天山路，已经这么晚，找个旅店休息吧。

这个小镇上的街道与巷子很多，旅馆充斥着各个路口与角落，看得出这里的流动人口很多。我走进了路口的一个旅馆，不大的前厅里坐满了化着浓妆、衣衫单薄的妖艳少女，搔首弄姿地望着我。我简单地跟老板问了下房费后便离开了，并不是因为价格原因，而是这里的氛围让我有些不适。接着我又沿街看了看旁边的几家旅馆，发现每个旅馆门口或前厅都或多或少坐着时髦的女孩，有的直接跟我使眼色，不用猜就知这是怎么回事了。我视而不见，尽量避开这类旅馆，而去偏僻一点的巷子，想找一些没有这类现象的旅馆。

终于，我发现在一条两边都是高大的青砖楼房夹着的小巷的巷口写着“旅店往里走”的标语。于是，我顺着狭窄的巷子走了进去。里面黑漆漆的，走了几十步，我来到一个宽敞的院子，院内种着几棵杨树，杨树旁放着几辆摩托车，院子四周除了大门一面外其余三面均是两层的木制阁楼，是个四合院，阁楼上左右两边各挂着一个大红灯笼，看上去古色古香。阁楼上，几个漂亮的女孩正看着我捂着嘴偷笑，我立刻联想到了古装电影里的某些情节，只不过这里没有门庭若市的场面罢了。真是奇怪，在地图上如此不起眼的一个小镇，这种行业怎么如此发达，我找来找去最后还是没有避开。

这时，一个大姐下了楼，微笑着问我：“帅哥住店吗？”见我没说话，她又接着说：“20元一个房间。”这倒是个正常的价格，我要求先看一下房间。她没有不悦，脸上依然带着笑容带我上了楼，进入一个房间，我看着还可以，便打算今晚就住这儿了。正准备给钱时，她竟然冲我眨了一下眼睛，直言不讳道：“帅哥要不要小妹啊？”一开始我没有听懂她的意思，还问：“什么小妹？”她笑了一下说：“就是小姐。”我这才打量了下眼前这个离我不足一米的女人。她30岁左右，穿着宽松的T恤，T恤的领子开得很低，露出她前胸深深的乳沟。我不是个守着清规戒律的人，要不然我也不可能走出来——在众人反对而且没有任何赞助的情况下行走中国。我也从不认为某种职业就高尚，某种职业就低下，但是在个人作风这方面我有洁癖。于是，我

跟大姐清楚明白地说："算了吧，不用。""嗯。"她应了一声接过房费就出去了，看得出她有些失望。我把背包从院子里的自行车上拿上来后，直到第二天天亮也没走出房门，生怕外面的女孩们太"热情"。

次日，当我准备离开时，几个女孩正坐在阁楼的走廊上靠着木栏杆，看到我后，她们主动跟我聊了起来。聊过才知，她们都来自成都，都才十八九岁。我吞吞吐吐地问道："为什么这么小的镇会有这么多的……"我不好意思地指了下她们。她们好像明白了我的意思，并且没有任何不高兴，若无其事地回答："这附近煤矿很多，有很多外地人到这里来打工。""这样啊……"我想我应该明白了。有大量来自远方的青壮年男子在此做工，常年孤身在外，有生理需求但又不能常回家，有需求就会有市场，也难怪每家旅馆都会有那么多的女孩。我想，有时候应当客观地看待事物，存在就一定会有它的理由，尽管这理由我不一定认同。

文口县长芝村双层窑洞民居

第7章 黄河边小记

我发现了一栋废弃了的简易房，它坐落在被河水冲刷得像一件艺术品似的晋陕黄河大峡谷东岸的崖顶上，就隐藏于距离一条前往延安的公路不远的杂草中间，我想这大概是修路工人在很久以前留下来的吧。简易房被分成三间，每间都有一个面向公路的木门。我选择了其中相对干燥用红砖铺垫地板的一间，搭起了帐篷，今晚就要住在这里了，本来时间还早，才下午5点多，还可以再赶一段路程，但无奈自己每次见到壮阔的美景双脚就走不动路了。

雄浑的黄河与纵深的峡谷南北延伸、绵延不绝、奔向天际，而悬崖对岸就是属于西北地区的陕西了。无论是在军事上还是在政治上，黄河自古就是天然的分界线。和平年代，这边的永和关和黄河对岸的延水关早已经失去了原有的防御作用。

我把被大雨淋湿的背包等物品铺在地面上晾晒。昨晚在永和县城，我被突如其来的暴雨弄得狼狈不堪，不得不躲在网吧过了一夜，现在疲倦极了。山西的农业有个显著的特点，那就是一县一特色，如：阳高县主要种植杏，

晋陕黄河大峡谷

岢岚县最著名的是沙棘，交口县则是核桃，就连这个据说是山西最贫困的永和县也同样有自己的特色，那就是枣。站在崖顶放眼望去，只见广阔的山地上凡是能种树的地方都已经种上了优质枣树，并且结满了又大又青的枣子，枣子还有半个月就会成熟变红。崖顶的上空吹着阵阵夹着枣香的和风，那芳香真令人陶醉，感觉十分惬意。

我在山腰上捡了些沙枣树的枯枝当柴来做晚饭，做的是番茄炒蛋与米饭，这些是今天中午出永和县城时在菜市场买的材料。夜色昏暗下去，一片云彩遮住了北极星，笼罩在峡谷中的黄色的夜雾也逐渐变得黯淡，已经分不清茫茫的黄土高坡是什么形状了。宁静的夜晚里，汹涌的黄河拍打崖壁的声音变得更加响亮。我回到了帐篷，又陷入了沉思。孔子曰：“吾日三省吾身。”我虽做不到一日三省，但每个晚上睡前都会反思每天所做的事情，去想那些事情是对还是错，假设重来一次的话，怎样做可以做得更好，还会去预想在后面的路上可能会发生什么，如果发生了又该怎样解决。我总是尽量把事情想到最糟，以便尽可能充分地做好准备，这就是为什么我的旅程一直很“顺利”的原因，想着想着我就进入了梦乡。

第二天清晨醒来，发现门口的草丛沾满了露珠，好在我昨晚就已把一些干枝拿到了屋内，不然潮湿的木枝就不那么容易点燃了。本想在这个美妙的崖顶住上几日，但背包里带着的蔬菜与水都不够用，只好在吃完早餐后就收拾帐篷上路了。

之后，在去延水关过黄河之前，我想去看看传说中的永和关，那里曾是军事要塞，必定有城址。果然，在据黄河大桥以北一公里的一处被风化得千奇百怪的崖壁旁的山腰上，我找到了城址。我穿过杂草丛生长满荆棘的山路上山，站在一排一米多高用石块铺成的墙墩上，打量着四面。这座城堡依山而建，虽早已废弃，但建筑轮廓还是很明显。其中的建筑大部分都是窑洞式，约有十几栋。由于年代久远，窑洞的木窗都已移了位，从窗口中突了出来。每个窑洞内的桌椅陶罐、竹篓等物品都被堆放在了一个角落，落满了厚厚的灰尘。

从山上下来同样看到了很多原始文化风格的古窑洞群。突然，在一棵大

槐树下，我看到了一块竖在泥土里的黑色石碑。擦去泥土，仔细看了一阵上面的内容后，我狂笑不止，欢快极了，上面竟然写着“自古未闻粪有税，而今只有屁无捐”。当然，我并不是因为句子的通俗滑稽而笑，是因为它证实了一个事实。我喜欢读关于近代史的书籍，我记得一部描述近代军阀的书里讲过：1932年，与冯玉祥将军联合反对蒋介石的山西军阀阎锡山在中原大战失败后，回到山西继续统治晋绥两省。阎锡山为了重振势力，制定了《山西省政十年建设计划案》，主要举措是扩大官僚资本，整顿银行，还成立了所谓“禁烟考核处”，实则是收缴鸦片以制成戒烟药饼，再公开售卖鸦片。他还巧立名目收捐派税，居然连农民进城挑粪也要上捐，还美其名曰“讲卫生”。就这么着，阎锡山几年间巧取豪夺、中饱私囊了2000万多元。当时有

永和关古遗迹

个秀才叫刘诗亮，前往当时中共中央所在的延安，途经永和关时写下了一副对联。正是石碑上的句子，上联就是“自古未闻粪有税”，下联就是“而今只有屁无捐”，横批是“民国万税”，一针见血地讥讽了阎锡山对人民的残酷剥削。我本以为这只是传说而已，毕竟只是看过史料，没有眼见为实，但今天竟然在永和关看到了这副对联。石碑上的痕迹年岁看上去不下20年，也许是后来本地人为纪念这一事件而立的吧。

这里不是景区，当地政府并没有开发，知道这里的人不多，来的人更少，因此城址看上去十分荒凉，旁边有个小村子，住着几户人家。永和关黄河渡口的牌楼上长了一棵蒲公英，正在不停地随风摇摆。

第8章
宁夏
流浪猫

看过我的前作《90元走中国》的人应该会记得，在黑龙江嘉荫县时，我因没能救下一只骨瘦如柴的流浪狗而自责过许久。万万没想到的是，在我离开延安，途经庆阳，行至宁夏回族自治区的海原县时，老天给了我一个赎罪的机会。

2012年8月31日下午，我骑行在固原县到海原县的省道上。宽阔的公路上各种车辆来来往往，一株株如守护神般高大的钻天杨整齐地排列在公路两旁。在驻固原的武警部队某部里，我竟然见到了三年未见的老同学。他乡遇故知，再加上宁夏回族自治区给我带来的充满异域风情的新鲜感，让我的心情格外愉快。

在快要到达三营镇时，我突然看到路旁有一团黑乎乎的东西。仔细一看，原来是一只小猫咪。它缩着头蹲在那儿一动不动。好奇心驱使我走近一探究竟，没想到我快要走到它身旁时，它竟冲我撒娇似的喵喵叫起来，叫声纤细绵长，像小女孩的哭声。这只小猫咪看上去也就两个月大，我情不自禁地蹲下来用手轻轻摸了下它的头。谁知这一摸它竟赖上我了，它缓缓地

陇东黄土高原谷地

爬到我双脚中间，用毛茸茸的头用力地蹭我，它看起来很吃力，并且边蹭边叫。难道是饿了吗？要不然怎会黏着一个陌生人呢？我拿着一小块鸡爪放到它嘴边，它嗅了一下，然后就跟换了只猫似的，饿虎扑食一般一口狠狠地咬住了鸡爪，立刻开始大啃大嚼起来。喉咙里还发出“咕噜咕噜”的声音，看来真的是饿坏了。

固原县三营镇公路边的那只小猫

怎么会有人把猫放在公路边而不管不顾呢，或者是它调皮跑出来不知道怎么回去了？好吧，猫咪这么可爱，帮它找一找主人吧，我把它抱起来面对着它，这时才发现，猫咪右眼整个凹了进去，左眼也很小，原来是残疾了。距离这儿30多米有一户人家，但大门紧锁，其他人家就离得更远了，一只瞎猫怎会跑这么远？想必是看到这只猫咪先天缺陷，主人嫌弃没用而将它丢弃了。一只无法自食其力的小猫是很难生存下去的，真是可怜。

我一直在路上走，实在不方便喂养它，只好把它放在路边的大树下，以免来往的汽车伤到它。刚刚放下要走时，猫咪又叫唤着钻到了我脚边，我小心地把脚挪开，走远一点，它又爬过来用身子挨着我。如果把它放在这里，就算不被车子轧到也早晚会饿死。我凝望着延伸到远方的笔直公路，似乎看到了一个熟悉的场景，想起了黑龙江那条大黄狗无助的眼神，又想到了我三岁时父亲去世后母亲改嫁离家时的自己，心里一阵剧痛。于是，我从心里对小猫咪说：“好吧，把你带上吧。”

我把它抱起来放在自行车的背包上，但又担心它没有强劲的身体，不能坐得稳稳的，有可能掉下来。想来想去也没有什么好办法，只好把我用来装睡袋的网袋拿出来，把它固定在背包上，再把猫咪放在里面。我又用树枝支起一个空间，让它可以活动，这样既不会掉下来也不会憋着，两全其美。这下可以安心上路了。

灰色的天空下，省道上偶尔经过赶着驴车戴着白色帽子的大胡子老人，满脸皱纹，表情总是笑眯眯的，他们是宁夏回族自治区随处可见的回族同胞，他们总是一大家子一同坐在驴车上，形成了一道别具一格的风景。下午6点时，我到达了黑城镇潘家集村，看到离公路30米的地方有一片正在施工中的小区，整齐排列的房屋已经盖好，但还未来得及装修，没有安装门窗，天气预报说今晚有雨，明天也会有雨。我想这儿应该是一个不错的露营地，至少可以避避风雨。

我把车放在路边，走进没有一个人的小区，一栋栋房屋看了个遍，选择了一栋不错的屋子作为落脚点。从公路到房屋只有四五十米，但前几天的几场暴雨已让这一片土地基本变成了“泽国”，每走一步都会陷入泥土里，我费了半个多小时才把车推到屋内。这个小区，每栋房屋都是一样的规格，三室一厅独栋，房顶是草木与土石混合筑成的，想必如果不是为了帮扶贫困户或移民而建，那也一定是为了发展新农村。

做饭吃完后，天已漆黑一片，还没完没了地下着细雨。幸好今天我相信了天气预报，不然可就惨了。搭好帐篷时已经是22点，我在屋内墙角处用一些布条给猫咪做了个窝，把它放在窝里，就进了帐篷准备睡觉。可刚刚进入帐篷，外面的猫咪就想跟进来，想到猫晚上要活动，我要睡觉不能陪它玩，就没管它，把帐篷拉链拉上了。谁知，猫咪竟然不服气，没完没了地叫唤，还使劲用爪子抓帐篷。本以为它叫一会儿也就不会再叫了，可大概两个小时后，我已经睡得迷迷糊糊时，忽然感觉到帐篷在抖动。我还以为是老鼠，忙拉开帐篷一看，原来猫咪竟然爬到帐篷顶上去了，坐在那儿“喵喵”叫着。我怕它从帐篷顶上滚落下来伤着，只好把它放进帐篷里。结果一进帐篷它就不叫了，反而躺在枕头边一动不动地睡觉。真是奇怪，猫晚上不是应该很活跃的吗？

9月2日清晨，天边出现了一条条蓝色，阳光从云朵的缝隙照射下来，看来今天该天晴了。在这屋子趁着避雨休息了两天，该上路了。越往西，视野中的大地似乎就越荒凉。山上没有树，只有稀疏耐旱的草，这里的清真寺就像羊群一样多，公路上时常可以看到赶着羊群去放牧的大胡子回族老人。

中午12点，到了倪家河湾水库，看到有一群人正在远处的河上钓鱼。在西北能看到清澈的河流可真是不容易，我准备在这儿洗个澡。每次我休息时都会让猫咪下地活动活动，喂它些食物和水。但这次猫咪变得异常活跃，走到水边时，它好像闻到了鱼腥味，在水边这里嗅嗅，那里闻闻。看到它这样我就更加内疚了，我身上盘缠少得可怜，没法给它买肉吃，平时只能喂米饭。它虽然都吃了，但营养跟不上，我决定下午就不走了，就在河里捕些鱼给它吃吧。

云朵都已散开，河面上倒映着碧蓝的天空，河面不宽，只有三米左右，也不怎么深，顶多一米。河流蜿蜒曲折，附近是一片湿地。因没有捕鱼工具，我只能用手在水里摸。摸来摸去三个小时，只捉到十几条比小拇指还小一点的小鱼，不过也够猫咪吃一顿了。猫咪一见鱼到嘴边就像发了疯似的，从喉咙里发出老虎一样低沉的吼叫声，然后狠狠地一口咬住。为了激发猫的野性，将来能够自食其力，我故意逗它。我用绳子捆住小鱼，放在地上，当猫靠近时，我就突然拉远一点，它就会追上来扑住小鱼，如此反复，直到它速度比我更快。

下午躺在河边的草地上，沐浴着大西北秋天温暖的阳光，我睡了个午觉，猫咪吃饱后也躺在我身旁，懒洋洋地肚皮朝上晒太阳。17点多时太阳渐渐西移，猫咪好像睡着了，我想先去找个地方搭帐篷，找到后再回来把它带走，先不打扰它。走了一里多路，在水库旁边的几棵杨树旁，我突然好像听见背后有猫的叫声，转身一看，我那小猫咪正在沿着我走过的脚印向我走来，惊慌地叫个不停。难道是它刚才醒来发现我已离开，以为我会抛下它，所以一路奔跑着跟了过来？它的身躯那么娇小，在比它高得多的草丛里走得那样艰难，看上去真是惹人怜爱。

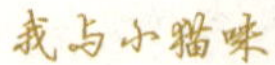
我与小猫咪

大西北昼夜温差很大，9月3日，

早上醒来，能看得出帐篷的外层已被露水浸湿，我突然闻到一股异味在帐篷里弥漫。坐起身子一看，天呐！猫竟然在帐篷里便便了，而且睡袋和防潮垫也沾上了。我顿感一阵恶心，十分生气，但一想也不能怪猫，帐篷的门是紧锁的，它就算想出去便便也出不去。看来今天上午是走不了了，只有将帐篷的物品全洗干净，晒干后再出发了。

一路上，我都在询问是否有人愿意收留猫咪，毕竟我带在路上对猫的成长不太好，它还是需要一个安定的环境。可是当地人都说这里猫太多了，要养也不会养一只不会捉老鼠的瞎猫，无奈我只好一直带着它。经过海原县从宁夏进入了甘肃，经平川、白银一线一直到了兰州的西固区东川乡。在猫咪到来的这九天里，它带给了我不少欢乐，有时候甚至让我感觉不到孤独。可是到了9月8日，我即将要踏上青藏高原，距离上次停下来打工挣钱已经有几个月，盘缠已经用完，到了高原上恐怕很难再给它弄到食物了。当初带上它是为了它的安全，现在我要上人烟更稀少、气候更恶劣的高海拔地区，真不知它是否能适应高原。我想，若要到时让它饿肚子、受折磨，倒不如现在就在人群比较集中的地方将它舍弃，至少它还更有活下去的希望。

在东川乡我看到一个老人聚集的老人院旁边有几只流浪猫，我突然想到老人一般都有爱心，自己吃不完的肯定也会给它吃，况且大猫肯定会照顾小猫，它们也好有个伴，它活下去的可能性要大一些。于是，我把它放在墙边的屋檐下，并留下了一些食物和水，骑着车飞速而去，骑了一会儿我停下躲在一个房屋的拐角处偷偷看着猫咪，它正在声嘶力竭地叫唤到处寻找我，我心痛不已，突然对生活感到了一丝无奈。人世间，欢乐的相聚与痛苦的离别每天都会上演，假如短暂的痛苦会换来更持久的欢乐，那么那是值得的。

第9章

震中的废墟

庄稼、村庄，一片片棕色低矮的长在沙石地里的胡麻、小茴香，结着饱满的玉米的玉米地从几道土墙后面延展开来，直到远处的山峰。我走上了一个瓮城的城墙，眺望四周，眼前景象带来的联想震撼着我的心灵。宋代、西夏曾在此修建规模宏大的七座宫殿，西夏王李元昊在此举行过盛大的婚礼。此后每年盛夏，他都会来这里吃喝玩乐、尽情享受。可是今天，眼下这个西安州城，仅存七八尺高的波状土垄，即便如此仍然能够看出古城的规模之大。

让它变成这般惨状的不是战争，而是天灾。1920年12月，一场8.5级地震把这里的一切建筑都化为乌有，使繁荣的大古城在一夜之间变成了废墟。城内居民死者十有七八，现在古城内仍然有个西安乡，但那些建筑都是些低矮的民房，早已不复当年的宏大景象。

刚才从下小河村的女娲庙过来时，本地人告诉我，其实古城之处不是震中，往西三四十公里山那边的盐池乡才是震中。我想震中应该受损更严重吧，唐山大地震、汶川大地震都是如此，好奇心驱使着我去看看。

风吹日晒，疲惫不堪的原野，散发着尘埃和阳光的气息，风沙沙地响着，摇曳着村庄里仅有的几棵杨树的叶子，村庄之外一片荒凉。一堆巨大的棉絮似的白云遮住了太阳，天空突然暗了一点，于是，烟雾般的云影落到了荒凉的土地上、村庄上，覆盖了悠然骑行中我与自行车在公路上的影子。气温凉了下来，感觉也轻松了很多。我一路西行，驶过笔直的公路，一路坡度都不大，长长的公路上除了偶尔经过的拖拉机驾驶员外，就没有其他人了。

宁夏海原县西安州城城墙遗址

海原县西安州城附近的胡麻地

16点，沿着高度缓缓上升的公路我骑到了高山山顶，到了西山洼一带的山区，看到路边一个山头上有一排废墟般的土墙。我走上山头，想探个究竟，花了十多分钟才爬上去。这是一个从中心逐渐向外呈放射状分布的四道围墙，旁边有个海原县文物局立的黑色石碑，上面说这是墩墩梁烽火台，是一座明代用于传递军情的建筑，但现在也只剩下了一片废墟。我站在四道围墙中心的台顶眺望远方，苍茫的山峦尽收眼底，这真是个赏景的好地方，也是放哨的绝佳位置呢。在此处能清晰地看到不远处另一个山头上也有一个类似的遗迹，看来现在我走的这条路线，是古代通往西部的重要通道，一条条光秃的山脊在烈光下显得苍凉。

出了山区，就开始一路下坡了，黄昏时分，到了干盐池村，但是小小的村庄旁边，好像还有片面积更大的建筑，那是什么呢？灰色的土墙很长很长，走近之后，明白了，这是跟西安州城差不多的古城墙遗址，规模比西安州城小一些，同样只剩下两三米高的城墙。小小的干盐池村的民房紧紧地依靠在古城墙旁边，就像一群小鸡紧挨着一只大母鸡一样。这仍然是1920年大地震所毁，不知当地人生活在这里整日面对这些废墟，会是怎样的情怀。

正当我准备进村时，发现不远处的一个山脚下还有一座与这个同样大小的古城遗址，古城的轮廓清晰可见。我心中激动之余，更多的是叹服，在古代这一带一定是重点防御的地区，要不然这些防御设施怎会相距如此之近，又怎会有如此之多，从这里再往西一点就是甘肃地界了。这不由得使我对这片土地产生了兴趣，开始观察其四周地形。

原来这是一个盆地，东南北三面都是高山，只有西面地势稍显平缓。盆地不大，长宽都不过10多公里，却同时容纳了这么两座城，令人匪夷所思。在我四下张望时，注意到路旁有一块巨大的石头，石头上刻着几个大字："海原大地震震中"。这场中国历史上波及范围最广（据说越南也有震感）、死亡人数达27万的大地震震中原来就在这里呀。近百年之后，恐怕也只剩下这些当时被毁而现在无人打扰的古城堡遗址，在无声地诉说着那些伤痛，我心情也自然而然变得沉重起来。

带着一些感伤，过了盐池乡，来到了闻名已久的千年盐湖。天边的夕阳早已下山，我在离湖不远的草原上搭起帐篷时，一个个赶着羊群暮归的牧羊人从不同方向纷纷往村庄走去。不管是湖周围还是草原上，没有任何树木能阻挡把我帐篷刮得唰唰作响的秋风。我把移动电源拿到了盐池乡一个商店

海原县辽阔的大地

里充电，商店老板愿意让我充一夜，明早去拿，但要支付一元钱的电费。当然，我不能要求陌生人免费让我充电，所以同意了。

待所有牧民都归去时，天空早已黑得伸手不见五指。我躺在帐篷里，用手机找了一些关于这个地方的历史资料。原来，这个盐湖是唐代十八盐池之一，开采历史极早，盐湖东南方的，也就是我在干盐池村见到的那个古城遗址，可能是北宋的定戎堡。后来看到的它旁边的那个古城遗址或许是明代始建的干盐池城，这真是一个历史文化底蕴深厚的地方呀，盐业自古到今都是政府重要的经济来源，有重兵把守着也不奇怪，更何况这里地理位置险要。

第二天清晨（2012年9月5日）时，从昨晚开始刮的北风仍未停止，盐湖被暗黄色的大草原包围着，像一滴眼泪。是谁的眼泪呢？我想应该是大地震死难者的吧。昨晚我没有注意，原来盐湖边也有一片废墟，看起来像是曾经的盐场遗址。

海原县连绵的山峦

纪录1920年那场灾难的“海原大地震震中”石碑

我在盐湖边

日月轮回，时光从废墟上空走过，一天天，一月月，一年年地流逝。不知经历了多少雨雪风霜，风云变幻，天籁轰鸣，像泪水一般浑浊、像镜子一样平静的盐湖经历千年岁月，仍然从未干涸。要是它会说话，那我会听到多少发生在这里的故事呀？

远处的草原上又出现了洁白的羊群。近处，人们依旧像他们千百年来的先辈一样，忙碌地在田间劳作着。胡麻田里的老人正在收割作物，一位大叔正驾着农机在旁边的一块田里松土，刺耳的噪声划破了天际。

宁夏海原的清真寺

第10章

青海湖边的牧民

碧蓝的青海湖上空，白云懒洋洋地飘浮着，看上去犹如洁白的羊群。就在深蓝的天空下，一群群牛羊安闲地散落在枯黄的草原上，四周一片寂静。我试图在膝盖高的草丛里睡个觉，可一旁牦牛啃嚼的声音与呼吸声一直有力地在我耳边回响。

已到深秋，青海的草变得枯黄，骑车环湖的人偶尔会碰到。2014年9月14日17点，阳光温和了许多，我想是该去找住处的时候了。秋天的高原上昼夜温差很大，中午虽有20多度，但夜间最低气温会到零度以下。要是再加上寒风，那就会更冷，我必须去寻找一处能避风的地方露营。早上从海晏县过来时，看到距离这儿大概三公里远的地方好像有一栋房屋，无人居住，我想应该先去那儿看看。自行车是人类一个伟大的发明，很适合旅行，不快不慢，再远的路程也可以到达。由于从青海湖过去是上坡，又是逆风，所以我骑了20多分钟才到达。

刷着黄漆的墙壁上有大片黑色的霉点，走进围墙大门，空空的两三排房屋十分安静地被四面围墙包围住。玻璃碎了一地，与一些书本夹杂散落着，看上去一片狼藉，就像是刚刚经过战争的破坏一般。我捡起几本书翻开来查

青海湖草原

牧民的羊群

看，发现都是些关于铁路管理与维修之类的。想起刚才有一条单轨铁路被沙石半掩着通向这里，看来这里曾是个铁路管护站，后来铁路废弃，管护站也就失去了存在的价值。

正当我扫出一片空地准备在此露营时，一个比我略高，皮肤像红砖一般的男子从大门走了进来，对我憨厚地笑着，难道他是这里的管理人员吗？但看到他手里捆着麻绳的树枝和头顶上一顶棕色的西部牛仔皮帽时，我立即打消了这个想法。还没等我开口他就先问道："你在这儿干什么？"

"我要在这搭帐篷住一晚。"我一向实话实说，简洁明了。

"在这儿搭帐篷啊？晚上很冷的哦。"他用打火机点燃了手里的一支烟，深深吸了一口，小眼睛目不转睛地盯着我说。

"要是在这个屋子的外面确实冷，但这里面可以挡风，要暖和一些。"见他比较面善，我就告诉了他我是旅行者，来自南方。

听完后他点了点头，弹了下烟灰说："不如去我们那儿住吧，也是帐篷，但肯定比你这儿好点，在这睡觉有什么意思，这里是公家的，要是人来了也麻烦。"

"你们家也住帐篷呀？"我忙问道。

"是啊，我在这儿放羊，刚才经过这里听到声音，就进来看一下。"他靠在门边用手指了指远处。

我走出大门围墙一看，果然，一大群羊正聚在一条小溪旁争先恐后地饮水，他走到我身旁指了指远处草原上一个白色的帆布帐篷说："那就是我的住处，就我和我哥两个人住。"

"这样啊，那我会给你们添麻烦的吧？"我给羊群拍了张照片转过头说。

"不会，我和我哥都喜欢交朋友，出门在外都不容易嘛。"说完他对着

羊群吼了一声，狠狠地甩了下鞭子，喝止住了正要往远处跑的山羊。

“也行，我好久没进过牧民家了。”我看着远处的帐篷，又担忧地问道，“那顶帐篷住得下吗？要不我把帐篷搭在你帐篷的旁边吧。”

“住得下，我们有两个帐篷呢，放心吧，小兄弟。”他快走了几步把跑到公路上的两只小绵羊赶了下去。

“好，那你先赶羊，我一会儿就过去。”说完我回废弃的屋里推自行车。

“嗯，直接过去就行了。”他赶着羊群往家里走时回头跟我说。

一路上，羊儿们看到有好草，都得停下啃两口才舍得走。庞大的羊群移动速度非常缓慢，所以我推着车从另一个方向走到帐篷处时，他还和羊群在两百米外。而另外一个比他矮一点，显得略胖一些的男人已经从另一边同样赶着一群羊回来了，正在把羊赶进残缺不全的土围子里。看到我后，他笑着拿起地上的石子朝土围子里拴着的三条大牧羊犬扔过去，狗狗们也就停止了对我的吼叫。有了在呼伦贝尔的教训，我对牧羊犬还是有些畏惧的，直到狗狗们安静后我才走过去跟他打招呼：“你好！你是他哥哥吧？”用手指着正在赶羊过来的那哥们儿。

那哥们儿看到我正在和他哥说话，就用听不懂的语言跟他哥说了几句，像藏语，也像蒙古语，好像是在介绍我，说完又用汉语对我说：“他是我哥。”他哥笑着对我点点头，指了指帐篷，露出一口白牙，用生硬的汉语说：“先进屋吧。”

厚厚的米白色帆布帐篷被撑成圆锥形，他哥打开帐篷门，再用装水的两个白色大胶桶压住，示意我坐在帐篷里的地毯上。我刚坐下，他就麻利地从帐篷外边拿了几块木头放进帐篷中间的铁炉子里，点上了火，然后又出去了。我曾于2010年在西藏救我的藏民家住过，知道他下一步会做什么。果然，他进来时提着个白色编织袋，并把袋里的干牛羊粪倒进了已经烧得很旺的铁炉子里，又盖上铁圈，放上已经装满水的铝壶。

这个时候，那个哥们儿也已经把羊群赶进了羊圈，低着头（帐篷比较矮）走进了帐篷，两脚交叉坐在地毯上，与我隔着铁炉子面对面。他拿出荷包里的烟问我抽不抽，我说不，他就给自己点上了一支，然后跟我聊了

牧民的帐篷

起来。见他回来，我很高兴，因为可以打破因他哥哥不太会说汉语而无法顺利谈话的尴尬气氛。这位哥们儿说的普通话还勉强可以，可见多掌握一门语言多么重要。

他叫姚黑才，他哥叫严株林（均是音译），他说他们是蒙古族，但祖辈都生活在这里。姚黑才给我倒了杯青稞酒，我拿起来一饮而尽，看我喝完他又接过杯子倒满，让我继续喝，也许他看出了我的疑惑，笑着说："进门三杯酒。"入乡随俗，我也就不拘束了。

三杯酒后，姚黑才给他哥也倒上了一杯，问我是哪里人，我指了指他手上的烟说："我家就在这包烟的产地——湖南。"说到这里，我有些自豪，他刚刚拿出烟时我就注意到了，那是一包五元的"白沙"，不知为什么他竟然会有，或许是游客经过时送给他的吧。严和姚都正在抽烟，听我说完他们做了同一个动作：意味深长地看着手上的烟眯眯笑着。

姚黑才自豪地说他们家有600多只羊，7000多亩草场。"哇，那么大呀！不可思议，我们那儿每家一般也就三五亩田而已。"我惊讶地说。

但他却一脸忧愁地说："这么大的地，只能长草，没有水，别的也干不了，只能放羊，不像你们南方水多。"

"没错，我们湖南有洞庭湖、湘江，是鱼米之乡，到处都是树，我家就在湘江边上，那里盛产……"我自豪地说着，也许是因为离家太久，越思念家乡，家乡的样子就记得越清楚吧。

他们听得乐呵呵的，然后端起酒杯，一饮而尽。但这时我停止了向他们介绍我的家乡，因为我看到他们俩在喝酒之前做了一个动作，让我如发现美玉一般兴奋，他们在喝酒之前用手指沾着酒向天弹了一下，然后沾上酒向地弹了一下，最后又向旁边弹了一下。姚黑才刚刚说他们是蒙古族时我还有点

姚黑才的哥哥严株林

我与姚黑才、严株林

不大相信，但看到他们这一举动，我信了。因为这个动作我十分熟悉，在呼伦贝尔时，我常与蒙古族朋友接触，早已对这个动作习以为常。喝酒前先敬天敬地敬父母，这是蒙古族的传统。没想到，这里的蒙古族在这片高原扎根已不知多少年，依然保持着那份传统，这真是难得。这一瞬间，我对他们的感觉仿佛又亲近了许多，传承传统文化，这行为本身就值得尊敬。

严株林在烧好的开水中泡上了像砖块一样的老茶，给我倒上了一碗茶水。我喝了一口，觉得有点咸，是放了本地的盐块，适合高原上喝。我问他们晚上吃什么，姚黑才说他们这里有萝卜白菜。“要不我来做菜吧。”我拿起菜刀看了一会儿说。他们性情直爽大方，不喜欢客套，直接说行。

天边火红的夕阳，烧红了半边天，将帐篷的影子拉得长长的。我从自行车上卸下了一些土豆，这是我在乐都县的地里捡来的，现在就用它还今晚借宿的人情吧。不一会儿，我切好的细长土豆条就占了半个砧板。我又割了一块严株林拿给我的羊脂肪放入锅中。几分钟后，一锅香气逼人的土豆条就做成了。姚黑才把帐篷边的一袋馍馍拿出来放在中间，盛了一碗土豆，拿着馍馍吃了起来。他说味道很好，但就是辣，说完喝了半碗老茶。哈哈，看他样子，我忍不住笑了起来，刚才做菜时我习惯性地放了我背包里带的辣椒，忘记了问他们吃不吃辣，满脸歉意，给他倒满了茶水。

土豆条伴馍馍，味道真不一般，再喝上一口高原老茶，感到满口都是浓

浓的大西北味道。吃完晚饭后已是晚上八九点钟了，天已经黑了。姚黑才说远处的山上有狼，有时还会来偷羊，并告诉我如何避开狼。我正听得起劲，他突然说："今晚我带你去找藏族姑娘，陪你睡觉。"

我哈哈大笑，没想到牧民也好这口："得了吧，陪你睡觉还差不多。"

"是的呀，我们一起去。"他一本正经地接着又说："男人嘛，女人还是要的，要不然多寂寞呀？"

这下我不知道怎么回答他了，只好说："大哥你去吧，我不想去。"

"没什么的，不要你花钱。"他继续劝我。见我摇了摇头，他又喝了一杯酒，站起来把烟放回荷包里说："那好吧，那我去了，你和我哥睡在这儿。"快走到帐篷门口时，他又转过头来说："你旁边有被子。"我点了点头看了下身后那两床硬邦邦的被子。

"他真的去找女人啦？"我还是不大相信地问严株林。

"嗯。"他微微一笑点了点头，又接着喝茶。管他呢，我还是先睡觉吧，我把睡袋防潮垫铺在地毯上钻进了睡袋，严株林把干牛羊粪灌满了炉子，关上了帐篷门，也睡下了。

风无情地袭扰着帐篷，把帆布吹得呼呼响，仿佛下一秒它就会被吹跑一般。燃着的炉子让帐篷里很温暖，但下半夜牛羊粪燃尽后，温度急剧下降，真的是冷极了。

次日清晨，醒来时天已大亮。严株林正往铁炉子里加柴时，我收拾好了睡袋。这时姚黑才吹着口哨，歌声悠长，唱着不知是蒙语还是藏语的小曲回来了。我们又喝着老茶就着馍馍当早餐。姚黑才说他们过不了多久也会离开这里，因为冬天要到了，而且羊已经长大可以卖了，他们要回到县城的家里去。

姚黑才从土围子里把正嚷叫得热闹的羊群赶了出来，准备去放牧。他问我要往哪个地方去，我说德令哈，然后拍了几张他们与羊群的照片。告别了这两位热心的蒙古兄弟，我骑上车向西而去。这一路上，我与各种各样的人相遇，听到了不同的故事，体验了不同的生活，丰富了视野，扩展了心胸，我觉得这就是旅行最大的意义，同样也是生活的意义。

第11章

在青藏高原捡垃圾

电影《钢琴家》讲述了“二战”中一个波兰犹太人钢琴家的故事。剧中，为了躲避德国人的搜捕，他的朋友让他躲藏在一栋楼的小屋子里，他的朋友则每周给他送一些土豆和面包。钢琴家依靠这些食物度过了相当长的一段时间。当年看到这部电影时，作为一个不吃米饭就不算吃饭的湖南人，我感到十分吃惊，仅依靠土豆与面包也能满足人体所需的营养吗？没想到这个疑问在我穷途末路的时候，竟然被亲身经历给解答了。答案是：好像可以。

那是2012年9月10日，我沿着青藏线进入青海，打算自东向西横穿青海，再去新疆。途中，在乐都县的洪水镇，我遇上了一场暴雨……

狭窄的山谷中奔涌着一条湍急的河流，这就是黄河的支流——湟水。河流与崖壁之间有一条蜿蜒曲折的盘山公路——109国道。昨晚我到此处时已经很晚，在山谷中一时也找不到不错的空地用来露营，只好在河边一片浅滩的沙地上搭起了帐篷。在秋季的西北，想必也不大可能突发洪水淹没这片沙滩。在此露营有点潮湿，好在天并没有我担心的那样下雨，这让我舒心了很多。凌晨6点，冷风从我半打开的帐门吹进来，带来了清新的空气，这让我又犯起了瞌睡，还想再多眯会儿。

正当我又睡得迷迷糊糊时，耳畔传来“嗒嗒，嗒嗒”的声音。在户外经历过那么多场暴雨后，我潜意识里对这种声音产生了恐惧。我马上坐起来，往帐外一看，巨大的乌云已经覆住整个天空。霎时间，雷电交加，雨点密密麻麻地向松软的土地倾泻下来，雨洼中不停冒着泡，汇成浊流，弯弯曲曲地向湟水流去。最不想发生的事情，终究还是发生了。附近没有任何可避雨的地方，最近的村庄少说也有几公里。现在我只有待在帐篷里，局面才会相对好一些。我的帐篷已用了一年多，虽然有些老化，但外帐质量还不错，不会让雨点直接落入帐篷内。

冷风使劲地吹着，帐篷左右摇晃，我突然体会到了什么是歌里唱的“寂寞沙洲冷”的感受。经过内蒙古托克托的那个雨夜，我已不相信“北方的雨是下不大的”这句不知道谁说的鬼话了，所以忙把帐篷内所有物品全收起来，装进背包，只留下防潮垫，用来阻挡雨水从地下渗透进帐篷。我坐在防潮垫的中间抱着背包等待雨停，并随时注视着河水的态势，并且不断祈祷着："老天爷呀，我穷得只剩一个好身体了，可不能让我生病呀。"

这种煎熬一直持续到了上午11点，大雨终于停止了袭击。它倒是来也匆匆，去也匆匆，可苦了避无可避的我。帐篷里积起了一个小水塘，但还好并没有浸透防潮垫，我顿感庆幸。山顶上的云雾正在退去，山谷的上空也出现了一丝丝蓝色，看来雨不会再下了，我心里一块石头落了地。

由于这片土地是片沙滩，雨停之后，雨水就迅速地流进河里或渗入到地下了，并未形成水塘和淤泥，走起来有些松软。我准备到河边的柳树下找一些干柴做早餐。走到田边才发现，田地早已收割完，灰色泥土的地里有一些像小石头一般黄黄的东西，好奇地走了过去，捡起来一看，原来是土豆呀。只见数不清的土豆乱七八糟、星星点点地散落在半亩地里。我捡起几个看了看，个头很小，大部分只有半个拳头一般大小，而稍大一些的则有被锄头挖过的痕迹，应该是不久前，农民收获结束后，把一些挖坏的和太小的留在了地里，任它腐烂，好当做肥料。昨晚来到这里时，这块地我也看过，并没有发现什么，没想到一场大雨把它们冲出了地面。

我想到了《钢琴家》，想尝试一下没日没夜吃土豆的滋味。把它当成肥料远不如给我当做粮食更能发挥它的价值，距离我上次打工挣盘缠已经过

我露营在青海海西草原上

我在前往德令哈的路上

去了很久，昨日我还在考虑是否该在西宁挣点盘缠再上路。但我若想去罗布泊的话，十月份是最合适的季节，不冷不热，相对其他季节安全得多。如果这次错过，恐怕就要等到明年十月了，现如今有了土豆，还可以撑一撑，边走边打算。我把地里翻了个遍，把个儿小的和不是很坏的全集中到了一起。哇，足足有两编织袋，差不多有50斤，这可够我撑一段时间了。感谢老天对我的眷顾，在我弹尽粮绝时送来了土豆。以后一日三餐都是土豆，那不如就从现在开始吧。我马上蒸了一大锅土豆，蘸着辣椒做早餐。

我沿奔腾的湟水旁的公路前往西宁。9月11日中午，我到达了青海省省会西宁市，问题来了，在野外我可以捡木柴烧火做饭，但在城市里是不允许随便点火的。那我吃什么呢？我利用已习惯野外生存、不怕麻烦这一优势，在进入市区前先做饭，吃完后再进城，快到饭点时，再出城做饭。我觉得这就像是一种侠客的作风，反正现在有自行车还是比较方便的，而且西宁这个城市也不大，骑车20分钟就出城了。

离开西宁后，我继续西行，经西海、刚察前往天峻县。但土豆没吃两天，就感觉有些腻了。我早猜到了早晚会有吃腻的一天，任何食物都会如此，只是没想到会这么快。为了延迟吃腻的时间，我开始发扬中国人善于做菜的优点，把土豆分成很多种做法，蒸、煮、炖、炒、土豆泥、土豆条、土豆饼等等轮流吃，好对它保持一种新鲜感。好在我佐料都还有，我想波兰那个钢琴家倘若知道中国对土豆有这么多种做法，他一定会羡慕死的。

直到9月18日，在刚察县泉吉乡苍茫的草原中的公路上，一想到今天中午又要吃土豆，我就忍不住干呕想吐，整整七天了，一日三餐一直都是土豆，我能忍到现在我已经相当佩服自己了，这样下去不是办法。我的食物类型太单一了，一定要依靠自己去改变！

那我该做什么呢？在这茫茫的草原上，人烟稀少，一两百公里才会有一个县，而且县城都不过一两万人口，十分荒芜，做生意是不大可能的。打工时间太慢，十月份即将到来，这里距新疆还有1000多公里的路程，时间也不多了。

坐在公路上凝视着远处一群群牦牛，望来望去，眼睛的焦点定格在了公路路基下几个易拉罐上，“哈哈，不会吧，要落到捡垃圾的地步吗？”我自嘲道。此时，我又想起了2010年我走青藏线时说的一句话：“以后有钱了，我就来捡垃圾，为高原圣地做清洁工。”当时说这话是非常真诚的。青海、西藏是中国主要的旅游目的地，况且青藏公路是进藏主要路线，那些自驾者，将水瓶等物品任意扔出窗外，在公路边遗留下大量垃圾，而一望无际、人烟稀少的草原很少会有人来清理垃圾，日积月累，越积越多，环境状况也自然越来越糟糕。倘若我能把占垃圾大多数的易拉罐与矿泉水瓶，以及公路上从大货车上掉落下来的一些废铁捡起来，放在自行车上，等到了天峻县后把它卖到回收站，不仅能挣钱，还能美化环境，何乐而不为呢？没想到2010年说的来

青海高原的牦牛
青海德令哈秋季草原的绵羊
我在天峻县废品回收站

为高原圣地捡垃圾，今天就实现了，只不过不是在有钱之后，而是在没钱之时。

说干就干，我马上行动了起来，沿着仿佛没有尽头的公路一边走一边捡。9月19日下午，我终于到达了天峻县城。天峻是个人口很少的县，但面积却很大，在天峻县的北边有传说中西王母的瑶池，有很多书籍都曾讲到过，一直都是我很想来的地方，可没想到这第一次来竟然是一路捡垃圾捡过来的。一进城，我就四处打听，终于找到了天峻县唯一一家废品回收站。我将三编织袋的易拉罐与空水瓶扔在了地上。老板娘感到很奇怪："看起来你像是旅游的，怎么还捡垃圾啊？"我摸摸长长的马尾辫笑着说："我应该是最穷的旅行者了。"老板算好后给了我22.60元钱，让我乐了一整天，这下可以买些大米和面条，改善伙食了。

后来，我边捡垃圾边在河里捕鱼，用极其原始的旅行方式坚持到了德令哈，之后开始穿越沙漠，在我最困难的时候，我也谢绝了那些要帮助我的朋友、家人和网友。我想经历更多的辛酸苦辣，磨炼自己的意志，以便更好地面对后面的人生。

天峻县的草原

第12章

穿越柴达木雅丹沙漠

第1节

2012年10月8日，一辆白色的越野车行驶在柴达木盆地犹如沧海桑田、四处各异的雅丹地貌中间的一条公路上，四周一片荒芜。这的确是名副其实的大地，茫茫地面没有任何植被，只有高耸的土丘，如一个个我在山西阳高县看到的汉墓，充满了死亡气息。当然，这时候的我并不会感到恐怖，相反是兴奋与新奇，只觉得壮观，只觉得每一个土丘都像一件艺术品。想登上最高的一个土堆，给这些可爱的雅丹地貌来一张集体合影，这一片天地让我感觉是那么的鬼斧神工与惊心动魄。我不知道在我离开这片土地之后会不会时常想起它，也许那时我除了活下去，什么也不会多想。

汽车由柏油路开上一条土路，向远处两公里外的几栋低矮的房屋开去，颠簸的路面不时把我们从车座上抛起。汽车费了好大劲，加足了油门才开到房屋旁边。房屋院子门口“南八仙工区”几个大字横在铁大门上，像万里无云的天空中孤独的太阳一般耀眼。

“哥们儿，我只能送你到这儿了。”坐在驾驶室留着长长的头发、瘦瘦高高的那个藏族朋友转过头对我说。他的名字叫南卡。这句话、这个场景让我觉得再熟悉不过了，在行走中国的几年里，我有过太多这样的相逢与离别，记忆中留下了太多每当想起就会心酸的眼神。这两个哥们儿是半小时前，我在公路上搭顺风车时认识的。他们刚刚从新疆自驾游回来，纯属是偶遇，但在茫茫戈壁滩上，能够遇上，也是十分难得。

我拿下沉重的背包，把它靠在围墙旁边，坐在副驾驶的哥们儿也下车看了一下我背包里的装备。南卡把车掉了个头后他也就上了车，走时给我留了个电话说：“出来后，给我打个电话。”然后开动了车，向乌图美仁方向匆匆离去，汽车拉出的一溜烟尘就好像一条黄色的巨龙，久久未散。

从南八仙工区院子里走出来一个瘦瘦的老头，看了看我的行装，好像明白了什么似的，问我去哪里，我说："我要穿越雅丹地貌荒漠去一里坪。"

他似乎很气愤，说："你干啥去？去找死吗？"接着又说："是不是去找死，110公里无人区，没一点信号，放弃吧，没必要玩命。"

我不以为然地说："110公里也就走三天就走完了，没那么严重吧？"

他看我一脸的平静，似乎感觉到了我有什么不同，便改变了刚才愤怒的表情，和颜悦色地问："你是干什么的呀？"

"我是名行者，已经走了大半个中国，半个月后准备穿越罗布泊，但是我还没有穿越过沙漠，所以想把这柴达木当做拉练，适应一下环境。"当时我想，要是运气不好，他也许是我这辈子见到的最后一个人了，所以一五一十地把我的来由告诉了他。

我在柴达木盆地的荒漠

"尝试一下都敢到这儿来尝试，你真行啊，去年有两个人进去就失踪了，到现在还没找到呢，你多大了？"他皱着眉头，关心地跟我说。

"我20岁。"我答。

"才20呀！你还年轻，别做这么危险的事情！"他瞪大眼睛对

柴达木盆地中南八仙的盐碱地

南八仙

我说。

“我没事的，谢谢你的关心。”说着我把外挂着帐篷与防潮垫的背包背了起来，打算上路了。

老人家看我要走了也就不再相劝，换了关切的口吻问我食物与水准备好了没有。我背包里共有10升水与18个压缩饼干，这是两人份的。这次还有一个小伙子与我一道穿越这片沙漠。9月25日，在德令哈时，他在我微博上看到我说要找一个同伴一起走一段，马上与我取得了联系。经过我同意后，他坐火车到德令哈来找我。之前他在工地打工，看上去总是显得呆头呆脑的。他穿着打扮很邋遢，有时身上还散发出一种恶臭，这令我头疼不已。但事已至此，也只有走一步看一步了。

大叔问：“你需不需要接水？我这儿有水”。我让小伙子检查一下我们背包里有没有空瓶，小伙子打开检查了一会儿说：“有一个。”

“好，你去跟大叔把它接满吧。”我说完他应了一声就进院子去了。

我走上了一个高地观察四周地形，发现这是一个20世纪六七十年代建的工区，那时候三线建设运动搞得轰轰烈烈，到处都在构建战略纵深，在柴达木兴建了很多工区。但由于盲目开发，加剧了当地环境沙漠化，后来也就都撤了，不知为何这个南八仙工区还住着人。在地图上的南八仙看上去像是一个村庄，而它在很久以前也确实是。当年，有一条被称为国道的土路经这里向西直通新疆，据说是来自我们湖南的王震将军当年率部队进军新疆时压出来的，但后来从大柴旦到新疆间修建了宽阔的柏油路，这条连村道都不如的国道无人再走，路边的这座小村庄也就被完全废弃了。有条2米宽的盐碱路从这儿向西直通柴达木雅丹沙漠。现在的南八仙，看来也就是茫茫戈壁滩中的一个小院子而已，所有食物与用水都来自远方的补给。

小伙子拎着满满的水瓶出来后，我一看时间已近17点，就决定早点出发，我们背上背包上路了。我仿佛看到大叔静静地站在工区大门外，远远眺望了许久才回到屋内。我们一步步踩在坚硬的盐碱地上，离有人烟的地方越来越远，我突然有一种壮士一去不复返的感觉。傍晚，站在高地上手机竟然还有一点信号，用手机测了下路程，从南八仙到这里已走了3.5公里了。负重40公斤，一小时走了3公里多，这进度算不错了。今天就早点休息吧，明日早点起来赶路。天空渐渐暗了下来，我把帐篷搭在一个背风坡的白色盐壳地上，感到一股寒意向我袭来，星星挂满了天空。

这次的柴达木穿越，虽然只是尝试，但我也费了不少心思，在德令哈时原计划骑车穿越，但在我骑车离开德令哈前往怀头他拉镇途中，接连几天都遇上了六级大风，并且还是逆风，实在无法前行，只好回到了德令哈。之后我决定放弃骑车，转为徒步。我在微博上发博问可有人愿意收藏我那辆从辽宁阜新开始骑的自行车，不一会儿，就有很多人说愿意收藏。考虑了各种因素，最后我选择了一个叫谢科的湖南人，将自行车托运给了他，对方慷慨支付了我一些费用，这些钱对我这次穿越起到了添砖加瓦的作用。后来在我的旅途结束后，我用我在新疆阿尔金山捡到的一只年代久远的巨大的野牛角与他换回了自行车。后来我与他成了好朋友，没有数不清的像他这样的好心人的相助，我是无法走完旅途的，真是要好好谢谢他们。

第2节

天空繁星闪烁，一条银河十分清晰地横挂在天穹。我钻进帐篷里的睡袋，心里盘算着接下来的路程。我不想让这次探险牵扯到任何商业动机，所

以装备以及行程都是独立自行安排的，不过我现在的装备与到德令哈之前相比，还是有所改观的。帐篷没变，睡袋是我的一个朋友“志”从广东寄来的，冲锋衣与冲锋裤则是江门的“童”寄来的。这些虽不是很好的装备，但相对于那时候吃了一星期土豆的我来说，简直就是宝物。我把穿越沙漠暂时用不到的东西全部寄回了老家。在我最需要帮助的时候得到了远方的朋友们与好心人的主动帮助，我感到很幸福。

10月9日，破晓时分东方天际出现了一条弧形的红光。我穿上厚厚的衣服和结满冰霜的鞋子，站在帐篷边对着日出的方向运动了一会儿。去拿水瓶喝水时，才发现所有水瓶里的水都早已冻得如石头一样坚硬，用来当防身武器的话，杀伤力绝不会小。我本以为十月的沙漠会比较舒适，不料温差还是这么大，白天有20多度，而晚上最低达零下10多度，我现在终于体会到了什么叫冷酷的环境。

吃了压缩饼干收拾好帐篷时，太阳已经露出了红红的半边脸，我把一个水瓶放在了背包后面，方便升起的太阳将它融化，不然我就没水喝了。在走出一公里后，在一个土堆上捡起一根长长的竹竿，当做手杖，带上灰色鸭舌帽继续向西而行。

我行走在柴达木雅丹地貌的大地上

柴达木沙漠上的雅丹土堆

气温随着太阳的上升开始回升，走了几公里后，发现路边不远处有个小湖，看上去湖不大，却很长。湖面上却是白茫茫一片，就像冬季黑龙江大庆的连环湖一样。走近之后才明白，原来那白色的是盐壳，湖边被盐碱覆盖的边缘仍然顽强地生长着一些不知名的红色藻类植物。盐度如此高的水里竟然还会有生命，真是奇迹，但此时我发现自己的手机也开始没有了信号，于是我想到，真的不要相信那些说什么手机信号已经覆盖全国的商业宣传。

10点时，眼前出现了一条输油管，它从越变越窄的“国道”上横过，我站在一个高大的土堆上眺望远方，似乎要走很久才会进入西面密集的雅丹群，而南面不远处就已经很密集。打开地图册，发现这条路在前面10公里左右就会往南拐个大弯，接着又向西。我想，要不现在我就往南走一定距离，再往西走，跟那个大拐弯接上，这样既不会耽误太多行程，也能让我早点近距离拍摄到雅丹地貌，说干就干，我随即沿输油管道往南走去。

我很激动，随着脚步的前进，巨大的土堆群离我越来越近。往南走了6公里后已到12点，进入雅丹地貌集中区，大地一片灰土。我吃了个压缩饼干，躺在一个土堆旁准备休息一会儿。昨天搭我到南八仙的那哥们儿告诫过我，早上傍晚走，中午休息，避免消耗体力。现在阳光十分强烈，若现在赶路会消耗更多的水分，倒不如趁现在休息一下，等阳光稍微柔和一些再走。

正午的阳光直射下来，没有任何可以遮挡的东西，晒太阳在一些古镇本是一件很享受的事情，但此时我却感觉是一种折磨。14点，阳光没有丝毫减弱的迹象，只好继续上路了。继续往南走了两公里后，我想如果从这里离开输油管道直线往西，应该正好可以跟那条盐碱路大拐弯接上。沿着国道走，至少还有路可循，但是我没有带指南针和GPS，如果直线向西的话，路上可就没有任何东西可做参照物了，只有凭心里认定的大致方向行走。此时此刻，置身千奇百怪的雅丹地貌中心，我觉得异常兴奋。时不时地站在这个土堆上看看，站在那个土堆上拍拍照，觉得世界真是妙不可言。

雅丹地貌是狂风经年累月地吹蚀而形成的，也有人把它们称为风蚀林。密集区的土堆一般都比较高大，高有3至5米，每隔几米就会有一个，异常壮观。我沿着土堆之间的缝隙向西走了一个小时后，开始出现了沙漠。不过

雅丹地貌的土堆并没有减少，沙漠将密集的土堆底部淹没，只露出土堆的腰部和顶部，看上去像是杭州千岛湖中的一个个小岛，更加令人神往。不过，走在沙漠上并不像走在盐碱地那样容易，每走一步由于背包与身体的重量，都会让鞋子陷进沙子里，就像走在沼泽地里一般麻烦，这样也拖慢了我的前进速度。

炽热的阳光烘烤着这广阔的、没有任何生命迹象的沙漠，湛蓝色的天空中万里无云。想想也对，这里远离大海，没有植物与水，产生不了水蒸气，哪来的云啊？高大的密密麻麻的雅丹土堆和沙丘错综复杂地散落在漫漫黄沙之中，所以我若想不迷路而直线向西的话，那就不得不时而上坡时而下坡，径直向前，非常费力。

16点，远远地看到一个土堆旁好像有一具白骨，想到在南八仙时那位大叔说过在这里面有一个失踪者，顿时觉得毛骨悚然。这不会是那个失踪者吧，别人找了那么久都没找到，一下就让我碰到了？看来我来之前真该买张彩票。好奇心驱使我去一探究竟，走近之后，发现白骨露出沙面的部分并不多，还有一些黄色的表皮，露出的部分被风化得一碰即断。我开始用竹竿向下挖，挖了几十公分后，看到一大簇黑而粗的长毛，一块非常大的骨头。我心里一块石头落了地，这根本不是人的毛发，很有可能是野牦牛的。从被沙掩盖的早已失去水分的肌肉和骨骼来看，它在这儿应该不超过几十年。我走了这么久根本没发现草和水源，甚至昆虫都没看到，怎会有如此大的动物呢？难道这里曾经有水有草？不管了，还是继续赶路吧，我这次可不是来做科学考察的。

北风从南北向的几排沙垄中不断地吹过来，刚踩出的脚印过一会儿回过头来就看不到了，因为风已经用沙子均匀地将脚印填平了。黄昏来临时，气温急剧下降，我搭在一个圆形土堆后面的柚子色帐篷与赭石色的茫茫沙漠，看上去倒是十分搭调。我拿着一瓶即将消耗完的1.5升水瓶和一个压缩饼干坐在巨大的土堆上，一口饼干一口水。放眼望去，沙漠中林立的土堆犹如沙场秋点兵的场景，满目洪荒，带给人一种壮丽雄浑的苍茫。

夕阳完全落下，天空变成了青色，到21点时完全被黑暗吞噬。我钻进

帐篷，有了今天早上的教训，为了不让水再结冰，我把一瓶水放进了帐篷中，同时把两把刀和一串在德令哈买的鞭炮放在了枕边，这是为了防狼。也许这里根本没有狼，但还是需要以防万一。

第3节

10月10日8点，太阳刚刚露出了头，天地之中十分安静。由于早上气温实在太低，今天就没起那么早了，中午少休息或不休息，多赶赶路同样可以达到预定的进度。我的这双徒步鞋已经穿了近一年，早已补了不下十几次，现在又破了几个小洞，走在沙漠里，常常会有许多沙砾跑进去，让我的双脚磨损的速度翻了倍，很不方便。我拿出背包里带来的一双解放牌棉鞋换上。我一向注重环保，生活垃圾，都会装在背包里，把它带到城市里后再扔进垃圾桶，这是我一直以来的习惯。走的路越多，越要做个环保旅行者，如此走遍整个中国，就会把这种理念、这份清洁带到祖国各地。但这双鞋实在太

柴达木南八仙的雅丹地貌

柴达木盆地中连绵的沙丘

沉了，如果放在背包里会增加负重，让我行进得更慢，所以我最后决定挖个很深很深的坑把它埋起来。万般无奈之下，也要尽量减小遗留垃圾对环境的影响。

我昨晚把水瓶放在帐篷里的效果很好，没有冻住，起来后就可以边吃饼干边喝水。9点收拾好帐篷继续向西前进，越过无数沙丘，与无数个雅丹土堆擦肩而过。景色非常美丽，令我忘记疲惫，陶醉其中。

沙漠里的雅丹地貌

中午，在一个沙丘下吃了压缩饼干，小伙子坐在土堆上玩手机。我比较喜欢新鲜事物，所以也没闲着，到处走走看看希望发现些什么。走过了几个土堆突然看到沙地上又有几具白骨，很显然是动物的尸骨。走过去一看，果然是，最大的一具头骨和脚掌的皮毛组织还保存得很好，看上去是野骆驼的。而离它5米远的一具是野牦牛的，下面还有一具，一看便知是羚羊的，这已经是我这两天看到的第七具羊骨了。真是令人匪夷所思，它们居然会死在一块，看上去和昨天看到的那具尸骨死去时间相差不大。由此可以确定，这里几十年前一定植被丰茂、水源丰富，不然不可能活着这么多的野生动物。

又越过了许多的沙梁，终于在15点时，走回了“国道”那个大大的弯。我走上了周围最高的一个土堆，发现仍然没有信号，看来南八仙那个老人没有骗我。两米宽的盐碱路大部分也被沙子所覆盖，雅丹土堆并没有减少，只不过拦路的都被辟出了一个口子，让路通过。这毕竟曾经是公路，自然也走得轻松的多，要比走在沙丘上绕来绕去好多了，我对顺利走出沙漠更加有信心了。

傍晚时，过了一个大弯和一个巨大的土堆，拐弯之后看到一栋房子，嘿！这儿难道有人住吗？快步走了过去，结果却是一阵失望。门窗开着，四个房间里地上的沙子足有5厘米厚，房间内什么也没有。看来这里只是昔日的公路养护站，新路修好后这条路就没人走了，养护站自然也就没有存在的价值了。不过在这屋里搭个帐篷至少可以避一下风，我从贴满旧报纸的墙壁上把报纸全撕了下来，铺在地上，再把帐篷搭在上面。

与我同行的小伙子不爱说话，而且不是一般的不爱说话，如果我不主动跟他说话，那他就一直不会开口。即便如此，我每次与他谈话时他也只是用“嗯”“呵呵”“哦”等等简单到不能再简单的回复应付。每当我热情澎湃地想表达一些想法时，听到他匮乏的寥寥数语，我的热情也被瞬间浇灭了。慢慢地，没什么事我们就不说话了，感觉好像就只有我一个人在走，而他则像是我的一个影子，搞得我都不知道他有什么可讲述的故事了，可见选择一个好的同伴是多么重要。

吃了晚餐的压缩饼干后，就只剩下两个了，每人分一个，水也不多，天气炎热，而且吃压缩饼干要消耗极多的水。每人还可分到一升水，而路程却才走到三分之一。这时候我开始感觉到危险降临了。行走中国两年里，我遇到过许多次危险，最后都化险为夷，而且我天性乐观，让我拥有极强的意志力。作为活动发起人我并没有表现出任何担忧，而是把许多乐观的情绪传递给小伙子，安慰他，说一定会有车有人从这里经过，前面不远就会有人家，其实说这话时连我自己都不相信。

10月11日上午走了约5公里后，看到一个宽阔地带。有个牌子上面写着茶冷口，没想到这茶冷口也只不过是一个三岔路口而已，开始从地图上看到

这个地名时以为它应该是跟南八仙一样，至少有一座房子，所以心里也抱着一些幻想，以为在这里可以得到补给。但是现在看来完全是自己的一厢情愿，这里连个鬼影都没有，心情顿时失落，躺在路口许久。不过也得到了一个信息，从地图上看南八仙到茶冷口和从茶冷口到一里坪是相同的距离，也就是说我已经走了一半的路程了。现在只需加快速度，剩下的五六十公里两三天就可以走完。可是，说得容易，现在没有了食物，水也只剩300毫升了，怎么可能撑两三天啊？吃了三天压缩饼干，身体已经开始出现虚脱，嘴唇干裂很严重，已经无法达到第一天行走时的速度了。但是，能怎么样呢？手机没有信号，没有卫星电话，无法与外界联系，无法取得支援，只能一直向前！

过了茶冷口，雅丹土堆也不再那么高大威猛了，而变得低矮了不少。沙漠也消失了，只有硬邦邦的盐碱地。天空是望不到边的蓝色，看得人有些眩晕，那一个个土堆看上去仿佛刚出炉的东北烧麦，正冒着热气，让人浮想联翩，我突然感觉自己的这种想法有些画饼充饥般的可笑。中午时分，喝了些水点上支烟，我闭上眼睛养神，真想听到心跳以外的声音，但是除此之外就只能听到风声了。

柴达木盆地中无垠的沙漠

一望无垠的天空中开始出现一丝丝的薄云，看来在很远的地方应该是有水了。没有了巨大土堆的阻挡，狂风变得更加肆无忌惮，呼啸声不断从耳畔传来。18点半时，被烈阳烘烤了一整天的戈壁又开始出现凉意。没有了巨大土堆挡风，风从四面八方吹来，在哪儿都感觉有大风。今晚该把帐篷搭在哪儿呢？此时身体就像力量被吸干一般，感觉就一个字：“累！”觉得身上所有的东西都是累赘，所以一打算在此露营就急忙将背包放下。可是我发现自己此时竟然已经疲惫得像七旬老人一般了，连将背包扔在地上都感觉十分吃力，只好先弯下腰，再一点点儿放低，最后卸下背包。我把宿营地选在了一个低矮的土堆后面，这里的风相对小一点。我在此搭起了帐篷，然后再把背包放在枕边，用来缓解风声的不停侵扰。

寒风在土堆的夹缝中冲撞、哀嚎。我又饿又累，每做一个动作都感觉是在透支身体。黑夜驱赶着西边疲惫不堪的太阳，铺天盖地地袭来，犹如现在的我充满无奈。我喝下了最后一点水湿润了干渴的喉咙，躺在帐篷里心中不断祈祷明天会有奇迹！

寒风依然放肆，帐篷上空那条银河依然清晰可见，星星依然闪耀。

第4节

10月12日，早上8点，收拾帐篷继续上路。今天不仅没有了食物，连一滴水也没有了。看着深蓝色的天空，心中满是感慨，自己从小生活在江南水乡，尽管有时候生活困难，却也从未遇到过水的危机，而如今，在面临那曾经不以为意的事物的缺失时，生命是如此的脆弱，而自己又却如此地无可奈何，反而只能祈求上天的怜悯。人类口口声声说自己能主宰地球，是世界的主人。我曾经也是如此认为，但现在事实告诉我，在大自然面前，人类是如

此的弱不禁风。有的人整天喊着要保护地球，何谈保护地球？殊不知，地球哪需要你的保护，人类给地球造成的破坏，不过几千年，地球便能重新恢复。人类却经不起地球一点点儿的怒火，就连海平面上升几米人类都承受不了，还何谈保护地球？人类要赶紧保护人类自己，我想才是真的。

拖着疲惫的身体，一步一步向前挪步。走了一个小时后，看到路边有一个小小的水池，我像打了鸡血似的马上跑了过去。一看，原来只是盐度极高的咸水，四周布满了白色的盐卤。不能喝，只好失望地继续前行。这里的环境完全成了盐碱滩，大地上已经没有了雅丹地貌，显得十分单调与乏味。

坐在路中间，脱下鞋子，抚摸着那早已长满茧子但仍然打了几个水泡的脚和酸痛的肩膀，感到真是精疲力竭。躺了下来，枕在背包上，一丝念头闪过脑海："放弃吧！太累了，实在走不动了。"我本以为自己超强的意志力可以战胜所有，可如今身心极度疲惫，浑身的骨头都像散了架似的，好像一折便可断。一些久已消失的记忆：朋友们的笑容，误解者的嘲笑，家乡的稻田，都如电流般从眼前驰过，快速而清晰，而眼前客观存在的一切反而变得十分模糊。

我没出息地想起在兰州时与朋友常乐吃完大餐后剩下的倒进垃圾桶的手抓羊肉与酸汤肥牛，现在真是恨自己为什么当时没把它们全吃完。大地静得

永无尽头的雅丹地貌

可怕，看着远去的灰色土路，我问自己，真的要放弃吗？这么容易服输吗？这不是学校军训，实在坚持不下去有人会送你回去。但是如今路就在那儿，我走或不走它都在那儿，对我的选择不闻不问。我要走下去，因为想要生存，除了走别无选择，哪怕是一步一步挪动。

我坐在土堆上休息

15点，在一步步前进中看到远处好像有一排房子，难道是到一里坪了吗？我兴奋地加快了速度，走近了才知，原来是一排木板，上面写着天然气管道等字眼，大概是西气东输的管道吧。唉，哪有那么快呀，耳畔想起了南八仙那位大叔的话："这条路没一个人！待100年也看不到一辆车一只动物！"看来只有踏踏实实地走了。

其实，倘若在10月9日那天我没有绕路，把本该一天可走完的路程变成了两天，或许现在也不至于这么狼狈。烈日在没有雅丹土堆的戈壁滩上更加无情，连避阴的地方都没有，干渴与饥饿让我开始变得笨拙，有气无力地走着。每走半小时休息三分钟，走一小时休息五分钟，以恢复元气。每次停下来休息时，就连放下背包这种动作都变得十分吃力。休息过后想立即站起来背上背包上路，都需要打一场心理战才能做到。好在意志中顽强的求生欲望终究还是战胜了身体的疲惫与饥饿。

这段路好像永远也走不完一样，永远都在前面。18点半时，阳光温柔了一些，我疲惫不堪的肉体还在移动着，突然看到了一根竹竿，直直地竖立在远处的一个高地上。每每看到这些文明世界的产物时我都以为会有奇迹发生，但每次结果都是失望，我想大概这也只是一根竹竿而已吧。我继续走，当拐过了一个土堆的45度角后，我惊呆了！眼前出现了一片房子，而且那片房子好大啊，那根竖立在房顶上的竹竿就是我刚才看到的竹竿。偌大的一个院子，院子里高出围墙的篮球架给了我一股强大的动力，这么大的一个院

子想必一定有人居住吧。激动之情无以言表，我快步走了过去，来到紧锁着的大铁门门口，铁门旁写着“二工区”几个字，透过大门能看到宽阔的院子里，有一排排的房间，但所有的门都紧闭着。

我不顾一切地呼喊：“请问有人在吗？”连喊几声院子里仍然静悄悄的，无人应答。院子里的地上被轮胎轧出的痕迹早已模糊不清，围墙角落里被沙子覆盖了厚厚一层，看来已经很久没人来了，难道又是跟前面看到的房屋一样是废弃已久的？我并不奢望能够出现多大的惊喜，但不管怎样，现在已经快天黑了，即使里面什么都没有，在院中搭个帐篷也可避一下风呀。等了几分钟又叫了几声，仍然毫无任何动静，看来是真的没人。好吧，那就不管了，只能爬围墙进去了。我正想把脚踩在铁栏上时，发现拴着铁栓子上的大锁并没有合拢，是开着的。锁门的人怎么这么粗心大意啊，不过也正好节省我一些力气。

我走进院内，径直往最前面的一排房子走去，试图寻找一些水或吃的。现在金子我都不感兴趣，只想要水。再不喝水恐怕明天就真的要学人家喝尿了。堆积的沙尘堵住了房门，费了好大劲才把其中一个房间的门打开，屋内的墙角那儿放着桌椅，只是桌椅上都覆盖上了厚厚一层沙尘，脏乱无比。翻

令人沮丧的旅程

遍了所有角落，只找出一个干得比石头还硬的白馒头，无法食用。接着又找了旁边几个房间，仍然一无所获。我不甘心一定要搜个彻底，继续去另一排房子搜寻。

“这里有水！”搜到最后一间房子时，小伙子跑过来跟我说，却仍然是那种淡漠的语气，听不出有丝毫的兴奋。我却仿佛被从绝望的泥潭中拉了出来一样，心中无比激动，飞快地走了过去。

这屋子相对其他屋子来说要干净多了，一进门，不太宽敞的屋子被左右靠墙的两张木板床占了一半。而两张床的床头中间正好放得下一张书桌，天衣无缝，一点也不浪费空间。床上放着叠得整齐的被褥，一进门我就问:“水在哪里？”小伙子指了指墙角一个铁桶说：“就这里。”房间有点黑，因已到傍晚，我双手抱起铁桶，放到一个有亮光的地方，想看个清楚水有多少，是否干净。老天对我还不错，水还算干净，不影响饮用，虽然桶底有一些沙子。水量不多，只有五分之一桶水，大概两到三升吧。我们每人狠狠地喝了一大口，然后坐在床脚长长地喘了口气，一下子变得神清气爽。

我的目光被对面一张床上的几个颜色鲜艳的编织袋吸引住了。什么东西呀？打开一个袋子一看，哇，竟然是大米！连忙又打开另一个袋子，里面是面粉。我紧锁眉头，有粮食又有水，难道有人住，只是出去了还没回来？可是不对呀，从地上的印记来看，近期根本没车来过。到底这里有没有人呢？我像是寻找证据一般打量着房间里的一切，墙上挂着的日历翻到的是8月份，虽然这个房间整洁，但床边的铁凳子上仍然有厚厚的一层灰，显然已有一阵子没有使用了。如果有人回来，我好好沟通一下，相信依现在我们窘迫的局面，对方也能体谅的。

桌子上放着砧板和炒菜的调味品，而且靠门处竟然还放着高压锅、煤气灶，炊具竟然会如此齐全。如要做饭是没有一点问题的，我洗了下高压锅，淘了米放在了煤气灶上，一打火就着了。人是一种贪婪的动物，我想有了饭，怎能没菜，就去其他几个房间搜索。在一个房间的纸箱里，发现了一些干得不能再干的葱蒜，无法吃。最后在一个纸箱里找到五六个洋葱，外表看起来同样干得不行了，但当我剥开外面几层后，一股刺鼻的洋葱味呛得我顿

无与伦比的苦旅

行走在沙漠里

时眼泪直流，没想到这些洋葱中间还比较嫩，完全可以食用。

刚才找东西时，我注意到了隔壁一个房间，里面除了两张木床外空无一物，我想有被褥的这个房间最好还是不要住，以免晚上真碰上屋主人回来，主人家也好有住处。我们住在隔壁房间，也不至于被屋主人回来时当场撞见显得尴尬。然后让小伙子去打扫一下隔壁的木床，我开始做菜。

“扑哧、扑哧……”高压锅的声音如晴天霹雳般在屋内响了起来，水蒸气和水珠从高压锅盖的小孔处努力地向外逃窜，真是好听的声音。出发以来，每天面对着的不是黄沙就是黄土，连只小鸟的叫声都没有听到过，这是几天来耳边听到的来自外界的唯一不是风声的声音，如此悦耳，仿若天籁。我想王菲的最动听的歌声在我听来也不过如此吧。

在炒锅中放下油和洋葱，以及辣椒，一股香气腾起，我又一次闻到了人间烟火。做好后已到了20点，窗外一片漆黑，我点上了一支蜡烛，放在书桌中间，把饭菜盛了上来，两人对立而坐。微弱的烛光照亮了房间，温暖了人心，我想这一定是方圆100公里内，茫茫戈壁中唯一的火光吧。不知是感动还是被洋葱给呛的，在吃下第一口米饭时，我的热泪情不自禁地流了下来。我低下头默默地吃着，不表现出一丁点儿情绪。

吃完后精神抖擞，在隔壁房间木板床上铺上了防潮垫和睡袋，心中充满了希望与憧憬，这一次似乎又验证了在龙岩时“黄”与我说过的一句话：

“天无绝人之路。”记得内蒙古的一位锡伯族姐姐春暖常跟我说：“好像冥冥之中，有什么保佑着你似的，让你总能化险为夷，有惊无险。”我总是笑笑说：“运气好而已。”但这次到了绝望的边缘时，戈壁滩中突然出现水与食物，让我美餐一顿，恢复了生气，也许这次又只是“幸运而已”，但我宁愿相信老天偏爱于我，我心中暗自发誓，此生将本着感恩的心去做人，用爱心去做事。

第5节

10月13日，寂静的窗外有一排模糊的围墙，大铁门依然紧闭，显然一夜无事，看来是我多虑了。黎明正在逼近，东边的地平线出现了一抹红晕。我感觉自己似乎充满了力量，所以早早地起了床，想以最快的速度走出无人区。我来到隔壁做饭的房间，把锅碗都刷得干干净净，把房屋收拾整洁，恢复原样。干完后小伙子也醒了，我们关好房门，穿过宽敞的院子，走出大铁门，恢复了锁的原样，静静地向西走去。

太阳升起，照亮了荒凉的戈壁，照亮了前行的道路，我忽然觉得此时荒凉无比的戈壁滩有几分可爱，仿佛又开始喜欢这片土地，或许是心中充满了感激吧。感谢青海，感谢上苍让我经历的这一切。9点半时，看到路边的里程碑从早上出发时的930变成了939，一个多小时竟然走了近10公里，是很理想的速度了。路口仍是老样子，但戈壁滩上又开始出现一些低矮的雅丹土堆，上了一个坡，眺望远处，在笔直的地平线上好像有两头黑色的牛在吃草，我揉揉眼睛，难道是海市蜃楼吗？这连棵草都没有的戈壁滩上怎会有牛呢？一定是自己的幻觉。没有多想，继续走了一个多小时后，再看“那两头牛”时，我惊呆了，那分明是车啊！两辆大卡车排列行驶着，后面还有几辆

小汽车。我兴奋不已，加快了脚步，终于回到公路。我走出这片无人区了。

像一条动脉的柏油路笔直地平铺在一望无垠的戈壁滩上，下午1点我走上了公路，在路边躺了下来。终于到了一里坪，完成了这次沙漠无人区穿越。但眼下四周仍然是荒芜的土地，没有村庄，没有房屋，没有人烟。现在我才知道，这所谓的一里坪竟然跟茶冷口一样也只是个地名。但有公路就有车经过，也就有希望。一看手机，竟然也有了信号，从地图上看距离这最近的一个镇是200多公里外的青海与新疆交界处的花土沟镇，这两百多公里如果继续徒步走过去，那自然是不可能的，何况我现在没有水没有食物，必须尽快让自己得到补给与休整，唯一的方法那便是搭车。

晴朗的天空下笔直的公路延伸到视线以外，来往的车辆非常少，大约每隔十多分钟经过一辆，等了一个小时，也没有一辆车停下来，但我此时没有任何焦虑，我相信会有奇迹发生，相信这个世界不乏有爱心的人。

终于，在16点，一辆大货车在我的大拇指前停了下来，我赶忙跑到车窗边，一位一口四川话、眼角满是皱纹的大叔打开车窗问我：“干吗的？”

沙漠中废弃的公路站

我跟大叔沟通了两分钟，他知道了我的详细情况并看过我的身份证后，终于让我们上了车，答应带我们到花土沟。

大货车在漫长的公路上行驶着，也许是大叔早已注意到了我们干裂的嘴唇，一上车大叔就用手指了指副驾驶座下面的一箱牛奶，让我们一人喝一瓶。大叔愿意让我们搭车，已经是一种极大的帮助了，我怎么好意思再接受牛奶，便谢绝了。没想到大叔怕我们客气，竟然双手脱离方向盘起身要帮我去拿。我吓坏了，赶忙去拦住他说："好的，好的，我们喝，车还在走，你这样离开方向盘太危险了。"他回到座位上握着方向盘笑着说："这就对了嘛。"善良的大叔是成都人，这次从四川运货到新疆的库尔勒去，顺道经过花土沟镇，他说这条路太直，一个人开车容易打瞌睡，那样很危险，多个人说说话，就要好得多。

在苍茫的大地上，大货车以每小时60至80公里的速度行驶着，窗外时而出现沙漠，时而出现雅丹地貌，或者盐湖，无人区远远没有到头。天空渐渐暗了下来，西边火红的夕阳照得在司机憨笑着的脸庞上满是红光，狭窄的驾驶室里回荡着我们的欢声笑语，真希望这条路永远没有尽头。20点时，我看到了前方的花土沟镇，在前方的一座大山脚下，点点灯火照亮了小镇的夜空。

柴达木盆地中灰色地平线

第13章

探访
罗布泊

第1节

金秋的新疆若羌县36团乡道两旁密密麻麻的胡杨树上火红的树叶如朝霞般艳丽，让人过目不忘。团场外尘沙飞扬，我从距离36团南十多公里的戈壁滩上的露营地骑了一辆破旧的三轮车前往团场，准备购买一些用于穿越罗布泊的物资。

我在这条沙漠边缘如童话般美妙的小道上悠闲地骑行着。三轮车是昨日我在米兰镇一个河南人开的废品站以100元的价格买来的，为的是方便运输穿越罗布泊所需的补给品，以免再面临柴达木时无粮无水的逆境。正当我在大脑里策划着此次穿越的事宜时，突然有一个高大英俊的维吾尔族青年在路旁向我招手，我马上把车停在了他跟前。

“你去团场吗？”我刚停下他便问。

“当然可以带你一程，不过我这车有点慢哦。”我微笑着说。

新疆若羌县36号团场，金秋中的胡杨林

若羌县36号团场附近沙漠里的羊角花

我骑着三轮车驶向罗布泊

“没关系，总比我走路要快些，我有个朋友在团场等我。”说着他跳上了三轮车。为了不让他等得焦急，我蹬车蹬得很快，但心里美滋滋的。事实上，自从我穿越完柴达木之后，心态转变了很多，一直在以各种方式传播爱心。比如：10月15日在青海花土沟镇时，漫天肆虐的沙尘暴就好像要将小镇吞没一般凶狠，并且还夹杂着雪花。我背着背包来到镇外一个避风的桥洞中做饭，快要做好时，突然有个陌生的老人跑到了桥洞旁的一个土堆旁边。他戴着一顶黑色的圣诞帽，两手交叉在胸前紧裹着厚大的军大衣，背上背着两个巨大的麻袋，蹲在那儿一动不动，骨瘦如柴的脸颊十分憔悴，帽上肩上都落满了雪花，显然是一个拾荒者。我让他进洞跟我一起吃，外面太冷了。但他摇头拒绝，我劝了好几次后，他仍然坚持不进洞。我只好盛了碗米饭夹上菜端到他手边。也许是看到了我的真诚，他这才接下了碗筷，跟我进了洞内。我因为帮助了他而很开心，有道是“勿以恶小而为之，勿以善小而不为”。

20分钟后，我们到达了团场。维吾尔族青年跳下车一个劲地道谢，曾经我搭人家顺风车时说的话，今天全被他给说了出来。我听了心里有说不出的开心，似乎更加理解了山东的一位大叔跟我说的话：“敢于求人，乐于助人，求过人后再助人，才会有真善。”我吸取了“柴达木困境”的前车之鉴，知道哪怕要多耽误一些时日，也要在充分准备好后再行动。否则我不知下次还是否会有遇到另一个“二工区”那种好运气。我在团场的市场里买了许多的干粮、水果，以及20升的水。把它们全赛进去之后，背包变得极其沉重，要背起背包都难，更别说行走了，这就是为什么我要买个三轮车的原因了。

10月19日，我站在315国道上，看着东边的地平线，初升的太阳烧红了半边天的云彩，天空非常美丽。一切准备妥当，我可以出发了。从36团到罗布泊的公路是新修的柏油路，可以慢慢骑着走。远方的阿尔金山在这一片平坦的戈壁滩上显得高大雄伟。我一路往东，先后经过了米兰大桥、女儿国桥、玉石大桥等等在戈壁沟壑上建起来的桥梁。由于一路都是上坡，而且我是逆风，所以骑行很困难。直到19点，过了罗布泊2号桥后，终于到了前往罗布泊的一条沙石路口。路口有个高大的金属路标，上面写着几个大字："罗布泊野骆驼野生动物保护区"。我心情极其兴奋，念叨了一年要做的事，今天终于做到了；我想来已久的地方，今天终于来到了。我今天总共骑了44公里，而这辆破旧的三轮车竟然没有散架，看来它很经得起折腾。我来到2号桥底下，准备今晚就在此休息，明天有个好的状态再挺进罗布泊。

天色很快变暗了，新疆夜间的气温要比柴达木暖和得多，我坐在桥上喝着从青海花土沟带来的青稞酒时，好像看到了远处戈壁滩上有一些大型动物的黑影。它们长长的头，一会儿抬起一会儿低下去。上前仔细观察，发现那不就是野骆驼吗！大约五六只，没想到我这么幸运，走进罗布泊的第一天竟然就看到了这种世上已所剩无几的稀有动物。

10月20日，在东方的红日刚刚跳出地平线时，我推着车沿着柏油路来到了通向罗布泊镇的沙石路口，从这路口往北到罗布泊镇路程大约有200多公里。我已在我的三轮车上放了整整七天份额的食物与水，并且已经在36号团场从本地人口中打听到了很多关于罗布泊的有用信息，为的是了解这个神秘地区。我觉得风险在可控制范围之内，所以此行我并不是很担心。

我对这片所谓的死亡之海充满了期待，想尽早知道那里面会有些什么。是否真如书上所说，毫无生命的迹象。在20世纪60年代以前罗布泊是一个大湖，后来因为它的重要供水河流——塔里木河沿岸的人口急剧增加，随之而来的乱垦乱伐、过度灌溉导致了塔里木河的断流，罗布泊失去水源，只得在大漠中逐渐干涸。百闻不如一见，在这里行走与观察了没多久，我就相信了书上的那些话。在沿着沙石路往北的路程中，虽然路况极差，但我仍然感觉到一路都是下坡。颠簸的路况很难骑行，而且逆风，所以我不得不徒步推着三轮车走，而此时手机信号也消失了，这我也早就做好了心理准备。

一望无际的沙石滩上，蒸发的热气让视线变得模糊，仿佛太阳要将石头也消灭一般，我对这片土地充满了好奇，常常走走停停，把车放在沙石路上往戈壁滩深处走个几公里再回来接着走。在一些干涸的沟壑里能看到许多的枯枝，颜色与沙石的颜色融合，一堆一堆，尽显沧桑。突然远处驶来一辆大货车，车后面带着数十米的黄龙。嚯，还真没想到这样的地方竟然有大货车来往，看来罗布泊镇应该不会很小。

在戈壁滩上我找到了许多形状各异的风凌石，很漂亮，但为了不负重，我也只是把玩一下便扔掉了（后来到了哈密我才知道，这种风凌石价值不菲）。在36团时就听许多本地人说过，当地人有时候也会开车到罗布泊来找奇石，这儿是一个寻宝的理想场所。中午我在路边吃麻花时看到路边有一只死麻雀，这让我想到了一句话：罗布泊鸟都飞不过。我突然感到一种凄凉。

第2节

黄昏时分，今天已前进了33公里，在沙石路的桥洞下搭起了帐篷，今天这一路共看到八九辆车往返于此路，但大都是大货车。后来的几日，路上的车辆每天几乎都保持着这个数量。茫茫戈壁和柴达木的沙漠一样，寂静得宛如世界末日的前兆，我坐在桥上对着西天残阳一边吃馍馍一边看起了美国思想家梭罗的《瓦尔登湖》，直到黑暗夺去光明。

“如果人们不是每天都浑浑噩噩地度过，那为什么当人们回想起这一天时，都说得如此可怜呢？”梭罗的这句话似乎说得很尖锐，但仔细想想也确实如此，如果人们每天都认真地生活，平和地对待每件事情，又怎会感到痛苦与烦恼呢？我将此话当成了一个警钟，从那以后我几乎每天都在日出之前醒来，久而久之我开始感受到早起带给我的自信，在罗布泊的这些日子同样

如此。10月21日，早餐的食物是一个梨和一个馍馍，库尔勒的香梨很便宜，10元钱就能买3公斤，味道非常甘甜。每天早上伴随着太阳升起，吃一个冰凉的香梨，简直是一种莫大幸福，比起在柴达木的那些日子，这的确是一种享受。

罗布泊中发现的小河流

10点时分，过了一个小小的坡，坡顶有个牌子写着："军事禁区"。在青海南八仙时我遇到的南卡就跟我说过，罗布泊是需要办理边防证才可进入的，但我不知去何处办。如果要去乌鲁木齐办的话，那我宁愿从眼下这连只鸟都看不到的荒芜戈壁滩溜进去。在走到中午时，神奇的一幕发生了，我竟然看到了一条小河，水质十分浑浊，掺杂了大量泥沙，河面约有一米宽，没想到这戈壁滩深处还会有条小河，河边有三只白鸽走来走去，脚上绑着东西，并不惧怕人，或许是信鸽。这死亡之海的形象突然之间在我心中崩塌，让我又喜又惊。我沿着小河的流向走去，想看看这条方圆百公里仅有的一条河流最终会流向何方。一直向西，河面似乎越来越窄，走了3.5公里后，河水消失在了一片白色盐滩上，盐滩面积非常大，想必曾经是个水泡，奈何经过烈日的摧残，干涸得只剩盐分了。而就在这个盐滩上，我竟发现一只长得很像野鸭子的鸟，它警惕性很高，当我刚走上前几步时，它立刻飞到了远处十米左右的地方。不知这连蚂蚁都没有的地方它以何为食？当我走远后回过头来观察时，那只鸟又飞回到了刚才我发现它的那个位置。可惜没有单反，无法拍下它。但这让我对罗布泊又有了一个新的认识，这里并不像外界所说的那么恐怖，这也是旅行的最大好处，可以亲眼所见，亲自判断、辨别。

下午4点，回到了沙石路，继续前行，此时视野内可以看到附近有许多

沙丘，在一马平川的沙石滩上，常能看到一些小小的旋风迅速生成、移动，但又很快在远处消失，就像一个个游荡着的孤魂，在诉说着它们的孤独。

因为无人聊天，虽然一直在行走，沙石路上有时候也有匆匆驶过的货车，我依然有一种与世隔绝的心境，每天欣赏日出与日落成了我最大的享受，今天的夕阳也是无比绚丽。由于今天在盐滩上逗留时间太长，只前进了21公里。到了傍晚，我在一个低矮的、满是黄沙的桥洞下露营。

12月22日，风沙在戈壁滩上翻腾，干枯的树根满地都是，在模糊的黎明中这场景恍如战后的废墟，看着让人心酸。走到中午时看到远处有一些土堆，难道这儿也有雅丹地貌吗？走近后，我又惊呆了，这是沙漠中的一种灌木，耐旱，生命力强，发达的根系伸入地下很深很深，阻挡了吹来的沙尘，久而久之，越变越大、越来越高，直到变成一个个圆形坟墓一般，但顶上依旧覆盖着灌木丛。真是不可思议，罗布泊内竟然还有这么一大片生命带，而在沙石路的旁边有一条两米长的水沟，沟深约有一到两米，沟底约有二三十公分深的水量，而且沟里生长着高约一米的茂盛植物，这条沟渠显然是人工挖掘的，或许是当地政府为重建罗布泊生态而修的水沟。由于这一带紫外线强，蒸发量大，水面布满了盐壳，在水沟的旁边还自然生长着一片约有1.5公顷左右面积的芦苇，芦苇随着东南风勾勒出一道道波浪线。我简直不敢相信自己的眼睛，但这一切又确实存在，这些植物如果保护得当，并且生长面积逐渐扩大，我想这对罗布泊来说，一定会是好的开始。

走到14点，大地的面貌突然变了，眼下无垠的沙石滩突然变成了坚硬无比的盐碱滩，看上去就像突然被放干水的鱼塘湖底，只不过泥土已经没有水分。而沙石路也被盐碱路面所取代，已被轧得平整光滑，好走了很多，这就不用再把三轮车推着走了，可以慢慢地骑一会儿。

正巧一辆大货车停在了前面，青年司机坐在车头，我停了下来微笑着问："大哥，你车怎么了？要帮忙吗？"

"没怎么，我停下来吃完午饭再走。"司机探出头嬉笑着对我说。

"这样啊，那你大车的水箱里水还多吗？能让我加一点吗？""敢于求人，乐于助人"是我的座右铭，大车的水箱一般都很多，而且一般都是井

水，虽然我三轮车上水还够，但多备一点以防万一总不是坏事。

“可以啊，来，给你矿泉水。”说着，他让我走到车窗边，把水送到我手上。

“给我这么多啊？那你还有吗？”我有点不好意思。

“没事，有呢，几个小时我就可以回到36团。”他一边打量我一边说。聊着聊着他干脆下了车和我坐在路中间聊了起来。他姓胡，河南商丘人，是给罗布泊镇的钾盐厂送水泥的，每天来往的几辆大货车都是他们公司的。他还告诉我，近两年开车自驾来罗布泊的人特多，今年总共就不少于300多辆。胡听我说了我此趟探访罗布泊的计划之后，他摇摇头笑着说：“今年8月份有个男的也到这儿来徒步旅行，从罗布泊镇走到‘36团’，走的跟你一样的路线，只不过他是相反的方向，他去的时候我就碰见他了。后来他居然又从‘36团’徒步返回罗布泊镇，走了个来回，你说这不是傻吗？走一次就够了嘛，更傻的是他渴得差点晕倒在路上也没拦过路的车，最后还是我同事看到后给了他水和吃的，而且那人也没说什么感谢的话就又继续走了。”说完他长长地叹了口气。对于他的话我深以为然，不管干什么，探险也好，磨炼自己也好，生命安全最重要，而且8月份是最热的时候，那人居然还走了个来回，真有意思。

他给了我支烟说：“我要赶路回去了，祝你一路顺风。”说完便上了车，我正准备走时，他又从车窗伸出头说：“不要逞强，走不了了，或者有什么困难就拦一下过路的车，我们同事都挺好的，如果我回来的时候再碰到你，给你带更多的

罗布泊中的芦苇

水。”说完开着车驶向了远方。我向他招招手也继续上路了。我发现了一个很奇怪的现象，越是艰苦的环境，荒凉的地区，就越是能遇见“真善美”。一路上我都在回味着胡的话，毕竟这是这三天来首次遇到人并与之交谈。或许将来会有越来越多的人来到这个被传得神乎其神的地方，将来可能会更热闹吧。

第3节

盐碱路上没有了沟壑，如果从高处看，大地犹如一张极其平整的灰色纸张。所以没有桥洞可以再露营，只能把帐篷搭在盐碱滩上了，好在今天风不大，而且路况也好了很多，从里程碑来看今天前进了有50公里，超出了我的意料。

10月23日，地平线笔直地将天与地划开，灰色的地，淡蓝色的天空，孤零零的帐篷在天地之间显得更加寂寥。吃过早餐后，继续向北前行，就在我享受着风一样自由的骑行时，突然感到三轮车的左脚蹬松动了，检查时发现它已经歪了，一时也没有工具可修，只好只踩右边的脚蹬，将就着用。毕竟这是废品站买来的东西，前段这么烂的路能骑这么远已经令我很满足了。就景色而言，盐碱滩似乎比沙石滩更加无聊，连石子、木屑都没有，只有无比坚硬的土，但这种环境也容易促使人思索，除了行走与思考，别的什么也做不了。

在宽广的天地间，面对无尽的路程，没有人群的喧嚣，没有世俗的眼光和虚伪，没有人与人之间的尔虞我诈。享受着和风吹过脸颊的感觉，看着夕阳一点一点落下，沉入地球的另一端，接着闪亮的星辰缀满天空，弯弯的月亮发出银光，月光照亮了漆黑的夜。我想还有什么能比这更容易让我获得真实的快乐吗？用句郁达夫先生的话说："什么都可以想，什么都可以不想，这便是自由。"

10月24日，天蒙蒙亮我就起了床，我猜想应该很快就会到达罗布泊镇了，于是，早早地便上了路。果然没算错，骑了一个多小时，就看到了两个高高竖立的大烟囱，那应该就是罗布泊镇的钾盐厂了吧。终于接近目标了，我兴奋不已，但又感觉对大漠有些依依不舍——到罗布泊镇后如果有了手机信号，人世间的烦恼便会再度出现。我有些不舍这些天与世隔绝的日子，但反过来一想，人生若没有一点烦恼，不是也会太枯燥了吗？

两个大烟囱看着虽然近，但望山跑死马，直到中午12点，我骑了约30公里才到达罗布泊镇，手机有了信号。一堆堆如山的建筑废料堆放在为数不多的低矮房屋旁，垃圾随处可见，一栋新的房屋正在路旁拔地而起，部队单位门口把守着士兵，阔气的钾盐厂占了半个镇的面积。建筑工人那一双双灰溜溜的眼珠直直盯着我这个推着三轮车进镇的人，仿佛看到了个什么怪物一般。我仔细地打量着这个小镇，有五六家旅店和小饭店，有两三家出售蔬菜、日用品的杂货铺，这些几乎都是为货车司机和钾盐厂而存在的。人们在罗布泊发现了金、铜、铁、钾盐、煤等多种矿藏，这儿就像是一个聚宝盆。人们已经从哈密修了铁路通到罗布泊镇，此地的开发价值可见一斑。

我看到一个低矮的平房顶上写着罗布泊大酒店，门口还写着旅游接待中心，我想打探一下余纯顺墓和湖心的准确位置。门关着，敲了一会儿无人应答，但从房屋边的一个门出来一个大姐，肥嘟嘟的，臃肿的脸差点挡住了小眼睛。她出来后就大喊："干啥呀？"

"你好，我想咨询一下这里的情况。"我微笑着回答。

"没有！"她很不屑地大声回答。

在罗布泊盐碱滩露营

“那地图有卖吗？”我不卑不亢地问。

“说了没有！”说完她用小眼睛瞪着我。

我点点头，说谢谢，然后离开了，真是莫名其妙，难道我影响她做什么别的好事了吗？嘿嘿。

一看接待中心的人都这样，我想其他商店估计也问不出什么来，出了这个镇就不会再有信号了，而且没有指南针，没有GPS。在这茫茫盐碱滩，没有任何参照物，要想独自找到一块碑犹如大海捞针啊，而且一旦迷路恐怕会有危险。

记得在北京，与朋友谷岳相聚时，他问我为什么一定要去罗布泊。我说我想去寻找一些我自己已经丢失、或者压根就没有过的东西，去更深刻地理解生活的意义，想知道自己最想要的是什么。当我说这些话时，观点是建立在我已经相信罗布泊是一个神奇、没有任何生命迹象的死亡之海的认识基础上的。但是经过了这些天的行走，罗布泊给我的感觉却是一阵阵的失落，在这里的所见似乎颠覆了我对罗布泊的印象，原来这里和柴达木雅丹沙漠也并没有什么不同之处，都只是环境比较恶劣而已。

先前我接受测绘出版社的邀请推出了《90元走中国》一书的原因，就是因为当初我下定了抱着豁出命去也要去前往罗布泊的决心，所以要在自己还没进罗布泊之前就把发生过的故事先写下来。没想到念叨了大半年，而今完成了之后，才发现旅程并没有先前想象的那样精彩，难免感到有些黯然神伤。但幸运的是，在穿越柴达木沙漠的时候我已经误打误撞地悟出了一些哲理，也算是把当初想在罗布泊实现的目的给实现了，如此一想也就释然了。无论要做什么，要去哪里，自己永远不能把对结果的期望值定得太高，期望越大，失望也会越大。而意外的惊喜，常常在意想不到的情况下出现。

罗布泊日出时的地平线

罗布泊盐碱滩

从罗布泊镇到哈密有380公里，如再骑三轮车过去，恐怕难度太大，这是因为：第一，三轮车已经濒临报废，无法再承受长途旅行。第二，这段路程少则一周，多则半月，我无法从拮据的钱包里掏钱在物价高昂的罗布泊镇购买旅程所需的补给品。看来搭顺风车去哈密才是最现实的，人不能一成不变，必须要学会变通。若搭车的话，三轮车肯定是无法再带着了，但扔掉又可惜，所以准备当废铁卖掉。来到一家蔬菜店，打听哪儿有收废铁的，没想到那个阿姨高兴地说她要了，她平时要送菜去钾盐厂，量大不方便，有了三轮车就好多了。她说一口价50元，我们满意地成交了。晚上我在罗布泊镇外搭起了帐篷，在银色的月光下度过了我在罗布泊的最后一晚。

这个世界上没有什么不可能，只是人们时常被一个又一个的理由所牵绊，无法痛痛快快地去做自己想做的事情。在罗布泊的这五天，没有信号、没有娱乐。在几乎与外界完全隔绝的这段时间里，我并没有看到什么富有奇幻色彩的事物。相反，我对罗布泊有了一个现实的新认识。但出乎意料的收获是，我在这极其安静的环境里，用极其平静的心态，在无比荒凉的地方读完了《瓦尔登湖》《西藏生死书》。书籍启发了我很多，让我懂得了要热爱我的世界，要热爱我的生命。

第14章
可可托海

在进入新疆之后，新疆的朋友就劝我往南疆走，那里暖和。只因我不喜欢走重复路线，所以我没听，我想趁冬季来临前，先走完北疆，然后到乌鲁木齐等到明年年初再继续走南疆。其实，世界从来都不是一成不变的。在我穿越完罗布泊后，经哈密、奇台等地，于11月2日到达阿勒泰的富蕴县时，冬季早已经在我来之前先一步到来了。

在富蕴县城南部有一片遮天蔽日的杨树林，树林内枯黄的落叶足有二三十公分，一条走廊一般的河流将树林分成了两部分，这是一条不太宽但非常清澈的河流，布满河底的鹅卵石清晰可见。这就是我憧憬多年的额尔齐斯河，它发源于中蒙边境的阿尔泰山，流经中亚、俄罗斯最后注入北冰洋，是中国唯一一条流入北冰洋的河流。

11月3日，我徒步前往55公里远的、位于额尔齐斯河上游的可可托海，那就是我路过富蕴县的原因。事实上，在进新疆前我并不知道有这么一个地方，那是在哈密时，我与朋友聊到新疆旅游业时，他提到了可可托海，说那里很美丽。让我十分心动，于是第二天就出发往北而来。富蕴县到可可托海间隔着高山戈壁，植物极少，山坡背阴处还有未融化的白雪。好在有一条据说有“九十九道弯”的山间公路把两地连接了起来。

走了7公里到了一个山坡上，放眼四周，连绵的荒山，寒风凛冽。据说过几天就会有冷空气袭来，因此我必须抓紧时间，早点进入可可托海。一辆驶来的黑色小车停在我跟前，里面开车的戴着灰色鸭舌帽的消瘦男子与坐在副驾驶座上雍容华贵的妇女看上去都很友善。“你们好，请问你们去哪里？”我上前问道。“你去哪儿呀？”男子伸出头瞅着我反问道。“我去可可托海。”

天山的深秋

我微笑着答。“行，上来吧，我们也是，带你一程。”他指了指车后座。在新疆我也见识到了新疆人的豪爽大方，他们说话简洁，能搭就搭，不能搭就不搭，一般不废话，我倒也喜欢这风格。

上车后，司机听说我是旅行者便更加热情，一直说个不停，向我介绍着他的家乡。他是哈萨克族，在可镇（可可托海镇）矿务局工作，现在已经调到了县城，一个月只回来一两次。说到这儿，他说我们有缘分。他普通话讲得很好，说去过口里（新疆人称内地为“口里”）的兰州、西安，但南方有些地方不敢去，怕去了没东西可吃。我问为什么，他说因为他是穆斯林，只吃清真食物，我告诉他广东乃至南方每个城市都有清真餐馆。他问是什么人开的，我说应该是青海或甘肃的回族同胞吧。听完后他笑着摇了摇头，没说话。我有些奇怪他为何这般，但又出于尊重隐私的因素，没有再问下去，也许是他的习俗对他的饮食有着特殊的要求吧。

14点，到达可镇后，他让我看窗外的一个清真寺和不远处另一个清真寺，我问这么小的镇为什么有两个这么大的清真寺呢，而且长得也差不多？他说一个是哈萨克族的，一个是回族的。为什么要分开呢？不都是穆斯林吗？他说因为回族习俗汉化程度比较深，同哈萨克族存在着不同。我这才明白他前面的意思，但他说这话时脸上并没有什么不悦，似乎早已经习惯。这实际上也是一种气度，民族之间信仰有所差别，这并不影响生活与相处，你信你的，我信我的，相互尊重，互不干涉，这不就是孙中山先生所说的“天下大同”吗？想到此处我突然对此地有了一些别样的感觉。

我在可可托海额尔齐斯河边

到了可镇，司机问我去哪儿，我对这儿也不熟，唯一想到的就是邮局了。他送我到了邮局门口，我道完谢，他招招手便回家了。走到邮局门口才知道今天周六，要周一开门了才能盖邮戳。无奈，只好走了。街头有一堆又一堆围着聊天的哈萨克族男人，目不转睛地盯着我，并议论纷纷。我想他们一定是猜测我是哪里人吧，我并不担心他们会对我做什么，从朋友和一些当地人对哈萨克族的评价来看，他们是个很善良的民族，这些年也未曾听说过有对游客不利的事情发生。所以我微笑着背着包看着地图，往海子口水库走去。

可可托海雪景

可可托海整个镇都建在岩石裸露的峡谷中，是个景色单调、缺乏植被、没有花园与广场的小镇。当然，对于一个山区小镇而言，这并无大碍。这里的大部分居民都是矿务工作者，这里蕴藏着丰富的矿产，中国曾经依靠可可托海的矿藏偿还了苏联三分之一的债务。我想大概富蕴县这个名字的起源应该跟这有关系吧。小镇店铺不多的街道是顺着额尔齐斯河的流向延伸开去。在该河拐弯的地方，有一个三面环山的三角形小湖，这就是海子口水库了。

走了6公里见到这个小湖时，我满足地哈哈大笑起来。此处的额尔齐斯河，河水清澈见底，河床在这里要比富蕴县的稍窄，但更洁净，除了远处光秃秃的山岗向阳处与河边叶子已掉光的杨柳外，苍茫的大地一片雪白，而河上的浮冰在岸边奶牛有节奏的啃嚼声的伴奏下，震撼着堤岸，互相冲撞着涌向小湖里。细枝朱红、主干乳白色的白桦树林稀疏地散落在两边高山中间狭长的冲积平原上，碧空中丝丝的白云飘荡着，仿佛童话般让人心灵悸动。

走过一片20公分深的雪地，来到大部分水面已冰冻得极其坚硬的海子口水库，发现一辆锈迹斑斑的巴士竟然停在湖边，背靠一座岩山，面对小湖与四面雪山。这不禁让我想到了《荒野生存》中克里斯多夫在阿拉斯加找到的那辆废弃巴士，同时也想起了我在黑龙江雪地中住过一晚的面包车，顿感亲切。只可惜这辆巴士大部分已与土地粘在一起，里面一片狼藉，无法利

用，只得在巴士旁边搭帐篷了。

小湖冰面倒映着对面的雪山，银光闪闪，趁现在天还未黑，我捧着书坐在岩石山上，面向着冰湖阅读。犹如人间仙境般的美景随着阳光射角的不同而千变万化。黄昏时分，我转头再望时，对面的雪山已被夕阳染成了金黄色，夕照中的雪山就像一块巨大的广东红糖，西面的半边天是一片淡紫色的晚霞。桦树上的枯枝与一地落叶，变成了更深的褐色，这种散落的褐色和湖边一格一格镶满白雪的庄稼地相映成趣、对比鲜明，美得令人窒息。

寒夜笼罩着湖面，黑暗的天空飘着雪花，海子口水库上浮冰冻裂的声音就像隆隆的炮声一样响亮，有时又像麻绳在凌空抽打地面，这种声响令人毛骨悚然，吓得我好几次从帐篷里探出头来观察情况。

半夜里醒来，帐篷表面结了一层薄冰，天地间静得可怕，这些日子我有些茫然，情绪上有些消极。之前在奇台的朋友家也是如此，半夜醒来，走到窗前，看着窗外亮着些许昏黄灯光的钢筋混凝土城市，想了很多，热泪盈眶。有些迷茫，又有些害怕，可又理不清是为何迷茫为何害怕，因为荒野？

可可托海额尔齐斯河谷

未知？将来？孤独？远方的家人？好像都不是，又好像都是，不知何时，想着想着又睡着了。

清晨醒来，太阳已从东方升起，雪山、银湖依然如故，不动声色，好在昨晚雪下得不大，太阳一出来，帐篷上的雪不久就化了，我找来枯枝把雪融化做了面条。一阵风吹来，我转头看着帐篷里翻到一半的那本近代历史的书籍与寂静的大地，心头一紧，好吧，今天就不走了。旅行不能总是在路上，汽车发动机再好也需要加油啊，我想我现在需要的是调整心态，而不是急于前行。

下午，去了额尔古纳河大峡谷，并从可可托镇买来食材并把帐篷搬到了河边一个桥洞下，桥洞地势高，坐在洞口就可俯瞰整个水库与雪山中间狭长的小平原，这儿是一处赏景避风的理想之地。我在洞口用石头与树枝搭了一把简易凳子与一张简易桌子，开始了一小段洞中的荒野生活，坐在这儿看着美丽的大自然，写了很多很多，想到什么就写什么。

三天后的早晨，灰色的天空下着鹅毛大雪，从前一晚开始就没停过，石头上、路上都积了五厘米厚的雪。虽然我已储备了许多可用的东西，但出可可托海的路只有一条，并且是陡峭的山路。如果再不走，一旦大雪封山，恐怕就很难离开这里了。无奈之下，我只好依依不舍地告别了这片美丽的山河。

我露营在可可托海海子口水库边

第15章

没有防线的人性

我曾遇见过一个善良的人，他的善是真实而不加掩饰的善，毫无做作。

那是2012年11月7日，在新疆阿勒泰的北屯，我想去更北的喀纳斯湖，不料正逢大雪封山，思来想去只好往南前往克拉玛依，北屯是类似于石河子的自治区直管市，黑龙江对口援助地区，北屯到福海的公路宽阔而笔直。大雪刚过，天空依然灰蒙蒙的。在繁忙的公路上，汽车接连不断从我身旁驶过。突然，一辆绿色的卡车停在了我的身旁，轰隆隆的柴油机声音吓了我一大跳，由于刚才一直在往前看，并未发现这辆卡车，更不知司机是何来意。

只见车窗内双手紧握方向盘的青年司机友好地对着我憨笑，洁白的牙齿、清澈的双目在他黝黑的脸庞上显得格外醒目。“你去哪儿呀？”他摇下车窗伸出头向我问道。

“我去福海。”我觉得他看上去应该没有恶意，说不定还能搭个顺风车，所以我就直接回答了。

“哦……我到不了那儿，我就到前面10公里处。”他皱着眉头停止了憨笑。

“没关系，我慢慢走就行，到福海也就几十公里而已。”说完我就向前继续走去。

我以为他也会走了，没想到他慢慢地按我步行的速度开着车跟了过来，他又问：“你为什么不坐车呀？到福海要走到啥时候啊？”说完他睁大眼睛等我回答。

“我在全国各地独立旅行，不坐班车。”我边走边回答。

“啊，是不是没钱啊？”他紧接着我的话问，突然他从他的外套掏出一把钱，向我推来。

我感觉又好气又好笑，忙把他抓着钱的手推回去，并且往后退了一点说：“不不，你把我当什么了？谢谢你的好意，但不用了。”说完继续快步往前走去。细想一下，或许他以为我不坐车是因为没钱，于是又转过头向他解释：“我不是因为没钱才自己走路的，而是因为这是我选择的一种旅行方式。”

他一脸疑惑地问：“那你现在不是要去福海吗？”他这句话倒是提醒了

我，对呀，我现在不就是在往南走吗？刚才本想搭车的，被他这么搅合，我竟然忘了。便微笑着问："哥们儿，那我搭一下你的车吧？几公里也行，能快一点就快一点，这儿天气太冷了。"

话还没说完，他就十分欣喜地说："好啊。"他停下了本来就行进极慢的车，高兴地拿块破布在副驾驶座位上擦了几下。我打开车门把背包放了进去，他帮我挪了下背包，以免影响我上车。

车子再次开动，他左手扶着方向盘，右手不停地在挡风玻璃前翻来翻去，好像在找些什么。一会儿，他从一堆空饮料瓶的最底下拿出一瓶橙汁，拿起破布擦去瓶子上的灰沙递给我说："今天早上买的，来，你喝。"我接过饮料放回他刚才拿出的位置，拍了拍我的背包说："我有水呢，不用了。"他用右手摸了摸我的水瓶笑道："都是凉的，这么凉怎么喝呀？"然后又把饮料塞回我的手里。其实是我今早出发时才灌满的开水，怎奈天气寒冷，此刻水已冰凉。我想说，他这饮料比我的水也好不到哪儿去，但看着他朴实的笑容，我欲言又止，也就不再推脱。

我看他的穿着也不见得有多好，怎会对一个素未谋面的陌生人这么慷慨呢？有些好奇，便跟他聊了起来。原来，他姓周，是砖厂的一名工人，给砖厂开车运砖，现在正要去厂里上班。我感到愕然，一个工人竟然会如此慷慨，莫非是家底好？我自知不该随便打探他人隐私，于是从侧面问："你是新疆人？新疆这些年变化大吧？""不是，我是重庆人，来新疆也就几年，变化是挺大的。"他答完又问我是哪里人，我如实回答。听到这里我长长吁了口气，幸好自己品德

我在阿勒泰北屯的公路上

好，有自己的原则，不然如果刚才接受了他的钱，那真是很不应该。因为我曾在深圳做过业务员，知道异地打工挣钱不易。更令我惊讶的是，一个打工者何以会有如此善良的举动呢？

我刚想到这儿时，他接着问："你到这么远的地方来，你父母不担心吗？"他总在憨笑，仿佛他觉得"天下无贼"，这种真诚的笑容让我不忍撒谎，我如实说："我的父母都不在了。"

他听到这话收起了笑容，表情看起来有些伤心。他沉默了一会儿，小声地说："不好意思，其实我小时候也没有了父母，一直一人漂泊在外。"看到他那有些伤感的表情，我倒感觉尴尬了。

"那你在这边生活得好吗？"我关心地问，毕竟同是天涯沦落人。

他立刻又恢复了笑容："挺好的呀，我在这儿结婚了，生了个儿子已经两岁了。"顿了一会儿他又说："虽然生活得不富裕，但温饱是不愁，比以前要好很多，挺幸福的。"

听到"幸福"两个字，我立刻想到了前不久央视采访老百姓时问"你幸福吗？"一民工回答"我姓曾啊。"的闹剧，这个闹剧能传得那么广不仅仅是因为它是一出笑话，还因为它是对当今普遍缺乏幸福感的社会心态的一种集中体现。但这哥们儿说他幸福，我相信。如果不是发自内心的幸福，他不会给陌生人真诚且不图回报的帮助；而当一个人觉得自己某些地方比别人要优越时，时常会对他人施以同情之心，而且到现在他还不知道我的名字。

在一个三岔路口，他停了下来，指着远处一家堆满灰色砖头的工厂有些不好意思地说："那就是我上班的地方，我要去上班了。"我下了车，他也下了车同我握了手，我们还合了影。之后他又回到了车上，对我说了几句祝福的话后，迅速将车开走了。我站在原地看着他驾车驶进厂里，才离开继续前行。

虽然与他相处的时间不到半个小时，但我却感觉他似乎早已是我的老朋友。这个命运曲折的青年也经历过许多苦难，而经历了那般种种之后，身为一个打工者的他，却能坦然地笑着说自己幸福。我想这才是一种乐观，一种知足。正处于茫然期的我，此刻豁然开朗，心中顿悟了许多。

第16章 在乌鲁木齐休整

看到2012年11月的乌鲁木齐，感觉就像看到了2011年冬季的哈尔滨，景象荒凉，天气寒冷。渐渐降临的夜幕下，冰冷的公路边伫立着一排昏黄的路灯，给我带来了这座城市唯一一点点暖意。我站在仓房沟路停满汽车的一栋商业城前的几根旗杆下等候一位来自湖南永州的同乡。我给他打了手机，虽然与他已在网络上认识了许久，但现实中这还是第一次通电话。接电话时，他的声调显得高亢而洪亮，让人感觉轻浮，不过见到他后我这个印象立即变了。

挂了手机不久后，一个戴着运动鸭舌帽，穿着一身户外服装的青年从商业城中跑了过来，步伐轻盈，显得很精神。他叫王怀林，但我一直叫他“仙浪”，他比我稍矮，因为常常锻炼所以看上去比我健壮。接下来的时间里，我会在他的家里住一段时间。

我与仙浪熟识已久又是同乡，虽然他比我大了十岁，我们却彼此感觉并不陌生。他对我如兄弟般照顾，常把我介绍给他身边的朋友，他和三哥（一位仙浪的当地朋友）常常带我品尝新疆的各种美食，向他朋友夸我，说我“了不起”什么的。他还会亲自下厨，让我尝尝这个尝尝那个，不许客气，说我辛苦了那么久该好好补补。他对我的关怀无微不至，使我感动莫名。

我逗留在乌鲁木齐市，休整是次要的目的，首要的目的是挣些盘缠，以继续接下来的旅程。我不希望凭借自己头上“青年旅行家”之类的光环去工作，所以在找工作时我只以一个普通求职者的身份介绍自己。我只是想用最普通的人的身份工作一段时间，体验一段大西北的都市生活。可是工期短与业已及腰的长发成了我找工作最大的障碍。我刚到该市，前来采访报道的媒体就接踵而至，所以想没人认识也难。一天下午，我来到一家批发店应聘，老板看到我后兴奋地问我是不是昨天电视上说的那个陈超波。我应聘的话本已到了嘴边，可他这样一番热情接待，又使我全憋了回去，最后应聘成了参观，老板还给我介绍了不少该市可玩的去处，闹得我哭笑不得。

接连两天一无所获，我突发奇想要去干世界上最脏最累的工作，来磨炼自己的心志。一个湖南的朋友听说后，让我去当地的小西门批发市场扛包。去了我才知道，连如此不起眼的工作，竟然也由一些地方势力所掌控，我不

由得摇头叹息。后来仙浪说，反正我是想干最脏最累的活，那不如就去他和三哥合伙开的游戏城打扫打扫厕所吧。我听完后差点没晕倒过去，我本想拒绝，因为游戏城里人杂，常去的人大多好逸恶劳、素质低下，厕所中是何等狼藉自然想都不用想。我虽然想要磨炼心志，可还没想到过要去扫厕所。可孟子那句“天将降大任于斯人也，必先苦其心志，劳其筋骨，饿其体肤，空乏其身”的名言一直烙在我心口。想到这里，我也就答应了，我希望以此来消灭我最后的虚荣心。

新疆时区特殊，昼夜更替比内地的时间要晚上两个小时，通常上午10点左右才会天亮。但这一天8点我就开始第一天上班了，那时天空还是漆黑一片。仙浪怕我委屈，要和我一起干第一天的活，我说我一个人就可以，他坚持要一起，我俩大战了几个小时，才给厕所来了个“大扫除”。三哥听说我来这儿工作了，到厕所来看我，我关上门说别看，他问为什么，我说我会觉得不好意思。不过，也就一两天之后，我就对这份工作不再介意了。

可是到了后来，工作量一天比一天小，因为厕所也不可能天天都脏到需要彻底扫除。渐渐地，我感觉自己就像是一个局外人。很明显这是他们在照顾我，而我不喜欢这样，所以到了第七天我就换工作了。正好新疆日报社的

乌鲁木齐天山黄昏

记者何新社说他能给我介绍个网站编辑的工作，于是我便马上同意了。但仙浪仍然要我吃住在他家，我很不好意思，在他热情劝说之下，我也就同意了，毕竟是出门在外，该靠朋友的时候，也不要过度见外。在后来的一个月里我真正融入了大西北的都市，每天早上坐半小时的公交车去上班，俨然成了一个朝九晚五的上班族。不过，对于喜欢新鲜事物的旅行者来说，这也算是一种全新的生活，做一次异地市民也是不错的体验，就如同我以前在福建和东北时所做的一样。

天气转冷，转眼到了12月，接连几天的大雪给乌鲁木齐披上了白色的冬衣，街道结冰，异常难行，导致交通堵塞，严重影响了市民出行。众多市民自发涌上街头拿着扫帚、雪铲等工具义务清雪，成了当地的一大风景。但有人欢喜有人愁，仙浪就属于欢喜的那类人，因为他可以去做他最喜欢的运动——滑雪了。我曾在哈尔滨亚布力滑过雪，会一点双板滑雪，又乐于体验，所以自然成了他的同伴。他去了很多次南山，我都跟着去。事实上，我不是为了提高滑雪技术而去，而是为了坐在高高的缆车上看黄昏时夕阳照耀下的“金山”。

那是我们第一次去的时候发现的，我们滑了一整天，直到夕阳西下，气温骤降。在最后一次坐缆车上山时，转头一看，只见背后高耸入云的雪山竟然整座都被夕阳染成了金黄色，犹如金山般耀眼，让人无比震撼，不禁惊叹大自然的伟大魔力。我觉得，最美丽的景致，不是面容姣好、身姿婀娜的美女；不是巴黎时装秀上的华丽衣衫；更不是纽约街头令人目眩的高楼大厦；而是大自然鬼斧神工的画卷，深秋的胡杨与初冬的白雪、日落的夕阳与雄浑的雪山、还有无垠的沙漠与奇特的雅丹地貌，都是如此。这些才是我曾见过的，而且也是每次见到都会心动的最美景致。

仙浪早已买齐了露营装备，一直想找机会尝试，但他从未去野外露营过。12月中旬的一个周六，他实在憋不住了，对我说：“你明天也放假，我们今晚去南山露营吧，然后明天早上起来就可以在滑雪场滑一整天雪，怎么样？”那时南山的气温已达零下30多度了。不过人类对大自然的挑战，自古就从未停止过，也不差我们这一次，更何况这只是一次尝试，更别说工作

了那么长时间，我也已经闷得慌了，于是爽快地答应了他。

那天18点，我下班回来后，我们就各自背上大大的背包出发了，准备去和平路坐巴士到南山滑雪场，但马路边时正逢下班时间的人流高峰期，等半天也没能等到空着的出租车。他着急了，见车就拦，没想到刚一拦，一个维吾尔族大叔开的三轮摩托车就停下了。我们很难听懂他的语言，弄清他反正也是顺路就上车了。这还是我行走大半个中国以来，在继宁波和厦门之后，第三次交上在市区搭到顺风车的好运。

到南山后，天已黑了，踩着没膝的积雪上山。按理说，谁要是在这样的地方露营，那可真是脑子“秀逗”了。为了安全，也为了不无功而返，我一直在寻找合适的露营地。走了不远后，看到了几个蒙古包，门半开着，堵着厚厚的积雪，一瞅竟是空的，里面除了木地板外一无所有。这里面倒是个搭帐篷的好地方，而且离滑雪场还近，比较安全。仙浪高兴得又蹦又跳，我们就在这里成功完成了雪夜露营。

可惜，后来在一次滑雪时，因为仙浪说我没进步，我开始尝试独自练习，不料在滑行中做平行转弯时不小心狠狠地摔了一跤，膝盖关节扭伤，过

了一个多月伤才好，后来再没去滑过雪。

曾经看过一本书，里面有这样一段描写1962年的乌鲁木齐的话：“到了新疆，就像到了国外，啥子（什么）都异样着，房子有尖顶的，圆顶的，平顶的；人也异样着，高鼻子凹眼睛；街上人挤人，西瓜特大，葡萄也大，到处都有小火盆在烤羊肉串，一角钱两串。”

现在50年时间已经过去了，不过我看来啊，现在的乌鲁木齐的景象和那本书中描写的几乎没有什么改变，唯一的改变就是物价涨了数十倍。该市作为新疆166万平方公里地域的首府、物资集散中心，以及中国与中亚、西亚间沟通桥梁的桥头堡，发展势头很好，有很多内地商人、企业络绎不绝地涌来。仙浪也是在辗转到过全国很多城市后才选择留在了乌鲁木齐，并且找了个该市的少数民族女友。他常常说喜欢新疆，以后要留在新疆，并劝我也来新疆定居。难得的是，他入乡随俗了，到如今一不再吃猪肉，二不再喝酒。在经历了一个逃亡者般经年累月的漂泊后，来到一个遥远又陌生的地方，却发现它竟是故乡一样亲切的地方。我一直在想，这是他的缘分呢？还是因为个人的洒脱呢？后来想到，如果没有那份洒脱，何来这份缘分。但愿有一天我也能在漂泊中找到另一个故乡。

后来，公益组织“壹基金”来新疆做“发放温暖包”的活动，我也参与了其中，并承担了一些工作。2012年12月22日，也就是所谓的“世界末日”那天，我与何新社一起到昌吉去给小学里的孤儿发放过冬物品，回来时已到晚上，何把我带到他的母亲家里一起过冬至吃饺子，冬至在我的家乡如同过初一与十五般的平淡，但在这里人们却十分重视，而且这样的风俗貌似也只是流行于汉族同胞之中。我想，这一定表现着到新疆的内地人对家乡的一种思念吧，所谓每逢佳节倍思亲嘛。何新社以为我也会如此，在圣诞节那天，年轻男女都在相约做浪漫的事情时，他怕我会想家，带我去和他新婚不久的妻子一起过圣诞节，这令我很感动。

在新疆给我关心与感动的朋友远不止这几位，我后来回忆旅程时发现，我对新疆竟也有一种对故乡般的怀念，不知是因为那里的风景，还是因为那里的朋友，又或者全都是。

第17章
挑战
火车的
速度

第1节

2013年1月31日，我在湖南邵东县长途汽车站宽阔的候车室里等候回永州的班车。坐下后突然发现候车室墙壁上的巨大液晶屏幕上有一个熟悉的身影，仔细一看，播的竟然恰好是题为“湖南陈超波，挑战火车的速度”的《钟山说事》节目。看着屏幕上正在播放的视频，让我又陷入了前不久那场记忆犹新、近乎疯狂的逃亡之旅的回忆之中。

那是2013年1月2日，在乌鲁木齐工作了一个多月后，我准备坐火车回老家永州陪家人过年，可到了火车站售票处竟被告知无票，并且在接下来一个星期内都没有票。我已经归心似箭，实在没心情再等下去，情急之下竟冒出个想法，要不搭车回去？可是从新疆到湖南有3000多公里，不知是搭车快还是坐火车快，实践是检验真理的唯一标准，不试试怎么知道呢？倘若我从乌鲁木齐与火车同时出发，我以随机搭顺风车的方式奔长沙而去，能否比火车先到家呢？

有人说我是吃饱了撑的，的确如此，不过很多如牛顿、达尔文那样的科学家与伟人不都是在做看上去对自己毫无益处的事情时开始推动世界进步的吗？我自知没那么高的智慧，所以只希望此次尝试能给自己诗一样的青春再来一点深刻的记忆，依靠自己全身心的投入，挑战自己。

乌鲁木齐到长沙的距离是3400公里，该市到长沙只有一班火车——T36列车，需要43个小时到达长沙，也就是将近两天时间。这意味着，我在公路上搭车回家的旅途中，除非能保证每小时平均80公里的速度，否则就会落后于火车。但是，我自知随机搭车的话，没那么好的运气能时时刻刻都能坐在车上，况且时至深冬，跑如此长的路途的车会极少，而且还不一定有那

么好的运气碰到，所以中途必然要换很多次车，且不能保证每次一下车就能迅速搭到下一辆顺风车，难度可想而知。可是，如果事情很容易办到，那还叫挑战吗？有道是“尽人事安天命”，有些事总得做了才知道能不能做成。

1月2日，我穿着一件我喜欢的藏族风格的藏袍，扎起蓝色头巾，背起背包，离开乌鲁木齐前往乌拉泊高速路口。唯一一班火车T36将在15点26分从乌市开动，我需要在此之前赶到高速路口去准备，好等15点26分一到就开始搭车。旅行了这么久我也总结了一些对于搭车的经验，高速路上通常能搭到跑远程的车辆，它们的行进速度也更快。走过路边白雪覆盖的公路，在14点时，我来到了乌拉泊立交桥一个右边通向奎屯，左边通向吐鲁番的三岔路口，开始等候。

路边那一团团沾着黑灰的冰雪，让人看着十分不爽，时间不断流逝着，等待是一件令人苦恼的事情，它还会令人紧张。终于到了15点20分了，火车即将开动，我在路边伸出了大拇指开始搭车。一辆又一辆小汽车驶过，第八辆终于停了下来，这是一辆黑色的越野车。“你好，哥们儿，请问去哪儿呀？”我赶忙上前打招呼。

“到托克逊。”中年司机微笑着说道。

“那能带我一下吗？”托克逊距离吐鲁番不远，正好顺路。

“行啊，上来吧。”车主王先生很爽快地让我上了车。之后他告诉我，他和他的朋友都是军人，开车一般不会带人。不过因为现在天气太冷，怕我在郊外的公路上出事，才好心帮我的。我感到很幸运，虽然只能带我100多公里，但至少让我这场比赛有了个好的开始。

车子行驶在空旷的原野上，我一直盯着速度表的数字，一直保持在100公里左右，这令我感到安心，因为速度超过了我计算的全程必要平均时速80公里。但我还是有点紧张，担心中途会出什么偏差。大约16点时，我们到达了小草湖服务区，王先生要走另一条路去托克托县，我便下了车继续旅程。此时，对我来说，每一分钟都如金子般宝贵，我向服务区打听每辆车的目的地，同时注意过往车辆，我发现绝大部分车竟然都是往南疆去的。十分钟过去，仍无下文，我心急如焚，但却毫无办法。投机取巧之事，我是万万

不可做的，毕竟这是我郑重选择的挑战，尽管我知道仅靠随机搭车前进，局面是相当被动的。在我发布微博直播时，湖南的“大湘网”、《潇湘晨报》、“湖南经视”、《长沙晚报》等等媒体都对我这次活动十分感兴趣，已经在实时直播我的进度了，并不断打电话来要求跟踪拍摄视频、发布即时消息，或者询问我的情况，这实际上也给了我很大压力与监督，让我必须尽力完成。

终于，在16点45分，一辆银色的小轿车停在了我身旁，车主是一位女士，说前往鄯善县，愿意带我一程。小草湖到鄯善距离200公里左右，算是不错了，前进一点总比原地等待要好吧。大姐30多岁，是位鄯善的公务员。一路上她都像是对待来访人员一样，不停地给我介绍鄯善的葡萄产销情况，还有葡萄干的晒制程序，同时介绍公路北边那黄色的、毫无任何生命迹象的火焰山。从城市宣传的角度讲，她绝对算的上是一个优秀的公务员，也让我真真切切地感受到了新疆人的热心。可我哪有那么多心思欣赏风景呢？此时聊天简直就是一心二用，我应和着大姐的话，但注意力一刻也没离开过手机，打电话、发短信、查看火车进度，突然，我觉得此刻的我真的是忙得要命，漫长旅行中的生活很少是这个样子。

我在新疆鄯善县搭车

18点10分，在一处四周一片荒芜的十字路口，我下了车，竟然发现此时我比火车快了20分钟。大姐的车开进了远处几公里的鄯善县城，我继续在公路边搭车。西边火红的夕阳一点点落下，染红了半边天。公路边两个高高的广告牌无精打采地立着，公路上往来的汽车十分稀少，白雪侵占了整个公路，只剩下公路中间被车轮压过的黑痕，直到太阳完全落下，四周天寒地冻，仍然没有一辆车停下。本来刚刚从大姐车上下来时已经领先了火车20分钟，可是现在已经20点了，我早已经被火车反超了。

第2节

黑暗夺去了温暖与希望，我从未像现在这样焦急过，一向在清闲中自由行走的我，从未像现在这样感觉时间就是我的所有，时针每跳过一分钟，我就心痛一次。

记者打来电话，我刚拿出手机来接了一会儿，手机就因为气温过低而自动关机了。腊月里的新疆荒原就像一个天然冰箱，气温达到了零下20多度，我的手也冻得几乎失去了知觉。我裹紧身上那件毛茸茸的藏袍来回跳动，以增加身体的热量。这时候我才想到了一个注定会令我此次挑战失败的大问题：火车可是不管气温高低，不论黑夜白天都在快速奔驰的，而我白天好搭车，可到了晚上，时间越晚，我就越难搭到车，吃饭耗时的问题可以用路上干粮的办法解决，但睡眠却是多少都需要有的，不可能一点不花时间。现在想想，一个搭车旅行者要挑战火车的速度可真是痴心妄想。可是，事到如此，不能放弃，我必须尽力而为。

黑漆漆的荒野，没有月亮与星辰，偶尔有辆汽车飞驰而过，带来一阵轮胎与冰雪的摩擦声，划破了寂静的寒夜，车灯霎时间照亮我的全身，忽而又

恢复平静，留下如死亡般可怕的寂静。

大约到了21点时，一辆桑塔纳在我的手势下停了下来，下来三个维吾尔族大叔，茂盛的胡须将沧桑二字写在了他们每个人的脸上，其中一位大叔说可以带我去七克台的鄯善火车站。我想既然还是在鄯善，想必前进不了多远，就谢绝了。他们上了车飞速离去，大概谁也不愿意在寒夜中多待哪怕一小会儿吧。

天黑得伸手不见五指，没有一丁点光亮，直到21点20分，一辆黑色轿车在我的手势下停了下来，开车的是位男子，后座上是他的妻子孩子，一家人看上去十分温馨。他们都是汉族人，也去七克台，我说算了吧，但他们并没有离去，而是关切地问我原因，我在瑟瑟发抖中向他们说出了我的缘由与计划。听完后，他们给我建议，说七克台离这儿有30公里，而且七克台同样是一个高速路口，离小镇很近，相对于这里要安全得多，实在不行可以到小镇里解决自己的住宿问题。我想也对，一时半会儿估计也搭不到车，能前进多少就前进多少吧，于是便上了车。身体从零下20多度的室外一下子就进入了零上20多度的车内，浑身似乎有一种瘙痒般的不适，在半个小时后身体才暖和起来，这种暖和竟然使我有一种绝处逢生般的感动。

21点35分，我到达了七克台乡的高速路口，出口收费站就在几十米外亮着灯光，心中因为光亮也增添了许多安全感。车主离去时千叮万嘱要我一定注意安全，挂念的话语不断地在我脑海回荡，令我不禁感慨，在环境恶劣的地区，人与人之间往往更能表现出真挚的情感，而在温暖舒适的东部城市，期待遇到这样的温情在多数时候都绝对是种奢望。

22点10分，我仍然站在路边竖着大拇指搭车时，背后有个声音传了过来："你干什么呀？"我回头一看，是一个身穿黑色夹克的中年男人，正向我走来。

"我在搭车。"我微笑着答道。

"去哪儿啊？"中年男走到我身旁瞅着我问。

"去甘肃。"我不知道他是什么目的，但看样子对我应该没有威胁。

"坐我们的车吧，我们也去口里。"中年男笑着说。

“你们的车？”我不太明白他的意思，疑惑地问。

“嗯，刚才我们从这里开过去时就看到你了，因为这里是桥不能停车，停在前面了，走吧。”说着他指了指黑暗中的不远处。我半信半疑，不过过去看看也耽搁不了什么时间，那就去看看吧。

“大哥，你这是在吃槟榔吗？”我走在他的后面，感觉气氛太沉闷便找了个话题。

“是啊，你怎么知道？”他转过头惊讶地问。

“我是湖南人，一闻这气味就知道。”这种气味实在是太熟悉了。

他没有出声，继续边向前走边嚼着槟榔。走了约300多米后，我看到一辆大货车正停在路边，中年男人打开车门坐到后面司机休息的小床上去，叫我也上来。这下我是真的相信了，毕竟没有人会无聊到停下车来逗我玩吧。我把背包放了上去，自己也上了车，坐到了副驾驶座位上，随手关上了门。我激动不已，向坐在方向盘前的另一位稍胖的大叔打招呼，交谈了一会儿后得知，刚刚去叫我的大叔姓于，我该叫他于师傅，稍胖的这位姓范，该叫范师傅。看得出来他们为人和善，这次出车是要去广东送货，听到是去广州，我惊喜万分，刚才的忧愁一扫而光，赶忙问是否能带我去长沙，并向他们介绍了我的计划。但他们似乎对我此次对火车速度的挑战并不感兴趣，说如果没人给钱的话，这么做没什么意义。范师傅说是因为刚才看我一个人站在黑灯瞎火的公路边，怕天这么冷会出意外，就停了下来。他还说如果路上不出什么差错的话，可以带我去湖南，多个人还能聊聊天，也不那么寂寞。我知道他说的不出差错是什么意思，但还是十分开心。

坐在车载空调吹出暖风的车内，我感觉舒服了很多。车子向前行驶着，我的疲劳顿时冒了出来，但我担心两位师傅夜间行车会因为无聊而打瞌睡，所以也不敢睡，而是努力找话题跟他聊天。到了23点多时，方师傅让我靠着椅子睡会，说他没事的。我也确实很累了，也就没有再客气。闭着眼睛，恍惚之中，我回忆着这极度紧张的一天，如果没有这两位司机师傅出自人之常情的善举，或许我现在仍然站在寒冷的夜里望眼欲穿，还谈什么挑战，谈什么搭车之王。搭车说到底那是享受他人的善心，而我竟然想宣扬什么“搭

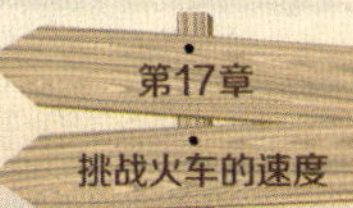

车展现的是年轻人的激情、青春与活力”。在如此真实的善面前，我觉得自己之前的想法有一种罪恶感。它重重地压在了我的心口，让我无法呼吸，我开始反思这样做的意义，同时也享受着这来之不易的温暖与舒适。在这精神极度紧张的一天中，我现在终于可以闭上眼睛休息一下了……

次日凌晨醒来后，再也没睡着，我们向东边前进，此时前方出现了黎明时分青色的天空，不久青色中出现了红色，而红色的面积越来越大，最终被火红的太阳放大到整个天空。天亮了，好久没有看到日出了，此刻我有种久违的感动。我问范师傅到哪儿了，他说进入甘肃地界了，刚过柳园，我连忙查了查列车时刻表，估计此刻火车大概已经到了嘉峪关。已经落后了这么一大截，我却又无可奈何。

第3节

窗外的景色依然是白茫茫一片，风无情地掠袭着没有一棵树木的大地，冰雪被风吹成了有棱有角的尖刀，显得更加荒凉。上午11点到了瓜州的路口，师傅们要下车去国道旁吃饭。我说我背包里有吃的，他们不允许，把我拉进了一个穆斯林餐馆。吃的是羊肉拉面，吃完后我去给钱时被范师傅发现了，连忙把我拉了回来，说你这么小的年纪又没有工作，就跟我们一起吃好了，在两位师傅的热心劝说下，我也只好接受他们的好意。

吃完饭我们上了车，发动机竟然打不着火了，一连数次都无法发动。两位师傅拿出喷枪对着油箱烤了好一会儿才打着，范师傅搓着手上了车，说：“太冷了，风又大，油箱冻住了，不过现在可以了。”货车沿着连霍高速一路向东而行，媒体的电话不时打来，问我挑战的计划与进展，我说只能走一步看一步了。

范师傅说，其实早在两天前他们就已经从上家公司离职了，但在收拾东西准备回老家去的那天，他们公司新来的司机把货装好后，因为某些原因又不干了。无奈，公司只好又把范、于两位师傅请了回来，继续开这辆车。要不然，我们不可能遇到。如果不是他们开了这辆车，如果我昨晚在遇见他们之前搭上了别的车，如果我没有尝试这次挑战，我现在的处境又会是如何？此刻的局面是在无数种机缘巧合之下出现的结果，我只能称之为缘分，感谢缘分。

对我来说，已经开始了的计划，不到最后一刻，无论如何都不可以停止，所以我仍然没有放过任何一个可以加快速度的机会。每次在加油站加油时，我都会询问路过的各种车辆是否有顺路的。可十分奇怪的是，几乎看到的都是不顺路的大货车，就算有几辆小客车也只到附近不远的地方。在没有找到更合适的车辆前，我不能放弃现有的这辆稳定东进的货车，连政府不是都在一直喊一句口号：“经济要发展，稳定是关键。”

甘肃西部的公路

海拔1800米的甘肃西部，一路都十分辽阔与荒凉。21点36分，到了张掖市山丹县，师傅们在国道停车边吃晚餐，火车已经到了兰州，我焦急万分。晚餐是羊肉卷子，但我没什么心情享用，只吃了一点点。于师傅牙痛得不行，后来严重到了头晕，不能开车，这一晚都要范师傅开了，我感到很内疚，真恨自己不会开大卡车，不能为两位师傅排忧解难。

1月4日1点20分，货车到了武威，师傅们要走省道经景泰、宁夏到西安这一条路线。省道弯多路窄，车速显然会慢下来，货车在经过一段正在维修的路段时车速竟然只有30公里，我陷入了极大的被动，让师傅改走高速显然不现实，除非自己掏钱支付高速公路不菲的过路费。范师傅说这是他们尝试了很多次后得出的结论：这条路线是最省钱的。我也无话可说，怎能让两位师傅为了我的选择而多花钱呢！火车此时已到了西安，我想就算现在加速走高速公路也未必能赶上火车了，既然如此又何必再做无谓的挣扎呢？两位师傅的善举已是难能可贵了，给了我极大地安慰，我又怎能还有额外的要求呢？顺其自然吧。

车上实在睡不好，我一直双眼望天，直到天亮。朦胧的太阳照亮大地时，我发现车窗外散落着一些农家土屋与红砖瓦房，看起来十分熟悉。房顶冒着一缕青烟，直直地升向天空，稀稀拉拉的白杨树散落在村庄的周围，虽然毫无绿意，但也足以令我动容，至少白雪的踪迹已经不见了，大地并不是那么荒凉了。范师傅说已经到了宁夏的海原县，“海原，又来了，我那只小猫咪不知道在兰州过得如何，是否吃得饱？其他猫咪有没有欺负它？真希望还能再见到它。”我心里暗自想着。

在我们的货车进入陕西咸阳地界时，网友告诉我火车今天到站晚点，但也在12点到达了长沙。听到这个消息，我没有感到很失望，似乎早已有了心理准备，也不用再追赶了。目前我只希望我与火车的进度差距能小一点点。

货车在咸阳长武县被运煤车堵了半个多小时，已经很揪心了，没想到16点14分在永寿县又堵了。据说是因为道路结冰，前面有车翻倒了，把整条路都给堵了。18点多，翻倒的车被拖车拖走后，道路才又恢复了通行。

本来一段紧张的逃亡，现在竟然变成了三个男人轻松的漫游，我听他们的故事，他们听我的故事，三人谈笑风生。

19点42分货车到达了西安市未央区，范师傅说油箱和水箱有问题，要在维修站修理。来到丰产路的维修站，修理工说晚上看不见要明天再来修，我们只好在这儿住一晚了。范师傅说他太累了，休息一晚也好。我觉得反正我已经输定了，睡不睡也无所谓了。我们三人住进了附近的一家旅馆，吃了羊肉泡馍，好好地睡上了一觉。

1月5日早上10点，修理工说货车要换水箱，但目前修理厂没有货，要三天后才能寄来。“三天太久了，等回来时再来修吧。”范师傅说。然后我们又上了车，继续前进，后面的路几乎是一路高速，17点12分进入了河南地界，22点50分在湖北枣阳服务区就着新疆的馕吃了碗泡面，接着又继续上路了。于师傅在长武县找了个老中医抓了些药服下，头已经不疼了，可以和范师傅轮流开车，这样范师傅就没那么累了，我心里也不再那么不安。

1月6日，3点50分，经过湘鄂界的荆岳大桥进入了湖南地界，6点时，我在长沙一个收费站下了车，媒体朋友们已经等候在了收费站，对于他们的敬业与热情我十分感动。本以为“挑战火车的速度”这个话题就此结束了，没想到事情没那么简单，网络媒体给我做了一上午访谈，后来湖南经视与湖南卫视也对此事做了一个长时间的报道，也就是我现在在邵东县汽车候车室里的大屏幕看到的那段视频。许久之后，视频结束了，坐在我身边的几个旅客就像是事先商量好的一样，一起把视线转向了我。

虽然这次“挑战”结束后，我比火车整整迟到了44个小时，但是若是换个角度想，在三天半的时间里，我完成了3400公里的随机搭车旅程，这也是不错的记录了。我发自内心的感谢在这一路上遇到的友善的人们，所以在媒体采访时我介绍了范、于两位师傅和很多位给过我帮助的人，并把他们的手机号给了电视台，希望能够让他们火热的心也来温暖广大电视观众的这个寒冬。

第18章

西域

警官

时间的大书又翻过了一页，到了2013年，2月25日我在湖南老家陪家人过完年后，又回到了乌鲁木齐，翻过天山一号冰川一路向西南，前往中国最西边的一个县——乌恰。

西北的春天来得要比湖南晚得多，这是一段静谧的时期，大自然仿佛在准备着夏季的怒放。空气里总是悬着微尘，就好像干燥的雾，塔里木盆地一马平川的灰色土地淹没在雾霾里，能见度很低，天地显得格外苍茫空阔，远方一片模糊。

3月10日，我从轮南油田到达了库车县，在白色的太阳底下，我那淡淡的影子在两旁都是灰色杨树之间的柏油路上也变成了灰色。我大步快走，想看到古代的龟兹国——如今的库车县会是一个什么样的景象。库车县城处于天山山脉与塔克拉玛干大沙漠之间，区域形状狭长。走到县中心时已到17点，放眼望去，长长的街道两旁满是钢筋混凝土结构的楼房，跟全国各地的县城就像复制粘贴般的一样，建筑真是千篇一律、毫无特色可言。在我走过宽阔的街道时，街边水果摊旁的一群群维吾尔族男人的目光似乎全聚集到了我身上，让我感到很不自在。

龟兹文化广场上，一个大屏幕不断地播放着视频，展现着这个曾是唐代安西四镇之一的地方的辉煌历史和丰富的民俗文化。广场上人不多，几对维吾尔族情侣在散着步，身穿黑色制服、手拿警棍的两个维吾尔族保安在广场上巡逻，也许是我背着大包太过引人注目，他们不时地侧目望着我。我正准备去清真寺旁的乌恰农贸市场，感到装扮太显眼不好，就把背包放在一棵树下的草坪上。我想有这两个保安的注视是不会有事的。

我行走在天山山脉

走过两条街，来到了露天市场，门口横七竖八的摩托车、电动车把大门围了个水泄不通，只留下中间一条窄窄的通道用于进

出。天空渐渐暗了下来，人似乎也越来越多。色彩各异、琳琅满目的货物一排排地摆放在摊位上面，点点昏黄的灯光顺着过道整齐地向市场里面延伸，就好像一串串星星。一个戴着鲜艳的橙色头巾的妇女，提着装满巨大的馕的袋子从过道里走出来。听说那是库车特有的一种大馕，有的直径可达一米，而且价格便宜，才3元一个，我忍不住向众多馕饼摊中吆喝得最响亮的一家买了两个。

库车县露天市场

我正要走进大门到市场最里面探个究竟时，几个穿着黑色棉衣、蹲在过道旁的中年妇女，见我来了都纷纷站起来端着盛着白色乳品的碗让我看，说了一大串我听不懂的语言。由于语言不通也不知那是什么，我只好微笑着摇摇头走开了。后来我在新河县吃过一次，原来那是酸奶，这样一碗一碗卖的我还是第一次见到。

库车是唐汉时期西域的重要城市，享受着天山的恩泽，人口众多，纵横新疆的314号和217号国道在此交叉，成就了当地今日的繁荣。夜幕降临时，露天市场内已是人山人海，观察四周，发现好像只有我这一张汉族面孔。好在四面投来的目光并不会在我身上停留多久，因为人们都在忙着招呼自己的生意。各种各样的叫卖声交织在露天市场的上空，有的商人干脆站在三轮摩托车上吆喝，有的则十分安静地坐在摊前等候顾客光顾。这里的市场环境虽然不怎么样，但商业气息却十分浓烈。

年轻男女在亮着昏黄灯泡的凉面摊旁开心地谈笑风生，似乎那些吵闹的声音丝毫不能影响他们的兴致。一辆白色的面包车从市场外开进来，挡在路中间叫卖的三轮车主动让开了道，等面包车过去之后，它又开回了原地。车主继续着他的吆喝，过程默契，仿佛预先商量好了似的。不知不觉中，我也渐渐开始享受这种喧嚣的氛围了。虽然自己是这人山人海中唯一的“异族”，

但我并不感到担忧，即便语言不通，微笑也可以成为沟通的良好方式。

21点时，我回到了文化广场，但广场上已经空荡荡的了，大概人们都已回家了吧。我来到我放背包的树下，发现所有的背包都已经没了踪影。我用手拍拍头笑着说："不会吧，老天爷又给我来这招。"我立刻去找巡逻的保安。来到保安室，我向保安说明了来意与问题，保安说他不知道，但是可以代我去问问另一个保安。我心想，难道在山西平遥时没丢，在这里还是逃不过要丢吗？不多久另一个保安回来了，他问："是不是很大的背包，灰色的？"我连忙说是。他接着又说："等了很久都没看到有人来拿，我怕被别人拿去，已经交到警察那儿去了。"不管在哪儿，反正没丢就好。我问警察在哪儿，我自己去拿。他说："你是外地人，不熟悉这里，找起来会比较麻烦，等一下我让警察开车带你去找吧。"真没想到新疆的保安与警察竟然会如此友善。

过了大约十分钟，一个警察开车带我来到了公安便民亭，在被几个警察仔细盘问了情况后，他们纷纷赞扬我的旅行行动，让我同他们合个影，把背包还给了我后，让我检查一下行李是否还是原样。登记完我的一些信息后，一个姓徐的警官问我今晚住哪儿？我说："我就准备在广场上搭帐篷露营。"徐警官说："不行，广场上晚上要清场的，不让露营。"我说："没关系，我去找找别的适合露营的地方，要是没有那就去找个旅馆住。"徐警官沉默了一会儿说："你上车，我送你找地方露营去。"我感到很奇怪，这算公车私用吗？于是跟他说："不用麻烦了，你还要工作呢。"他说："没关系的，这也是在工作。"

上了车，开了一会儿，过了一条街，徐警官突然说："晚上在这儿露营不好，我给你找个旅馆吧。""你给我找旅馆？"我惊讶地问。"嗯，我朋友开了个招待所，我去问一下还有没有空的房间。"徐警官与我素不相识就给了我这么多帮助，以后这人情我该如何还呢？连忙谢绝，但刚说完车子已经到了招待所楼下，他笑笑说："先上去看看再说吧。"跟着他上了楼，这是家十分简陋与破旧的旅社，老板是汉族人，徐让我在外面等一下，我听见徐跟老板说了好一会儿话，老板才支支吾吾地答应。徐出来后高兴地说："可以了，不要钱可以住这儿。”我走到他身旁说：“不要这样，我给钱就行了，住这儿应该也没多少钱。”他轻推着我向狭窄的走廊尽头的一个小房间走去，轻声说：“出门在外不容易，你还有很长的路要走呢。这里环境虽然不是很好，但至少要安全一些。”

对于他来说，我只是他作为警察每天接触的数不清的人中的一个而已，但他竟会如此尽心尽力地帮助我，我实在想不通。我下了楼跟徐去取车后备箱里的背包。背上背包后我问徐：“你有什么需要我做的吗？”他笑着摇摇头说：“不用。”但当他正要上车时又转过身对我说：“新疆是个好地方，要是可以的话，宣传一下库车吧。”说完便上车离去了。在他转身的一刹那，我看到了他那身庄严的警服，那银色的警徽与肩章在昏黄的路灯下竟显得十分耀眼，让我感到是那么的神圣，我觉得那一定是一个真正称职的警察才会有的形象。

在来旅馆的路上，徐说他前些年在新疆当兵，后来留了下来，从此把新疆当成了第二故乡。人在一个地方待久了，就会心生眷恋，不管环境如何恶劣都会留下来，这我能理解。后来在中国与吉尔吉斯斯坦边界上的阿合奇县，我遇到过几个在当地政府工作的湖南同乡，他们同样告诉我，他们喜欢这里，可是为什么喜欢，都说不上具体原因来，也许徐警官也是一样。

库车县西域情调的建筑

第19章

喀什

旅馆

2013年3月25日中午，白色的天空下，克孜勒苏县上阿图什乡的省道两旁，高大的钻天杨新长出的嫩枝随着过往的车辆带来的气流懒洋洋地摇曳着，一处处低矮的村庄规则地分布在公路两边，散发着浓郁的乡土气息，与公路保持着一条平行线，灰色的砖房、覆盖着厚厚灰尘与去年落叶的土地看上去显得十分厚重。

刚刚从帕米尔高原上归来，我沿着公路往30多公里远的喀什走去，一边走一边伸出大拇指，想搭上辆有缘的顺风车。不知何时，一个身材高大的维吾尔族老先生已经站在我的身旁。他拄着一根木制拐杖，一大束雪白的胡须掩盖了半个脸庞的皱纹，他微笑着看着我。他面容慈祥，我忍不住向他打招呼："您好。"他点了点头，用极生疏的汉语问："去哪里？"我听得不太清楚，但根据发音也能猜得出他是在说什么，便用维吾尔族腔调的普通话回答："喀什。"他嘟囔了一句，然后用拐杖向一辆正在驶来的小货车拦了一下。只见那辆飞驰的货车马上一个急刹车停了下来，正好停在老先生的旁边，我心想这司机技术真好。老先生用维吾尔语同司机对话了几句，便示意我上车，我这才明白，他是在帮我搭车啊。不过我心里很疑惑，这个司机会不会是个与老先生串通一气想赚钱的人呢？或者会不会向我多收费呢？但看着老先生深邃的眼神，凭直觉我想应该不是那样的。在老先生的注视下，我坐在了后座，谢过之后车子开动了。

14点，我到达了喀什市多曼河边的建材市场，司机停了下来上客，有三个维吾尔族中年人坐到了我身旁，司机向他们都收了钱，但唯独没问我要。待我下了车要给他钱时，司机却抖了抖他的灰色西装，摆了摆手走了。我站在河边，脑中有了更多的疑惑，老先生为何会帮我拦车呢？司机为何会看见老先生拦车就马上停下来，并且还一点不收我的钱呢？在南疆的乡间，我已不只一

我搭乘维吾尔族司机的车到了喀什

次地感受到维吾尔族同胞的善良与团结。我想我这些疑问，可以用四个字给出答案："尊老爱幼"。

沿着多曼河边的街道往下走，就能到达东湖和两片喀什老城，有人把它们称之为高台民居，有着数百年的历史。对于喀什我并不陌生，三年前我曾经远行至喀什，并在此生活过半个多月（那时的故事见前作《90元走中国》)，那是我的第一段异乡旅行生活。如今我又走进了古城，观察那些自己曾经好奇地走过的小巷，古城内除了正在装修的几个商铺外，其他几乎什么都没变，远处河边一个小高地上的摩天轮仍然在缓缓地转动。街道上密集的车流中已经看不见摩托车的踪影，取而代之的，是随处可见的电动车。已经长满绿叶的柳树枝条垂在水中，搅动着飘荡在水面上的淡红色杏花。上次来是冬季，这次是春季，不同的季节，不同的景色，不同的心情。

夜幕降临时，我在离东湖不远的街边找了个汉语名称的旅馆，选了一个三人间中的一张床，床单被褥的白色成了这个狭窄而阴暗的房间最醒目的色彩，两边靠墙的床上已有了人，我在中间的一张床边放下了背包。房内的两位都是中年人，我敢肯定他们不是一起的，不然不会隔着一张床。其中一个正躺在被窝里玩手机，另一个拿着本子正在记着什么。我向拿着本子的中年人打了个招呼，他很客气地与我聊了起来。他姓王，河南人，我拐弯抹角地问了半天，他才告诉我，他是倒卖羊皮的，从当地羊皮贩子那儿把羊皮收购过来，集中发往内地的加工厂。他常年在新疆游走，在这个旅馆就已经住了两个月了，用古代的话来说，他就是个江湖人士。当他知道我

喀什老城

行走过很多地方后，他竟然对我产生了极大的兴趣，一个劲儿地问我哪些地方的牦牛比较多、当地人是怎么处理牛毛的等等，真是三句话不离本行，我毫无保留地向他讲述了我在草原上关于动物的所见所闻，最后他把本子扔在枕头边高兴地说："好，下个月我就去青海那边看看。"此时，就连之前躲在被窝里玩手机的中年人也因为我的讲述而坐起来竖着耳朵津津有味地听着。

我问王："喀什这边生意不好吗？为什么要走呢？"他摇摇头说："唉，像我这样折腾，实际上也就赚个差价，现在牧民越来越精明，信息越来越发达，他们竟然也看新闻了，学精了，我赚得自然就少了。"凡事都有两面，他们这种自由贸易的收益完全得益于市场开放度，什么都在变，掌握更多的信息量便是他们获取利益的法宝。王还让我留个电话，告诉我以后要是有羊皮货源就联系他，他还告诉了我一些行情，后来我还跑到帕米尔高原上四处打听羊皮的情况。不过由于诸多这样那样的原因，后来此事不了了之了。

次日下午，我刚刚从艾提尕尔清真寺回来时，碰到了一个小伙子，昨天我刚来时，在走廊上就已碰到过他，他黝黑的皮肤与稚嫩的面孔、忧郁的眼神令我印象深刻。虽然感到似曾相识，但彼此并没有说话，只是点头示好。今天我们迎面撞上，他主动开了口，说他住在我的隔壁，昨天看到我后，就很想认识我，我头上长长的马尾辫让他感觉到一种无羁的自由，可是他怕太冒昧就没好意思跟我打招呼。

我看他说话诚恳便跟他聊了起来，他告诉我他姓李，是一个正处于迷茫期的四川年轻人，一个星期前辞掉工作到了喀什这个旅馆，一天天得过且过地活着，什么也没干，哪里也没去，不知道接下来该干什么，除了迷茫就是茫然。

从他的话语中，我似乎看到了一个在三年前的冬季从广东坐火车来到喀什、背着一个背包和一把木吉他行走在街头的青年，那个人便是我。从他身上我看到自己了曾经的影子，无奈、希望与迷惘在双眼中相互冲撞，我对眼前这个板寸发型，比我稍矮一点但十分帅气的小伙子也产生了一些兴趣。于是忍不住打断他的话问："你吃饭了吗？要是没吃我们一起去边吃边聊吧。"

喀什老城

他似乎很感谢地点头说好。

我们走了一条街来到一家小川菜馆，他说他才17岁，已经做了一年厨师，学的是湘菜，这让我感到十分惊讶，原因有二：第一，他年纪这么小便已工作了一年，可见是个早熟的孩子；第二，他工作了一年然后辞职来到喀什，这经历与我有着惊人的相似，当初我不也是在深圳工作了一年，然后辞职来到喀什的吗？接下来的谈话犹如老朋友重聚般轻松，没有了陌生感，或许他早就是如此了。

他总是说完一段话后便用忧郁的眼神看着我，像是在期望我给他一些建议或点评。作为一个"过来人"，我自然不会吝啬自己所悟到的一些道理。吃过晚饭后，天已经黑了，我们沿着路灯照亮的街道散步，走到一条从东湖中间穿过的公路上，边走边聊。

在湖的北岸，漆黑的夜晚被黄色灯光照亮，古城上空飘浮着一层黄色的雾，犹如大气层包裹着地球一般。而在湖的南岸，则是与北边天壤之别的景色，造型独特的科技馆建筑上布满了光芒夺目的霓虹灯，与它在湖面上的倒影叠在一起，形状就像一只对称的蝴蝶从水面飞过，与不远处同样灯火辉煌的几栋高楼汇成一幅现代的城市夜景。

我们坐在湖边，我向他讲述了许多自己过去的故事，还谈了不少对当初自己的评价。我试图让他正视迷茫，说他现在所经历的是人生必然会经历的阶段，这是青年从懵懂迈向成熟的一种过渡，这过渡就是一场迷茫。他现在开始迷茫说明他已经有所觉悟，已经在反思自己，如果处理得好的话，会有益于自己将来的成长，如果处理不好，也会影响一生的。我告诉他，他还年轻，人生刚刚开始，还有很长的路要走，最好是给自己确立一个长远的目标，也就是梦想。然后分为几个阶段，一步一步往最终目标走。这样每天都是走在梦想的道路上，每天都会有成就感，他也就不会再孤独与迷茫了。每当自己感觉到迷茫时，就该想一想最初的梦想。

他静静地听着，瞪大眼睛看着我，并且频频点头。我从没有像现在这样，对着一个刚刚认识不到两小时的人竟一下子说了这么多的话，讲述了这么多的故事与感受。也许是因为我感觉到他像曾经的我，当我对他说话，就如同现在的我正在对曾经的我说话，而且句句都是肺腑之言。在过去，并没有人曾对我说过这样的话。

喀什街景

我们一直聊到23点多才回到旅馆，回到旅馆后，我把自己随身携带的一本《90元走中国》借给了他看。

3月27日，醒来时已是9点，我左右两边的两位中年人都已经起床出去了。我揉了揉眼睛正准备起床，突然门被打开了。原来是隔壁那位四川青年，他走进房内，把书放在我的床边对我说："谢谢你的书，我看了一夜已经看完了，我现在知道怎么做了，后会有期。"说完他便背上背包关上门走了，我睡眼惺忪，一时没反应过来。之后追出去想问他去哪儿，可是茫茫人海，哪里还有他的踪影。他真的找到方向不再迷茫了吗？我不知道，但我知道，或许我该相信他，就像往日曾经相信往日的自己。

后来，在我收拾行装时，从那本书里掉出一张纸，上面写着他的一首打油诗。具体内容不记得了，只记得最后一句好像是："愿我伴君走天涯。"走好，我一见如故的朋友。也许将来，我们还会重逢，没准那时的我再看到你，就会像看到了今天的我自己。

喀什伊斯兰风格的建筑

第20章
昆仑山
惊魂记

第1节

在被称为亚洲屋脊的帕米尔高原上，塔什库尔干县城的四周均是白茫茫的雪山，海拔3200米的县城顶上的天空像海水一样湛蓝，像是用新疆上等棉花制成的朵朵白云在雪山顶上飘荡着。

县城的东边是一片还停留在去年冬季的枯黄草原，草原上流淌着一条宽阔的河流，那是从中国与阿富汗边界流淌过来的塔什库尔干河，自昨天3月28日到来后，我便未曾离开河边。我在河边露营，看着夕阳西下时深红色的天空下暮归的羊群，这是最动人的画面。

从地图上看，塔什库尔干河在县城以北10公里的地方与一条发源于慕士塔格峰的河流汇流后，便流入了巍峨的昆仑山脉。我接下来的行程是打算走新藏线前往西藏，必须要经过叶城。如果从公路走的话，那就又要返回喀

云雾中的慕士塔格峰

帕米尔高原

塔什库尔干县城

什再前往叶城，形成了一个三角形，多绕了几百公里。我想倘若我顺着这条河流穿越昆仑山，就可以到达叶尔羌河畔叶尔羌的莎车县，就可以近很多。更重要的是，探险异域、发现未知，这本就是一个旅行家的天性。我不知道昆仑山里会有些什么，也许是寸草不生的山谷，也许是冰川，但既然河流能流过，那我就一定也能走过去。

29日中午，在县城购买了一些干粮后我就开始徒步沿着河岸顺流而下。走了约10公里后，来到了两河相交处，河水在山谷中形成了一个小湖，湖水清澈明净，在四周光秃秃的群山中犹如碧玉般美丽，当晚我在湖边露营。

风呼呼地吹来，帐篷被撕扯得唰唰直响，湖边黑压压的蚊子大军飞来飞去，在草丛上嗡嗡直响，仿佛要吞噬一切。30日清晨，我做早餐的火燃起来之后，一个瘦得像一根电线杆一样的牧民赶着一群羊从不远处走了过来，我本以为他只是经过，不料他竟直接向我走来，而且看上去来势汹汹。

在旅行中与当地人发生冲突是极不明智的，于是在牧民快走到我身旁时，我便上前主动打招呼，并拿出一支烟来递给他。情况看起来并不糟糕，牧民接住了烟，我给他点上火，紧张的气氛稍微缓和了一些。他用很糟糕的汉语问道："你是哪里人？在这里干什么？"让我拿身份证和通行证给他查看。好在我来之前，已经在喀什的边防部队办了张边境通行证，可是这位大哥似乎不认识汉字，拿在手里端详来端详去，然后问我有没有在塔县（塔什库尔干县）的派出所登记，我说已经登记过了。他不信，拿出电话拨通了派出所询问核实之后，确定我没有撒谎后，态度竟然来了个180度的大转弯，对我笑着拉起家常来，还帮我在附近找了些枯枝帮我生火。

牧民说他是塔吉克族，叫"羊噶买"（音译），住在塔县某村庄某座房子，让我去他家住，给我做饭吃，不要在这儿住了，他说只要不是坏人就是他们的朋友。对于他态度的大转弯，我倒是极不习惯，我问他是哪个单位的，他说他只是一个牧民，因为前不久在别的地方发生了一件很不好的事情，他们便自觉地提防起来了。一个普通的牧民竟然也能像模像样地自觉担当起检查的义务，来维护家乡安全，防止极少数暴恐分子危害社会稳定，可见这里的群众已经广泛具备了防范意识。

我在塔什库尔干河边

我与塔吉克族牧民朋友羊噶买

塔吉克族不同于东方的民族，他们的风格就像顿河流域的哥萨克人，长相也类似东欧人，被称为亚洲的外来民族，以牧业为生。我看过《中国民族史》，对塔什库尔干地区的塔吉克族在19世纪的遭遇感到同情。塔吉克人天性善良，就如羊噶买说的，只要不是坏人那就是他们的朋友。我问羊噶买从这里能不能徒步走到莎车县，他很惊讶地说："能走是能走，但很不好走，有一条200多公里远的小路。"听到有路我就放心多了，反正我是打算徒步走，好不好走都无所谓。中午离开前，他给我留了他的电话，说要是不想走了就去他家，我向他道谢之后便往山谷里走去。

峡谷呈"V"型，河流就在"V"的最底部，越往里走河两边的山就越高，山谷也就越来越深。刚刚开始沿着河边修建的路前行还是比较好走的，全是柏油路面，可是走了十来公里后，路面开始变得崎岖，最后完全成了山崖边上的土石路，我知道这就意味着真正进入昆仑山中了。河两边是连绵不绝的高山，上面遍布巨大的岩石，没有生长任何植被。这些巨石姿态各异，有的是从山顶斜着延伸到谷底，而有的则是从谷底垂直升向天空，落在河谷中的巨石被落差极大的河水冲得发亮。身处河谷之中，默默面对着"天地玄黄，宇宙洪荒"的景象，心灵感到无比的震撼，昆仑山被称为万山之祖，看来真是一点也不为过。我曾走过大兴安岭、阿尔金山、天山、祁连山等等高大山脉，当初就觉得它们像是人类的禁地。而现在看来，相对于昆仑山而言，它们多少还显得有些生气，不像昆仑山，对于生命一点也不客气。

下午时，一辆拖拉机开了过来，两个维吾尔族男人，一个开车一个坐在后面。出于习惯我伸手拦了下，没想到拖拉机一下便停了下来，他们二话没说就让我上了车。我也就不多废话了，这大山之中就这一条路，他们肯定是顺路，能搭多远就搭多远。拖拉机速度本来就不快，再加上这既崎岖又坎坷的路况，车速慢得都跟步行相差不大了。拖拉机的声音太响，而且后面这个维吾尔族兄弟不太会说汉语，我们就没怎么聊天，我只顾着享受眼前这极致的美景了。

过了不久，眼前豁然开朗，车子进入了一片宽阔的地带，这是一片更宽更深的谷地。谷底是一个湖泊，被山峦分割成牛角形状。拖拉机上了湖泊边上一个很高的垭口又直接下坡，地貌又恢复成了V形的山谷，原来那个湖泊是由葛洲坝水电站在当地承建的水库，一侧还建有发电站。奇怪的是我并没有看到湖里的水从水坝中流出来，而且是一点也没有，我很疑惑，要是湖里的水越积越深会把这坝冲塌的。工程师绝不是笨蛋，他们肯定有办法，只是我还没看出来，我这样安慰自己。过了这个坝后，是一条更加狭窄的山谷，庞大的山峰遮天蔽日，几公里后，我看到东边和西边的山里都有一个水渠口，水渠里喷出大量的水，原来水库的水是从这里排出来的，我真是佩服水利工程师们的智慧。

昆仑山山谷

到了傍晚，山谷中河流拐弯处的一片片沙滩上出现了村庄，令人振奋的是村庄里里外外都生长着高大而古老的杏树、桃树，此时正是花开时节，杏花、桃花怒放在大大小小的树木枝头上，美丽极了。看了一天的穷山恶水，现在进入这世外桃源般的隐秘世界中，我有说不出的感动，犹如刘姥姥进大观园般的兴奋。而村庄里的人看见我们好像也十分稀奇，都纷纷走出门来张望，有的还用塔吉克语大声说着些什么，说完便哈哈大笑。虽然不知道他们在说什么，但能感觉到是善意的。

过了这个村庄几公里后，又进入了一个稍大一点的村庄，拖拉机进村后在一个屋子旁边停了下来，司机跳下来对我说："到库科西鲁乡了，去我朋友家吧。""你们到目的地了是吗？你已经搭了我这么远，怎么好意思再麻烦呢？"我背上包，再三谢过之后继续往前走去。手机此时有一些微弱的信号了，我测了一下此地的海拔，才2000多米，想必晚上也不太冷。此时天色已晚，若做晚饭的怕是有些麻烦。我便向附近一个屋子里的维吾尔族男人问附近有没有小吃店或商店。他问我要吃什么，我问有些什么，他说只有拌面，我说行。没想到一会儿之后，他便端给我一小碗拌面，开价15元。这碗拌面不仅分量少，味道也不好，是我吃过的最难吃的拌面了。不过这里地处昆仑山腹地，山高路远，物资都要从外界运过来。像今天我从县城到这里就已经花了整整一天时间，有吃的就不错了，不必有过多奢求，因此我并没有表现出不满。

吃完后，天已经完全黑了。我沿着路继续往前走去寻找露营地，虽然这里是个乡，实际上大概只有十几户人家，所以不一会儿就走出去了。过了一处峭壁，视野又开阔了许多，眼前又出现了一个只有几户人家的村庄，村庄里同样杏花盛开。大概这样交通闭塞的地方对于一个陌生人的出现都很好奇，很快，几个塔吉克族男人和小孩就围了过来，嘻嘻哈哈地笑着。其中一个穿着保安制服的男人会说汉语，他针对我的身份问了一些问题，确定我没有威胁后叮嘱我："如果饿了就跟塔吉克人说一下，吃饭睡觉都可以的，塔吉克族很热情。"他会的汉语不多，表达起来比较费劲，但却十分实在，让人听了心里暖暖的。

出了村庄之后，在路边看到一个方形土篱笆，篱笆内种着高大的杏树，我走进去一看，十棵杏树整齐地排列着，地上落满了粉红色的杏花花瓣，而

树与树之间间距较宽，可以搭帐篷，在这种寸土寸金的山谷里找到个平坦的空地可真不容易。这里手机又没有了信号，漆黑的夜里，篱笆旁奔腾的河流拍打着岩石的声音在山谷中回荡，这条河想必一定就是沿岸居民的母亲河。

第2节

在水声中睡着，又在水声中醒来。醒来时天已大亮，昨天因为太晚，并没有看清这里的环境，钻出帐篷才发现帐篷上面已落了一层厚厚的花瓣，并且花瓣仍在向下飘落。低矮的灰色篱笆墙、仿佛一跃就能跳上去的土屋、笔直挺立的一排排刚刚长出绿叶的小杨树、生长在如同绿色地毯一般田地中的麦苗，构成了一幅优美别致的乡村风景画卷。从河流上游引来的小水道纵横交错地穿过村庄与田地。在塔县时我曾看到一个广告牌，上面说当地已将塔吉克族引水节申报了国家级非物质文化遗产。当时我并未在意，现在看到清澈的河水被引到数公里外的地方，有的引水渠甚至从陡峭的山石下穿过，地势低的地方就用土石筑成小河床，让水流始终犹如流经平地般的在密集的水网中流淌，令人目不暇接。这让我对塔吉克族同胞的勤劳与智慧赞叹不已。

收好帐篷后，我走出了村庄。走了5公里后，又到了一个村庄，同样坐落在河流冲积出来的一小片沙滩上，房屋数量更少。一个戴着黑色帽子的塔吉克族小孩正在玩耍，我走过去问能否给他拍张照片，他好像听不懂，只是用大眼睛呆呆地望着我。这时从旁边一个屋内跑出一个塔吉克族男人，看起来是他的父亲。我本以为他会把小孩拉回家或者把我臭骂一顿，没想到他憨笑着站在了孩子身后，并且快速地擦了擦孩子脏兮兮的脸蛋，扯了扯他如抹布般邋遢的棉衣。他让孩子站好，然后看着我，指了指我手中的相机。我恍然大悟，原来他是同意让我拍照啊，我也就不客气了。不料拍完后，我忽然感觉更尴尬了，因为手边没有设备，不可能马上将照片洗出来送给他们，只好厚着脸皮道完谢就灰溜溜地走了。我想父子俩没准在想，怎么不给我们照片就走了呀？

昆仑山山谷中的世外桃源

到了中午时，我想自己做午饭，可是到处都是裸露的岩石，连生火的柴都不容易找到，很不方便。正好看到河边有一户人家，便跑过去想买些食物，房子里有两个男人、两名妇女和几个孩子，都不会讲汉语，用手比画了半天她们才明白，忙拿出一个大大的馕。我把钱递到一位妇女面前，老妇人却把馕收了回去，说着一些塔吉克语并用手摇晃着拒绝。

中国人都是善良的。记得在我小的时候，我老家隔壁县的一个中年人做生意经过我们村时，正好到了晚上。我们镇上那时候还没有旅馆，我爷爷怕他没地方住，便留他在我家吃住，隔天再走，对方很感激，要给钱，我爷爷很生气，坚决地推辞了。但那个生意人仍然感觉不好意思，临走时悄悄送了我一个小拨浪鼓。当时我家特穷，而且我年纪还小不够懂事，就收下了。后来这事被爷爷知道后，他狠狠地骂了我一顿，差点要打我，那情景我现在还记忆犹新。塔吉克族老妇人的这一举动不禁又让我想起了那件往事，我也就没有再推脱，把钱收了起来，老妇人这才又把馕放到了我手上。

离开之后，我心里暖融融的，幸福了好一阵子。老妇人给我的馕不同于市面上卖的那种，又厚又硬，是他们家自己做的。估计他们家房子旁那几块河边麦田中出产的麦子就是它的原材料，这种自给自足、与世无争的生活令我羡慕不已。在这条狭长的峡谷里，几乎每个村庄都繁花盛开，连接河对岸的村庄的是几十米长的狭窄铁索桥，看上去十分危险。这里的民居几乎都是

由土与石块垒成的，被各种高大的树木围绕，看上去宁静安详，而用电都是这里的百姓自己用简单的水力发电装置解决的。“靠山吃山，靠水吃水”的思路，在这里可谓发挥到了极致。

到了14点，我已经走了近20公里，到了塔尔塔吉乡，这里是一个稍大一点的村庄，相当于我老家湖南宁远的一个村。低矮的土房连成一大片，看上去就像电视上所说的贫民窟。此处有座现代化的桥梁通向河对岸，从地图上看，对岸的道路通向叶尔羌河上游的大同乡。从桥的那边正好开来一辆货车，庞大的车身几乎把整座桥都给占满了，真担心桥会像1999年的綦江虹桥那样被压垮。不过很幸运，桥不是豆腐渣工程，货车顺利地过来了。我想这里有车了，人口应该也会密集一些，我到这里探访桃花源般的村落的目的已经达到了，了解这里的地形、地貌以及交通情况、村落风格也就行了。我下一步要走新藏线，那就搭顺风车早点出去吧。

我抬起手打招呼，货车停了下来。我走到车旁，司机是一个中年男人，

塔吉克族孩子

顺风车上的塔吉克族老人

我与昆仑山里的塔吉克族同胞

副驾驶上坐着一个年逾花甲的老人，深深的皱纹与花白的胡须使他显得十分苍老。后座上坐着一个十岁左右的孩子，呆呆地望着窗外。“你好，请问你们去哪里呀？”我跟司机招招手问候道。司机穿着一身款式老旧的灰色西装，戴着一顶上个世纪上海滩码头工人所戴的灰色帽子。听我说话时显得心不在焉，似乎很不屑于理我。他的眼神在我身上游移了一会儿，之后用很蹩脚的汉语说：“莎车，干什么？”是顺路的，我很高兴，连忙问是否可以让我搭一下顺风车。看他没说话我便拿出身份证以及通行证给他看，以证明我并不是来历不明的坏人。他好像并不认识汉字，拿着我的证件同旁边的老人、后座的孩子讨论了一阵后还给了我，并说：“上来吧。”“非常感谢！我就把背包放在后面车厢里好吗？”我很激动地说。他点了点头。

我上了车与小孩坐在一起，车子再开动时，他打了好几次火才发动起来。看来这车开的年头不少了，好在没在我最激动的时候掉链子。货车开了几公里后进了一个村庄，车停了下来，司机和村里的几个塔吉克族男人把货车后面的一辆摩托车卸了下来，再开了十来公里后又把车上的几袋水泥卸了下来。令我惊讶的是，每到一个村庄，这车上的三个人都会下车和村里的人欢笑着打招呼、握手、左右贴脸行礼，他们对每一个人都是这样。不仅是那位司机这样做，就连车上的老人与小孩也是如此。这看上去像是东欧人的一种行礼方式，塔吉克族竟然也流行这种礼仪，真是令我大开眼界。这种礼仪毫无疑问能增进人与人之间的感情。不像汉族，多数时候，两个朋友相遇后就像两尊塑像一样一本正经地面对面立着谈话。也难怪人与人之间的情感总会渐渐疏远，就连亲兄弟也不例外。

又过了几公里后，车子颠簸着又进了一个村庄，副驾驶座上的老人下了车，也许是他的目的地到了吧，小孩坐到了副驾驶座位上。我们继续沿着狭

窄的山谷中的山石路前行，时而被货车颠簸得跳起来，时而因为一个急刹车撞到头。看着从山坡上滚落下来的许多大石头和峡谷底湍急的河水，我感到一种恐惧，这样的路况胆子小的人还真不敢开车。

第3节

开始也许是语言问题，我们都没怎么说话，到了下午三四点时，我没吃午饭有点饿了，便拿出在塔尔塔吉乡买的几个面包。我给了他们一袋，他们可能也饿了，没有客气地吃了起来，我很高兴，因为实在。这时他们主动与我聊了起来，司机只会说简单的汉语。小孩告诉我，他在阿克陶县上中学，

我在叶尔羌河边

会说汉语。我问他们是什么民族，司机竟然笑着让小孩翻译："你猜？"我本以为司机很死板，没想到也会幽默，气氛顿时显得轻松起来。我看他们跟刚才那些塔吉克族人都聊得很自然，便问是否是塔吉克族，他们笑着摇摇头，我又说："是柯尔克孜族吗？"因为阿克陶县是属于克孜勒苏管辖的，小孩忍不住了说："我是柯尔克孜族，司机是维吾尔族。"我欣喜万分，没想到这么几个村就有维吾尔族、柯尔克孜族、塔吉克族、回族等多个少数民族的同胞，并且看上去各民族相处得十分融洽，就好像亲兄弟般，对我这个汉族人虽然没有对其他穆斯林热情，但也毫无恶意，这十分难得。

车子慢悠悠地在悬崖峭壁边缘行驶着，道路虽然是土石路，但仍然无法免于大自然的破坏，车子时常被大水冲出的坑坑洼洼挡住去路。在开过去的一刹那，我甚至会考虑如果车子翻倒在谷底的河里，我该如何自救，好在司机技术很棒，总能小心地开过去，令我赞不绝口。

19点，货车到达了库斯拉甫乡，这个小镇看上去要比前面几个村庄都要大，人口众多，房屋建筑大部分仍然是土石结构。路从乡中心穿过，有几家商店、小饭店，甚至还有一个加油站，只不过这是私人的，需要把油加在水壶里然后倒进汽车油箱内。司机在加油站旁停了下来，说要加油，然后问我吃不吃饭，我说吃，然后我们一起走进了一家饭店吃拌面。村口有很多人围在一起闲聊，全都是维吾尔族，场面有一种浓烈的民族风格和人文气息，这让我深深地吐了口气：终于又回到人类文明的领域中了。没想到昆仑山中央还有一个这么大的镇子。

这么糟糕的路况对车的磨损非常大，如果白坐我还是有些不好意思，便悄悄帮他们把饭钱付了。他们发现之后说要给我钱，我说："我没多少钱，但白坐你的车感觉不太好，这饭钱也没多少，就让我来付吧。"不知他们听懂没有，他们没有说话走出了店门，我也没多想就跟着上了车，没想到我的麻烦才刚刚开始。

吃饱饭舒服多了，车子出库斯拉甫乡，继续向北开去，刚出乡约两公里，就被检查站的栏杆挡住了去路。司机让我们都下车，拿身份证和通行证给他。我们一起来到白色样板房的检查站，一个穿着保安服的维吾尔族男子

昆仑山中的民居

盯着我看来看去，问了很多问题，从哪儿来到哪儿去，在这里干什么等等，问了一大串。人在他乡当然希望一切平安，我便如实地一一回答了。我本以为回答完登记一下就可以放行了，以前遇到的检查站都是如此。没想到他竟然说我很可疑，要检查我的背包。我只好把包里的物品一件一件都拿了出来，又搜过身之后，保安还是不放心。我实在不知道他到底不放心什么，也不听我解释。他打了电话给派出所，说有个人很可疑，要派出所派人来。我这下实在无话可说了，我一身正气，倒是什么都不害怕，只不过司机他们俩人与我之前素不相识，不便让他们久等，便让他们先走。谁知我话刚说出来，保安就打断我的话，说："很快的，你们一起来，也要一起走。"

在等候派出所来人的这段时间里，检查站的保安指着墙角的一堆石头说："这些石头是这里的特产'昆仑玉'，你买不买？"

我本来很生气的，但一想到他也是忠于职守就没有怨言了。我看了一下石头问："怎么能证明这就是昆仑玉呢？"

他问我有没有手电，我拿给了他。他把手电的光束紧紧贴着石头表面，

说："你看，石头通透，光可以从石头的旁边散发出来。"

我一看，还真是啊，玉石原来是这样辨别的，有些好奇地问："这里盛产这种玉石吗？"他点了点头，我继续问："那这块石头要卖多少钱呢？"

他听到我似乎有要买的意思，很开心地回答："本来要卖500块的，但你是游客，来一次不容易，300卖给你吧。"看来这里可真是有很多做生意的好手啊，连保安都这么会忽悠人，但是300元我也买不起啊，便谢绝了。天空渐渐黑了下来，山峦与天空都分不清了，两辆摩托车闪着耀眼的灯光一前一后地开了过来。几个警察走了进来，随后他们又问了我一大堆问题，又翻了一遍我的背包。之后他们说："跟我到派出所去。"我为自己辩护了很多次，警察仍然不理不睬，我也就只能服从了。走时我问警察："我去派出所可以，但能不能让司机先走啊，我跟他刚认识，让他等我那么久多不好啊。"没想到警察用维吾尔语跟那位维吾尔族司机说了一大堆话，然后跟我说："他们也一起去。"

我上了警察的摩托车，回到了库斯拉甫，进了镇子后面的派出所院子。一进院子，几个警察就走了出来，警察让司机在门外等候，让我进去。我跟着几个警察来到值班室登记了证件，他们又检查了我的物品。在他们忙着的时候，我注意到院子里一张木凳子上坐着一个身材魁梧、体形稍胖的青年，看起来这些警察对他比较尊敬，想必是领导。我走了过去跟他聊了起来，他汉语讲得很好，还有一股北方味，他说他是柯尔克孜族，谈吐间时常微笑，我感觉他很友善，是个素质较高的人。看来我是找对人了，我向他作了自我介绍，同样他也问了我一些问题，我都如实地回答，问到最后他竟然夸赞我，说我真牛。我见效果已达到，便拿出了我的书让他看一看，顺便告诉他我会记录这次旅行的经历。其实，我是在暗示他不要为难我，我这也实在是无奈之举，让司机在外面等了这么久实在过意不去，不能再耽搁了。

没想到这招很管用，他笑了笑说："一会儿登记完你就可以走了。"我趁势问："为什么查得这么严啊？我长得像外国人吗？"问这话的原因是，从塔什库尔干过来时，我看到一个牌子上写着："外国人禁止入内"。他说："其实也没什么，主要是你的头发和装扮比较特殊，而且这里是禁区，所以

大家的警惕性比较高。”“什么禁区呀？军事禁区吗？”我好奇地问。“不是，是……”他话到嘴边又咽了回去，然后接着说，“你还是别知道比较好。”我也识相，马上不再问了，要是问得太多，真被当成境外恐怖组织派来的奸细那可就麻烦了。

第4节

两个警察从值班室走出来把证件还给了我，然后他们把目光转向那位“领导”，好像是在等他发话。“领导”说：“没事了，你走吧。”我谢过之后背起背包便急匆匆地跑向维吾尔族司机的货车。我感到很愧疚，他一定等得不耐烦了，刚才就看他一脸的不高兴。果然，我刚刚上了车，司机就狠狠地把门一关，没说话，点着火就开走了。我感到不妙，我害得他等了近一小时，他一定很生气了，连忙向他道歉：“实在对不起大哥，我跟警察说让你们先走，可他们不让，给你添麻烦了，很抱歉。”司机一言不发，加足马力开着车，气氛显得很尴尬。车子再次离开了库斯拉甫，过了检查站向黑夜中山上的盘山公路开去。

维吾尔族司机这种无声的愤怒，让我忐忑不安。终于，过了检查站约几公里后他开口说话了，他转过头用蹩脚的汉语狠狠地说：“给两百块。”说完又转过头去继续开车。他的这句话让我从不安变成了惊慌，我感觉自己就像被推到了谷底，被司机欲吃人般的眼神重重地压着。想到在乌恰时，陌生的维吾尔族妇女曾经热情地邀请我进家门吃饭，他们朴实的笑容至今不能忘记，但这位司机的反应到底是什么意思呢？

我继续诚恳地向司机表达歉意，试图说服他看在缘分的分上算了。我无论如何也想不通，在这之前我们还一起吃过面包，又谈笑风生地度过了一个

昆仑山山谷

下午，而且晚餐也是我付的钱，而这短短的一个小时中，他的态度竟然变得如此快，都快赶上川剧变脸了。就算实在是因为耽误了时间生我的气，也应该考虑下兄弟民族间的团结与包容嘛。我将这些都向司机说完后，他仍旧一脸铁青，继续无动于衷地开着车。我想可能是他听不懂吧，于是转而讨好柯尔克孜族小孩，请他帮我翻译给司机听。小孩答应之后对司机嘟囔了几句，然后就没作声了。我说了这么长的话竟然被他一两句话就翻译完了，真是令我哭笑不得，我不知道他到底说了些什么，这种语言不通带给了我更多的不安。

我虽然钱不多，但全加起来200元还是有的。只是，我担心的是这么容易就给了他钱，他会不会以为我有很多钱，反而胃口增大，转变成勒索呢？那样甚至会让我有生命危险。想到这里，我虽然为他的这种举动而感到气愤，但表面上仍然以“迷死人不偿命”的笑容来继续表达自己的处境。没想到我猜对了，司机确实以为我有钱，他让小孩帮他翻译：“旅游的身上怎么可能没钱呢？”我急忙说：“别的来这儿旅游的可能很有钱，但我是属于很穷的一种，你看我今天还在啃面包呢，有钱人谁会吃那种没营养的食物呢？你看我身上……”说着我把身上的荷包掏给他看，并把身上所剩不多的钱拿给他看，说：“就这么多了，要不你现在让我下车吧，非常感谢你搭了我这么久，这些钱都给你。”

司机转过头瞅了一眼小孩说了一些话，小孩翻译说：“那银行卡总有吧，到莎车县之后去取吧！”“我没有银行卡，我都没钱存银行。”我连忙回答。我说完后他们也没有接着说话了，此时气氛变得很诡异。这里是人家的地

盘，南疆人大都有带刀出行的传统，我担心司机会恼羞成怒，做出某些过激的事情来。我虽然早已把生死置之度外，但如果平白无故地消失在这荒山之中那也就太窝囊了。于是，我继续解释着，不停地说好话，就这样小孩成了我们对话的翻译，但我总觉得他翻译得不够全面。

车内紧张的气氛在四周漆黑一片的荒野中显得十分压抑，仿佛危险已迫在眉睫。车子追逐着车灯投在砂石路上的光亮狂奔，光亮的四周什么也看不见，只是感觉一直在上坡。我不遗余力地向司机劝说着，期望用缘分和友谊感动他，让他转移思绪，消除气愤。我举出了很多人与人互相包容的例子，说不同民族之间应当和平共处、相互尊重，而且出门在外也要相互帮助、互相宽容，把问题上升到民族大义，真的是到了挖空心思、好话说尽的地步。我让小孩帮我翻译给司机听，小孩不愿意说那么长，我只好一句一句慢慢说，希望能小事化了，最好让我现在下车，对现在的我来说，那才是此事最好的结局。

我说话十分谨慎，生怕哪一句话触动了他的敏感神经，也许是我诚恳的沟通已经让他消气了，他让小孩翻译了一句让我瞠目结舌的话："再有一个多小时就到他家了，今晚你住在他家。"我的天呐，他这唱的是哪出啊？他的突然转变让我更加害怕了，要是到了他的家，进了他的村，那他和他的家人把我悄悄活剥了都没问题啊！我对他的心态已经由感激过渡到戒备了，毕竟在内地我所认识的人中，没有人会因为多等了一个小时说翻脸就翻脸的，何况最初我早已说好搭顺风车了呀。于是我继续为自己的安全用近乎恳求的语态"激情演讲"。说了好一阵后，小孩笑着说："他不要你钱了，没事了。"听到这句话，我非但没安心，反而更加地忐忑起来，用本山大叔的话说就是"没底啊"，便继续请小孩帮我求情，小孩又和司机商量了一会儿后对我说："他真的不收你钱了，没事！"话都已经说到这儿了，我要是再说，恐怕气氛会更加诡异，只能走一步看一步，静观其变了。

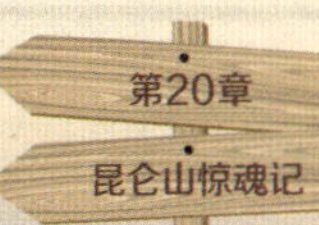

第5节

我感觉到车子上坡后，在平地上行驶了一段后，就渐渐下坡了。也许这种氛围让司机很不自然，想改变一下环境，竟然问我想不想学维吾尔语，他说他在学汉语，然后拿手机递给我让我听。手机正在播放着一款汉语学习软件，我听了一会儿把手机还给他说："真好，以后我也要多学学维吾尔语，好跟你们交流。"他听完乐呵呵地笑着。他的笑让我的压力少了很多，这件事也给了我一些启示，所有问题都是源于沟通不畅，不当语言会让很多事情变得棘手。但我告诉自己仍然不可掉以轻心放松警惕。

23点左右，车子上了柏油路，没有了颠簸，之后左拐右拐进了叶尔羌河边的一个村庄，停在了一个屋子门口。司机下车后大声叫唤了一个名字，我不知道他要干什么，不过还是离他远些比较安全，便跟他道谢告辞。背上背包后，一个满脸胡须的老人披着一件大衣和另一个男人走了出来。司机问我："你去哪儿？"我说："我去找地方搭帐篷，我已经很麻烦你了，不能再给你添麻烦，非常感谢你们。"司机走到我身旁说："在我家搭帐篷。"我看到他们都正在看着我，从老人的眼神中我看到了一种安详，心想不论如何他们也不会在自己家里作案吧，否则目标岂不是太明显了。然后说："那好吧，我就在你家院子里搭帐篷吧。"司机微笑了一下说："走。"然后我也就跟着进屋了。

围墙高大，院子宽敞，满地落叶。茂盛的葡萄藤从围墙一直缠绕到屋顶斜着的一根根大木头上，地上长有几棵果树，充满了生活气息。我跟着进了一个屋子，屋内十分温暖，弥漫着热气。屋内的一个大火坑占据了半个屋子，一个老妇人正坐在炕中间，两个围着围裙扎着辫子的女孩正在墙角的锅炉边制作着拉面。白胡子老人和司机以及小孩都坐到炕上去了，坐成一个弧

形，面对着锅炉。他们叫我也坐上去，我不好意思，我的脚两天没洗了，担心有异味扫了他们的兴。最后小孩又叫了两遍，我只好厚着脸皮坐在了小孩的旁边，还好锅里煮着热气腾腾的拉面，香味弥漫了整个房间，并不会闻到脚的气味，让我长出了一口气。

一个小孩把拉好的面条放进了滚烫的锅中，煮了一会儿捞起放在几个大碗中，加入一些白菜炒牛肉端了上来，放在司机面前。然后又盛了碗给我，我说："谢谢。"女孩腼腆地低着头说："不客气。"她的笑容很纯洁，这种笑容让我的担心又放下了不少，看来今晚应该没事。司机和老人的谈话被我这一声"谢谢"打断了，我不好意思地看了他们一眼，白胡子老人看我在看他也扬起嘴角微微笑着。火炕上铺着一张大大的地毯，有很重的味道，看来是用了很久。女孩做的拌面没有饭店做的好吃，但非常香，至少比在库科西鲁乡吃的好吃。

为了表示尊重，我把面连汤都给吃了，刚刚把碗放下，女孩就要走过来帮我加面。我说我已经吃饱了，她才笑着点了点头，然后把碗收了回去。我这才发现白胡子老人旁边的老妇人和两个女孩一直都没吃面，等我们都吃完后，她和两个女孩才开始吃。这种现象与我后来在西藏看到的藏族家庭中女人对男人温柔顺从的现象竟然如出一辙。

吃完之后，司机让我跟着他走，我们出了门来到隔壁一座院子，他说刚才那是他爸爸家，这才是他家。他家和他爸爸家的院子格局基本一样，只不过规模要小一点。我说："你家房子真大。"他笑笑没说话，来到屋前，指了指角落里一张床说："你就睡这儿，有地毯，不用搭帐篷。"我说："真是太感谢你了，帮了我这么大的忙。"他没说话，进了屋关上了门。我铺好防潮垫与睡袋后，看到墙角有一把长约15公分的匕首，我对他的戒心虽然已小了很多，但并没有完全消除，我把背包压在匕首上面，然后用脚搭在背包上，这样万一他来拿刀也能吵醒我，可是过了一会儿我又想，人家要是想害我，何必上这儿来拿刀呢？我不禁自嘲自己怎么变笨了。

4月1日清晨，我在强烈的阳光下醒来。所幸一夜无事，司机刚刚推开门，我装好了行李。司机让小孩跟我说："今天他要下午才去莎车，你可以

先走或者等到下午再同他一起去莎车”。

我说：“这里海拔已经很低了，而且距离莎车县城只有60多公里，我慢慢走就行了。”他点点头然后便走开了。他家院子里几棵两米高的苹果树上的花正开得灿烂，房梁上的木雕非常美丽。我告别了他们，再度走上了前行的道路。

昆仑山峡谷里的叶尔羌河

叶尔羌河边的小路

我不知该如何评论昨日那段紧张的故事，经过了自己思绪的激流的那有些神经质的九曲十八弯后，所幸现实中一切安好。昨日那好几个小时的心情和紧张令我无法忘记。朋友常常说我成熟了，表现得完全不像只有20多岁的年纪，我也不知为何，或许就是因为经历了无数像昨天那样的事情的点点滴滴吧。

第21章

新藏线行记

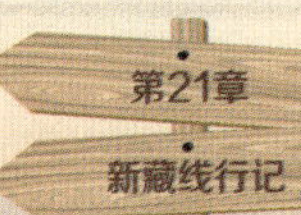

第1节

新疆与西藏都是我非常喜欢并且不止一次到过的地方，两地迥然不同，是新藏线让它们连接在了一起，而这条路就像是一条充满荆棘的天路。记得2010年我从喀什去拉萨是途经新疆吐鲁番、甘肃兰州，走的是青藏线，在大西北绕了个大圈，而这次我要走条直线，也就是去走新藏线。

2013年4月2日上午，叶城县边防部队办证厅门外排着长长的队伍。我昨天到来时排了一会儿队，办证处就下班了，所以今天我来得很早，比10点半上班的办公人员都早到一个多小时。尽管如此，我还是只排到第三位。不到半小时，我后面就站满了形形色色的人。他们大多是大货车司机和私家车车主，从新疆去西藏的人必须在此办理通行证才可通过检查站。到了10点半，办公人员依然没来。我与后面的人谈论了起来，打听新藏线上的情况，以吸取经验教训。一个汉族男人口若悬河地讲起来："我在这条线上都跑车好几年了，通行证有效期只有几个月，过期后必须要再来办一次，钱倒是不多——才10块钱，但就是麻烦。排队难，办公人员态度很恶劣，从不准时上班，如果有人抱怨，他甚至会马上把窗子一关下班，也不管后面队排得有多长。办公人员有时是很忙，也有时是没心情，有时会一天办几张通行证就下班。"停顿了一会儿又接着说："我有一次通行证到期了，再来办证，每天都早早去排队，还排了三天才办到，严重影响了按期交货。"他说到此处长叹了口气。我说："没人管吗？怎么不投诉呢？"他苦笑着说："这里不比内地，天高皇帝远的，有人投诉过，但最后还不是没用。"我突然感觉，在白色的天空下，灰色的叶城不只有风景是阴暗的色调……

幸运的是，今天我并没有等很久，11点半时窗户开了，但当轮到我时，

穿着白色衬衫的办证人员以我没有在隔壁办130元的保险为由而拒绝给我办理。我说我只是徒步旅行，不会有意外，但他说不管我是徒步、骑马，还是开车，只要过线就都要办。我觉得自己只是过路而已，为何一定要办意外保险呢？没有必要花这笔钱，而且刚刚有人告诉我，以前有很多骑自行车过线的没买保险照样办了。我想一定是办公人员有意为难我，于是我急中生智，拦下了一辆正在开进边防部队驻地大门的军车，担任警卫的武警连忙跑过来把我拉开。车进去后一个领导模样的人下了车向我走来，隔着大铁门问我情况，我如实把办证无故被拒的经过仔细说了一遍，他笑了笑没说话，走开了。也许是这位领导模样的人起了作用，我再次去窗口办理时，办公人员终于同意给我办理了，只要10元手续费即可。

拿着好不容易办下的通行证，我来到之前住的那家位于新藏线起点的“零公里”路标附近的旅馆，拿上背包沿着大道出发了。我想早点远离这白色天空和无处不在的灰沙，所以一路上边走边搭车。走了约10公里后，一辆黑色小车停了下来，车上有三人，让我上车。原来他们都是乌鲁木齐人，来这儿办事，要再等几个小时客户才过来，所以他和他两个同事，趁这段空闲时间到处转转，想沿着这条路去找写着“零公里”的那块大石碑拍照。他说他从没来过这里，也不知道那石碑长什么样，具体在哪里，所以只能边走边看。他们是汉族人，幽默风趣，司机更是滑稽，在看风景时竟好几次兴奋得忘乎所以，差点把车开到路边的沟里去，还好被他的同事及时打了方向盘才幸免于难。我会把路上每次与人的相遇都当成一段缘分，因此，我们虽然在一望无际、乏味无聊的荒漠

我徒步走在新藏线上

上奔驰，但车内依旧不断传出欢声笑语。

17点半，车子在柯克亚乡的普萨村停了下来。连绵的高山在前面不远处巍然耸立，异常雄伟，看来再往前就进入山区了。车主时间紧迫，虽然这一路也未曾看到那个碑，但他们也不能再前进了，我们在此别过，他们掉头往叶城开去。这里的海拔已上升到了2500米，也许是车开得太快了，我并没有明显的感觉。我继续向那气势恢宏的大山脉走去，我知道，我又要进入昆仑山了。

几头无人看管的奶牛正在公路边啃嚼着山脚下少得可怜的枯草，我走过时，它们对着我呆呆地望了很久，一直到我走远，想想真是可笑，我的新藏线徒步之旅竟是在几头奶牛的目送下开始的。走了十几分钟后，在离公路边不远的山脚下，一大群活蹦乱跳的“呱呱鸡”吸引了我的注意。去年在哈密的庙儿沟时，在朋友陈龙的介绍下，我认识了这种野鸟，呱呱鸡的个头跟鸽子一般大，羽毛是灰色的，很少飞，喜欢走。看到这群鸟我激动不已，我的晚餐有着落了。于是，我从背包里拿出几十米长的渔网，从山脚到公路横了一道，两头固定好，打算把那群呱呱鸡赶到渔网这边来，这样在呱呱鸡惊慌

新藏线阿喀孜路段

逃跑时，就会撞到网里被缠住。这渔网本来是之前我买来用来捕鱼的，没想到鱼没捕到，现在用来抓鸟了。

我刚刚把网的两头固定好，就发现呱呱鸡群已经向山上爬去了，我怎能让它们跑掉呢？于是我从山的另一侧爬了上去，企图在山上截断鸟的去路，把它们赶下来。山体上满是岩石，几乎不长植物，且十分陡峭，我用身体紧紧贴着岩石让重心一点点往前倾斜，一步一步往上爬。我虽然之前只登顶过永州的最高峰和一些不知名的高山，但是每次都是徒手攀登，所以多少还是有些攀岩的经验的。约一个小时后，我已经爬到这座山的最高处了，我小心翼翼地横向移动，走到山的另一侧，看到呱呱鸡也已经爬到这个位置了。但是，当它们发现我时，却一齐拍打翅膀，“扑哧扑哧”地飞到了对面的另一座山。两座山不相连，近在眼前却遥不可及。我现在终于记起，呱呱鸡虽然平时不怎么飞，但这并不代表它们就不会飞呀。我不禁想到了一句古语：“君子藏器于身，适时而动。”这句话用在它们身上，倒也贴切。

我转过头向下看时，只觉一阵眩晕，差点掉下去，冒了一身冷汗。原来我已经爬得这么高了，从这里到山脚下约有200多米高，山脚下峡谷中的柏油路犹如一条黑色的长蛇，蜿蜒爬行在群山之中。我站在山顶的一小片台地上，在狂风猛烈地吹拂下，我看到一望无垠的山峦如同灰色的巨浪，一波又一波地向前翻滚着。在这种地方行走是会令人沮丧的，看不到绿色、看不到河流、看不到希望，我开始担心我是否能顺利把这条路走到最后。

上山容易，下山难，花了好半天时间才走下山来。下山收起渔网后，夜晚已开始来临。公路上少有车辆，十分安静。背着沉重的背包沿着逐渐上升的公路向前走去，在山上走了一会儿手机就没有了信号。21点时，在一座盘山公路上的桥梁的桥洞下搭起了帐篷，并找来干枯的草根做起了晚餐。在这种环境下还能吃顿热热的饱饭，已是上天莫大的恩赐。

23点睡下之后，被一阵奇怪的呼吸声吵醒，感觉有动物在向我靠近。我屏住呼吸，仔细聆听，确定确实有动物在桥洞上面走来走去，动物的呼吸声很响亮，一定是某种大型动物。难道是熊？可这里没有树木，不具备大型动物的生存条件，而且听起来像是有蹄类动物，想到这里也就安心了许多，

我爬上了昆仑山的一座山峰

新藏线盘山公路

有蹄类基本都是食草动物，对人没有多大威胁。可是这无人烟无信号的山上，这种声音听起来还是让人不舒服。

次日醒来已到9点，天空依然是灰蒙蒙的，因为水已不多，就没有做早餐，收起帐篷便上路了，继续沿着盘山公路越过这座达坂（维吾尔语词汇，意为“山岭、山口”，编者注）。从地图上看，过了这座达坂就会有一条河流，可解用水的燃眉之急。走到13点左右到达了阿喀孜，公路边有几座房子，走过去一看还有个商店，我买了些食品并在商店加了些水。

第2节

高原上火辣辣的紫外线无声无息地烧灼着皮肤，也烤干了大地上本就不多的水分。也许是海拔太高的原因，走不了多久我就会感觉很累。随着海拔

的升高，天空已经蓝了很多。为了避免正午的阳光直射，我打算停下休息一会儿，同时也顺便搭搭顺风车。

来往车辆很少，有时候半小时一辆，有时候一小时一辆，基本都是大货车。15点时，一辆载满蔬菜的皮卡车停了下来，司机和副驾驶哥俩儿都是西安人，正要去他们的工地，可以顺路带我一段。到了库地的检查站，发现这里戒备森严，每个来往的行人与车辆都必须进站一个个接受检查。当检查到我时，警官说我身份证上的头像与我本人面貌不大一样，因为我身份证头像的下巴处有一颗黑点——那是在东北时，一个女孩不知道用什么往我头像上涂的。我以为没多大关系，没想到这位军官这么细心，会计较这些。我耐心地向他们解释，可是他审问来审问去还是一副不相信我的样子。最后我实在不耐烦了，我担心西安的哥俩儿会像在昆仑山搭我的维吾尔族司机一样等得生气，于是一口气把身份证号码快速地背了几遍，军官看我背得这么熟练也就没再为难我。不过让这两位西安的哥俩儿等待了十几分钟，我感到十分愧疚，好在他们很开通，说这检查站本来就很麻烦，对我表示理解，没有露出任何不悦，我们得以顺利地继续前行。

正在我庆幸因为自己在叶城时大费周章地办了张通行证而顺利通过了检查站时，我们的皮卡车又沿着盘山公路上了一个名为赛力克的达坂，汽车在白茫茫的雪山中穿行。达坂海拔5000米，只比唐古拉山略低一点点，我明显感到车内的气温低了一些。好在我漂泊多年，来高原早已不是一次两次了，所以没有任何高原反应。傍晚到达了麻扎，西安的两位哥们儿往一条小路开去。我下了车，风猛烈地迎面吹来，我不得不裹紧衣服。这是一个约有十来户人家的路边驿站，几家饭馆、旅店和汽修店分布其中，比库地要小得多，处在一个河谷中。这几栋低矮的房屋后面是冰冻的叶尔羌河源头。因为太冷，人们都把自己关在家里，整个麻扎只看到汽修店门口有两个维吾尔族人冒着寒风在给一辆货车换轮胎，或许在夏天这里会热闹很多。我拿仪器测了一下，此处海拔3800米，已经和拉萨一样了，算是真正进入青藏高原了。

四周天寒地冻，狂风夹杂着砂石打在脸上如刀割般的刺痛，我必须尽快找个避风处来露营，我的移动电源里还有电，还没有到必须要住旅店的时

候。沿着公路继续向前走，左边是无穷无尽的黄色高山，右边叶尔羌河对岸也是险峻的黄色高山，高山顶部都是白茫茫的雪，上白下黄，好像甜筒冰淇淋。河面除中央外都处于结冰状态，河边的沙滩上长着红柳，在冰雪之中十分显眼。走了约三公里后，在公路的右边——就在冰河与公路之间，我发现了一栋白色的木板房，旁边有两堆细沙。我连忙走了过去，心想如果有人居住，那我就试着借宿，无人住那就可以搭帐篷露营了，想住多久就住多久。

老天对我真是眷顾，这里真的无人居住，木板房的三个房间里除了一堆修路工人留下的一些生活垃圾外一无所有。不过，能避风雪我就已经很满足了。我把一个房间收拾了一下，把隔壁废旧的泡沫板铺在地上，然后将帐篷搭在上面，一张舒适的床就搭成了。自己动手，丰衣足食。从河里打来冰凉的水，找来砖头在屋内搭起灶，可以做饭了。我背包里还有一些大米和胡萝卜，调味品充足，做一顿美味的菜还是有这个条件的。

夜里非常安静，这种安静使风的存在更加明显。冷风鬼哭狼嚎着从门缝中吹进来，在房间里旋转。气温很低，穿上棉衣棉裤，缩在睡袋里还是感觉到有一丝寒冷，不得不用宽大的冲锋衣盖在睡袋上，这才舒服了一些。

4月4日，清晨醒来，发现风小了很多。我急急忙忙地跑到山脚下去“嘘嘘”。转头一看，东边缓缓升起的朝阳斜射在挺拔的黄色高山上，让山的色彩变得更加金黄，白雪堆积的峰顶也拥有了一抹黄晕，所有被晨光照射到的地方都仿佛镀上了一层金色，再加上湛蓝的天空当做背景，好一幅山河壮丽的画卷，让我看得如痴如醉。这么美丽的地方，我怎能不多待一会儿呢？昨晚我还在想要不要先休息一两天，适应高原环境后再上路，现在倒好，又多了一个留下来的理由。

散步时，我在不远处发现了一个破炉子和一条锈迹斑斑的烟囱，我兴奋地把它们捡了回来，因为我看到地上有一些碎煤渣，正好可以用它们来生炉子取暖，这样晚上就不会太冷了。折腾了半天终于把煤烧着了，房间里很快就温暖起来，之后甚至还感觉到一阵闷热，不得不打开半个窗子透透风，在这种极寒之地，就连房间太热也是一种幸福。

下午我来到麻扎，走访了几家饭店，试图买到一些蔬菜，没想到各个商

家都以“这里的物资都是从叶城大老远运过来的，自己都还不够用”为由不卖给我。我说价格可以再高点都不行。在这种闭塞的地方，饭馆和旅店一旦失去了新鲜、充足的蔬菜也就失去了商业竞争力，如果有突发情况阻挡了叶城的物资运输，那这里的商家处境也就艰难了。如此被拒绝也是我预料之中的事情，不过就在我要离开麻扎时，看到一家招牌上写着“十里香”的面馆，我还是想再进去试一试，如果还是不行的话，那我就只能吃饼干充饥了。走进包着铁皮的木门，屋内除了穿着厚厚的棉袄的老板外没有一个人。我问候老板之后，向他说明了自己的来意，并简单做了下自我介绍，希望老板能够卖给我一些蔬菜。老板听完之后微微一笑，把我带到后面一个房间，房间里放着各种各样的蔬菜，他问我需要些什么，我就随便拿了距离我最近的一棵大白菜和几个土豆。人家肯卖已经谢天谢地了，可不能得寸进尺。我们出来回到了客厅，他又拿出一个袋子把菜给我装好，我问多少钱，他笑了笑说：“就这么点东西不算什么，不用给钱。”

“那怎么行，我说了买，就一定要给钱。”我忙把钱放在他手上说。

他不慌不忙地把钱塞回我手上，说：“我要是想赚你钱就不会给你了，我们这儿的物资都是托人从叶城运过来的，很麻烦的。我昨天看见你从这儿走过去，你走得挺辛苦的，就不要客气了。”

“那怎么好呢？白要你的东西我心里会不舒服。走得辛苦，可是跟钱没有关系啊，你也别客气了，还是收下吧。”我说。

“你要是再说，我可不给你了。”老板斩钉截铁地说。这话好像我在哪儿听过，有些不知所措，也不便再推脱，只好接受了老板的好意，感觉心里温暖极了。于是坐下和老板聊了起来，原来他是甘肃人，在西部地区甘肃人似乎无处不在，他们常常能给我留下善良朴实的印象。

4月5日，我收好了帐篷，继续上路。我的营地处于两座高山中间，风速在这里变得很急，想躺在地上晒晒太阳，但迫于风大，只好放弃。我打算再看看别的地方有没有更合适的露营地。本来冷风不住地吹在身上感觉挺冷的，但走了几公里后，太阳越来越高，身体不断发热，不得不脱去外套，只穿一件橙色上衣，又围了条毛茸茸的兔毛围巾，样子看上去还有些小清新。

走了约10公里后，发现路边不远处的山脚下有一排砖房，看上去只有最边上一个房间开着，其余的都房门紧锁。我走了进去，原来开着门的房间可以通过一条走廊连接所有的房间。我一个个房间全看了个遍后断定这又是一处被废弃的房屋，从地上一些杂物来看，这里曾经是一个公路道班的驻地，筑路工人搬走之后又被修路工人利用了起来，在公路修好后便又被遗弃了，现在只剩下一堆堆的生活垃圾，破衣服、脏鞋子满地都是。其中一个房间里竟然还有一大箱鸡蛋，不幸的是鸡蛋已经全部变质了，真是浪费。但旁边也有一些未拆包装的食材，有腐竹、粉丝、紫菜和香菇及两箱矿泉水。这些东西保存时间比较长，我一一检查了一番后欣喜不已，它们原来都还未过保质期。有了这些东西，我可以在这个能遮风挡雨还吃喝不愁的地方待个一两天，以适应高原环境。我把一张桌子搬到走廊上有阳光斜射的窗子边，又

被晨光染成金黄的昆仑山

冰封的叶尔羌河

昆仑山脉海拔4300米处

从那些房间内搜刮出了一堆各种各样的书籍、杂志，之后我开始坐在窗前阅读。我的手机停机了，也没地方可充话费，我想：正好借着这个近乎与世隔绝的环境，享受几天无忧无虑的闲暇时光。

4月7日上午，我发现开始有一些浮冰从冰冻足有一米厚的叶尔羌河中漂流过去，看来天气开始回暖了。我突然有一种因为远离“人类文明”而产生的不安。况且从这里还得走七八百公里才能到达阿里，才能回到城市，而这途中恐怕也没有地方可以充话费，这800公里，我不知要走多长时间。我想我还是该上路了，否则要是我突然之间杳无音讯，亲朋好友会着急的。

上午11点左右，我正走在公路上，一辆皮卡车在我身旁停了下来，我正想上前打个招呼，一看竟然是前些天遇到的西安的哥俩儿。他们说正要去前面30公里外的矿上，让我上车再捎我一段。皮卡车后面的货物早已经卸掉，我就坐在了那空空的车厢里。行进中，我看到高耸的雪山从荒芜的大地直插蔚蓝的天穹，朵朵白云缠绵群山四周，景色美不胜收，随便找一个角度拍张照片便可制成明信片。而山脚下的河流水量，随着我们的前进也变得越来越小。到中午时，在几座大山的山凹处，柏油路变成了沙石路，车子在一条小路的路口停了下来，我下了车道谢之后，他们便马不停蹄地开进了山里。看得出来前面就是地图上的柯克阿特达坂了，而路况差得让人苦不堪言。一辆大货车从山上沿盘山公路开下来，车后托起一条长长的尘烟，久久不能消散。

我在公路边一条从冰山上流下来的小溪旁吃了些东西，然后开始上山。有车路过我都会试着搭一搭，但过路的车辆实在太少，而且根本不会停。直到14点时，一辆白色的小货车缓缓地开了上来，司机看到我的手势在我旁边停了下来。我赶忙上前问候，司机戴着顶西部样式的灰色牛仔帽，副驾驶是个小伙子，车后面绑着两辆摩托车，车主说他们去一个叫做“三十里”的地方，让我上车。我坐在后座，车子再次开动时，一阵慷慨激昂但旋律平稳的音乐在车内响了起来。我仔细听了一会儿后问司机：“请问播放的音乐是《玛纳斯》吗？”司机惊讶地转过头问：“你怎么知道？”看见司机惊讶的表情，我想逗逗他，便笑着说：“我还知道你是柯尔克孜族呢。”司机更开心了，他正想说什么时，我继续说：“《玛纳斯》是柯尔克孜族的英雄史诗，一般也就只有本民族的人才会听，这种音乐我曾经从克孜勒苏的乌恰那里的一个柯尔克孜族老人嘴里听过，并且那个老人给我介绍过一些，所以我一听这旋律就认出来了。”司机听完满意地笑着点了点头，抽起了烟，然后跟着磁带一起唱了起来，车子随着清晰而令人振奋的旋律一起上升，往更高处开去。我静静地享受着这质朴动人的民族音乐。

新藏线赛图拉路段

第3节

达坂上的路况当真不是一般的差，有的路段甚至是从冰河上直接开过去的，看得我心惊胆战。要是车子一滑估计就要直接滑到山谷底下去了。好在司机驾驶技术很棒，虽然开得慢，但蜿蜒行驶着的汽车直到白雪皑皑的达坂垭口也没有出过问题。过了达坂后，地势开始下坡，路况又变成了柏油路面。不久就看到一条呈弧形的河流流淌在前方，河边是小一片草地，沙滩上也长着一些灌木。草地虽然不大，但在这毫无生机的高寒之地，这儿已经是天堂了。从地图上看这条河叫喀拉喀什河，据说是出产玉石较多的河流，它发源于喀喇昆仑山脉，流到和田后改名为和田河，然后穿过塔克拉玛干沙漠注入塔里木河，当然河水要流到塔里木河恐怕也只有冰川融水丰富的夏季才行。

15点，我们到达了那个叫做三十里的地方，此地荒凉无比，我本以为是一个小镇呢，现在看上去这也就是个比麻扎稍大一点的小驿站而已。司机在一个旅店门前停了下来，道完谢之后，我下了车继续前行。一栋三四层楼高的红色建筑吸引了我的注意，它在四周低矮的平房中一枝独秀。建筑正在装修，门口写着："赛图拉镇政府"。我在一家商店买了一些吃的，一群士兵正在公路上挖着石子。发现我后，他们如见到怪物一般盯着我，其中一个看了一会儿后大叫："看什么，干活！"士兵们这才低下头，喊话那位想必是个士官。这里也是一个兵站，周边八成建筑物的外表都刷着部队特有的迷彩涂装。

黄昏时，我已离开赛图拉约六七公里了，黑夜与寒冷一起袭来。我在喀拉喀什河边的桥洞下搭起了帐篷，偶尔经过的军车在桥上往来，把桥压得咚咚响，车辆带来一阵疾风，又迅速地消失，只留下那寂静的荒野。

我感觉到自离开赛图拉后，公路上的车辆就明显少得可怜，平均每隔一小时才会有一辆大货车来往。4月8日15点，我在一个标为401的里程碑处拍了张照片，一看才知道自己已被晒得同碑上的数字一样红了，火辣辣的阳光照射在一眼望不到边的公路和四面干燥的土地上，这种环境难免让人产生一种倦怠。

4月9日，黑色的柏油路，犹如一条巨蟒延伸向远方，视线以内，没有车、没有人、没有动物，公路左右只有黄色与褐色相间的山脉，毫无生气，天空的蔚蓝成了这里最美的颜色。在这种单调的地方行走必定是令我沮丧的，支撑我身体前行的因素，我想也就只有意志力或者习惯了。中午时分，我到达了神仙湾，在这里通往中印边境的三岔路口做午餐。一个老人蹒跚地向我走了过来，身后跟着一条摇晃着尾巴的黄狗。这了无人烟地方还能看到人可真是稀奇。老人操着浓浓的四川口音，笑眯眯地跟我搭话，他告诉我他在河对岸山脚下一个的工地看守设备，现在天气还太冷，工人们都还没来，只有他一个人日日夜夜地在这儿待着。他说在这儿看到个人可真不容易，而且更别说还是走路来的。

喀拉喀什河

傍晚，突然起风了，风越来越大，还夹着雪花。后来风速达到了六级，让我行走在公路上都十分吃力。忽然，我看到远处的天空暗了下来，而且下起雪，密集的雪花看上去正在顺风向我这边移动。我很慌张，四周没有任何植被、岩石、建筑物，或者其他掩体可以让我遮挡风雪。眼看天色已晚，如果我不赶快找个避风处，那明天我一定会变成一个大冰块。正当我眼睛不断向四周搜索时，我的背包上已经落了一层白雪，虽然大都刚落下就会被风吹走，但总会有那么一点残留在背包缝隙处。刺骨的寒风让我不得不紧裹衣服，用帽子严严实实地裹住头部，然后背着风一点一点向前移动。我又一次感受到了大自然的冷酷无情，在大自然的猛烈折磨下，我没有任何办法，只能奢望能有过往车辆将我带走，哪怕只是一小段路程。

就在这危难时刻，两辆大货车停了下来。当我用诚恳的语气讲述自己的困境和搭车的愿望时，车上维吾尔族司机却说："带你到阿里可以，给300。"如果不给钱，无论我怎么说司机都不理会，我也只好放弃。事实上，司机并没有趁火打劫，因为叶城到阿里没有班车，只有私家车通行，据说乘坐私家车的话，一般每次每人需要一千元，这位司机还算是客气的。但别说

赛图拉的喀拉喀什河谷

新藏线上的401里程碑

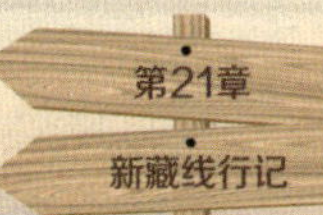

我没有那么多的钱，即使有也不会花钱坐车的，这是2011年5月13日我从广东东莞携带90元出发时给自己定的旅行规则，绝不坐收费的车。目的是为了锤炼自己，让自己在逆境中经历更多的酸甜苦辣。因为我明白，用钱能够解决的事情，是不会给我带来深刻的感触、留下深刻的记忆的。

雪越下越大，公路上的白雪被风吹得团团飞舞，就像海浪一样，一阵一阵地翻滚。此时能见度越来越低，已经看不到远处的山了。这时，一个越野车队开了过来，我像是看到了救星一般，用力朝正在驶来的车队挥手。车队接近了，全部是很豪华的越野车，大概有七八辆，它们亮着大灯快速行驶着。可是，在经过我后，他们除了留下一阵风外，根本连速度都没有减，就开过去了。天空越来越暗，我已不抱搭车的希望了，情急之下，我钻进了风雪仍然能刮进来的桥洞。实在是没有别的办法了，今晚只能在此将就一夜了。我冒着风雪从附近找来一块蓝色的铁皮，它长四五米高一米，我把铁皮围成一个圆形，用石头顶住边缘，然后将帐篷搭在中间。这样，吹到帐篷上的风雪至少要少一些。晚上，我吃了一些膨化饼干，这盒饼干是下午4点时，一辆军车经过时，车上的汽车兵送给我的，味道很好。那位解放军战士把它给我时我就接受了，因为在处境不妙时，谁也不能再装清高，我确实需要食物，而且，在这里有钱也买不到吃的。

4月10日清晨，钻出帐篷时，我看到所有的山几乎都已经被染成了白色，而且雪已经停了，风也小了很多。昨夜的风雪虽然恐怖，但我总算平安无事。是我在长期以来艰苦的旅途中积累的行走与宿营经验，帮助我度过了这暴风雪中酷寒的一晚，若是换做两年前刚踏上旅程的我来经历这种突发的恶劣状况，那昨晚我很可能就危险了。刚走出了几公里，一辆红色大货车向我驶来，并且出乎我意料地在我的手势下停了下来。车上的大胡子司机在我的好说歹说之下，愿意带我到红柳滩去。我跳上这辆满载货物的大货车顶部，将背包用绳索绑在了上面，然后坐到了副驾驶座上，大胡子司机的搭档正在后座的棉被下睡觉。车内的暖气很充足，坐了一会儿我就感觉到全身开始发热。车子一会儿便开上了康西瓦达坂，原来我昨晚已经在康西瓦达坂附近了，好在昨晚没有继续向前走，否则山上的风雪一定会给我来个更加“热

情”的招待。

12点时，车子到达了红柳滩，司机在一家穆斯林餐厅门前停下了，我背上包跟司机道别后，来到了一家四川人开的饭店，我说要碗拌面，没想到老板不会做拌面，也没经过我同意就给我上来一碗西红柿鸡蛋面，价格还同样是20元。我很生气，可当我知道这老板以前是农民，一星期前刚从四川来这儿，花了7万元把店盘下来刚刚开始创业时，我竟然产生了一种同情弱者的心理，火气一下子就没了。毕竟在这条件恶劣的高原上做生意很不容易，而此时有碗热的西红柿鸡蛋面吃也是蛮不错的。红柳滩的村落规模与三十里相当，我买了些吃的和水果。在吃面的时间里，我也把手机充好电。这里有信号了，可是此处无法充话费，我仍然无法上网或打电话。从本月4号在麻扎手机停机后到现在已经是第六天了，我必须加速前进了，否则一定会有人开始担心我了。

第4节

离开红柳滩又走了10公里后，喀拉喀什河在一座大山处拐了个大弯，河道延伸进大山里。冰川融水的冲积形成了不计其数的沟壑，就像黄土高原上那一条条干沟，直直地印在座座巍峨的高山上，碎石遍布，没有任何植被，满目洪荒，无处不在显示此地的荒凉与苍茫。这时，一辆皮卡车从对面开来，是向红柳滩方向去的，车主是汉族人，一口四川话，他告诉我前面几公里有房子没人住，说完便走了。这对我来说是很重要的信息，因为远处的山头又已经下起了雪，并且在向我靠拢，我又要重复昨天的故事，寻找露营地。晚上7点时，四面的山头上都已经下起了白茫茫的雪，风呼呼地刮着，我顺着公路上了一个高地，看到了一排房子，但是跑过去一看才知道，这些

房子都是没有顶的，就像山东的蔬菜大棚一样排成长长的一排。没有顶，雪会从天空直接落下来，不免让我有些失望，也不知道这些房子是不是皮卡车司机说的那房子。天已黑了下来，鹅毛大雪在空中飘舞，为了自己的安全不能再往前走，万一前面没有又要走回来，那就到半夜了。这种情况下，我宁可保守一点，在这里将就一夜。

这房子虽然没顶，但好歹四面有墙，可挡风。我捡来一张草席铺在一个干净些的房间地上，把帐篷搭在草席上，又找来另一张破草席，把席角用铁丝绑到几根长木头上，用它们靠着墙角撑起一个房顶，虽然这个房顶不是很宽大，但足以遮挡落在帐篷上的雪花。这下就舒服多了。这个简陋的草席给寒夜中的我带来了几分慰藉，情况至少比昨晚要好一点。办法是人想出来的，人必须学会在逆境中生存，尽可能利用所有有用的资源，给自己创造舒适一点的环境。

4月11日，我走出帐篷，发现草席上已经堆起了厚厚的雪。走出房子后，眼前的情景吓了我一大跳。四面八方，所有视线以内的物体都变成了白色，连天空也是白的。我实在发现不了其他颜色，如果有，那就只剩下我自己的颜色了，真是太壮观了。在东北时，虽然也看到过天地之间一片雪白的景象，但东北好歹有树有草，可这里什么也没有。覆盖着厚厚的雪的公路上，已经有两辆大货车停了下来，后面的几辆货车也都跟着在此停了下来，司机们下了车，动手给自己的轮胎装防滑链。这里是一个高坡，道路再往前就是下坡，下坡之后接着又会上坡。

快到中午时，太阳开始露出一点点白光，公路中间的雪开始融化，那些大货车又开始缓缓开动。这时，我已经走到了坡地，在公路边有一栋木板房，房前有几辆车聚集在这里等候冰雪融化。我不想放过这个机会，

我缓缓走在雪道上

试图说服其中一个司机带我一段，可是说了半天仍然都被拒绝了。

在这里还有一辆皮卡车，我走到车前一看，原来是昨天告诉我前面有空房子的四川司机。他看到我后抢先笑着说："你昨晚住哪儿的呀？"

"我住在前面那个没有顶的屋子里。"我笑笑说。

"那地方能住人吗？你怎么不到我说的这个木板房来住啊？"他总是说着四川话。我这时才恍然大悟，要是昨晚多走一段到这坡底，那宿营环境就会要好很多。他告诉我："我的工人，进山去找矿了，和你一样带着食物被子走进去的，也很辛苦的。昨晚雪下得太大，我怕他们有危险，所以在这等着。"

我们趁着等待冰雪融化的时间聊了很多，他告诉我他这几年里知道的奇闻趣事，包括野驴和狼这些野生动物的故事，也有关于公路上的事故和本地矿产的事情。他告诉我，前面上个坡就是奇台达坂了，海拔很高，常出现狼，让我最好不要徒步走，尽量在这搭车。我听取了他的建议，如果今天搭不到车，就在这木板房住下，明天接着搭，直到搭到为止。

很幸运，大约15点时，一辆大货车终于在我的大拇指前停了下来。在我的努力请求下，这位大胡子的维吾尔族司机终于答应带我过奇台达坂到甜水海或者死人沟去。人间处处有真情，我兴奋地上了车，我万万没想到我最终会与这辆车被困在荒野中度过了十天的无聊日子。

维吾尔族司机叫阿尔康，家在叶城，早已过了不惑之年，汉语说得还行。他说他这些年一直在全国各地跑货运，但阿里这条线已经很多年没有走了，我们说话没有太多障碍，气氛还算融洽。车子过了奇台达坂后视野突然豁然开朗，接着便是一马平川、一望无际的原野，十分辽阔的天地。过了几片沼泽地，到了甜水海才知道，原来这里只有一个小兵站，并无居民点。阿尔康说："你下了车也买不到东西，不如到死人沟再下吧。"我说："你能为我着想，实在是太感谢了。"他说："出门在外嘛，都不容易。"我笑了笑，心想他汉语学得还不错。

在这广阔的原野上，风非常大，风力达到了五六级，砂石在公路上奔跑，真是奇怪这里怎么就没开发风能呢？车子行驶到甜水海以东40公里处，车后突然冒起了浓浓的黑烟，阿尔康看到后急忙刹车，停在了路边，下去检

查，然后上来再次打火，反复尝试了很多次也打不着。他用铁棒把车头的发动机盖撬了起来，在发动机那儿反复折腾着，可惜我不懂维修，帮不上什么忙，心里很自责。

夜幕逐渐遮住了天空，阿尔康戴着棉帽、裹紧皮衣，很着急地在公路上走来走去。他说发动机坏了，他在想办法。19点时，一辆大货车从阿里方向开了过来，阿尔康站在路边招了招手，对方同样是维吾尔族司机，停下来与阿尔康攀谈了起来，看上去好像是朋友。对方司机帮它弄了一会儿，最后也是无能为力，他们一起坐在车里讨论了许久。我正疑惑到底发生了什么情况时，阿尔康终于用汉语跟我说话了："朋友，车的发动机坏了，我要去有信号的地方，回红柳滩去打电话，好让朋友从叶城发货过来。我回来之前，你帮我看一下车，就住在车里，我让路过的朋友给你些水，给你些馕，行吗？"他一口气说完，然后拿眼睛直勾勾地看着我。

我愣了一会儿问道："要多少天啊？""两天，两天我就回来，等我回来了，车修好了，带你一路到阿里去，行吗？"他快速说完等我回答。

阿尔康算是这些天我遇到的人中很不错的了。我们刚刚认识了两三个小

时，他当时也只是答应带我到死人沟。没想到死人沟快到了，车子却突然抛锚了。滴水之恩当涌泉相报，于情于理我都觉得该帮他。不就是在这里等两天吗？就当是休息两天吧，况且他说愿意带我去阿里，算是给我画了个大饼，对我也挺有诱惑的，因为从这里到阿里还有几百公里的路程呢！于是我就答应了。阿尔康很高兴，把一袋蚕豆给了我，然后就摸着黑急急忙忙地上了另一位司机的车，往红柳滩开去了。

第5节

风雪越来越大，吹得大货车的车头轰隆轰隆地响，实在吓人。由于太冷，车子无法开灯，四周黑漆漆的。我躺在车内的休息室里，隔着车窗看着一片漆黑的夜空，分不清哪里是天哪里是地，好像哪里都是冷冰冰的，感觉仿佛这个世界中除了我，没有什么还有温度。拿仪器测量了一下我的海拔高度，发现这里竟然有5200米。和我家乡湖南宁远230米的海拔相比，这可真是个不小的数字啊！更可怕的是，我要整日整夜地都留在这里，而这里没有信号，没有人烟。我又冷又饿，可是一想到两天后就可离开这里到阿里去，心里又有点小激动了。

很奇怪，阿尔康怎么会放心让我一个人在这儿等着，就不怕我把车上的货物拿走吗？很快我就发现，他还是很小心的。凌晨1点左右，一辆过路货车的刹车声把我惊醒了，来人说要帮阿尔康打听下我的个人信息。我把包括身份证、家庭住址和电话在内的信息告诉他，对方都写了下来才离开。

4月12日，昨夜下了一整夜雪，天地间又是白茫茫的一片，风依然在猛烈地吹着，来往货车依然少得可怜。一只硕大的黑乌鸦在远处的地面上走来走去，不知道在翻找着什么。我拿出从麻扎那个废弃房子带来的几本旧杂

志，都一一看了个遍。手机没电，现在或许也只有读读杂志可以打发下时间了。饿了只能吃又冷又硬的馕，倒是很符合流浪者的生活方式 。没有外界的纷纷扰扰，翻杂志的沙沙声都变得很响。我望着荒凉的大地，从黎明一直看到黄昏，感到自己的周围是那么的空旷与寂静 。

4月13日凌晨时，又一个维吾尔族司机路过，留下了一盒冰冷的盒饭和两瓶矿泉水，他说是阿尔康让他带来的，我狼吞虎咽地把盒饭吃完。天地之间仍旧像死亡一般沉静。窗外的风依然在怒吼不止，仿佛是在阻止我离开车内，我把看完的杂志又看了一遍，又在日记本上写了很多。公路的右侧，在约两公里远的地方有几座紧密相连，寸草不生的黄色山峰。到下午时，在山上向阳的一面，雪已经融化得差不多了，只有背光的那一面仍被一片白雪覆盖。夕阳西下时，仅剩的日光将黄色的山体连同白雪一起染成金黄色，西边的天空也披上红色的晚霞。这里的景色，在这个时候是最美丽的。方圆几十公里内，只有我一个人在独自欣赏这大自然中壮观的一幕。我幽默地想，这里全都是我的地盘，我想怎么样就怎么样。正当我在这样想着时，车突然被狂风吹得摇晃了一下，仿佛是在告诉我，这里其实是它们的地盘，它们想把我怎么样就能把我怎么样。

4月14日，阿尔康说两天后就回来，已经过了两天了，我想今天应该会回来了吧。于是早早地起来把车里收拾干净，幻想着今天修好车，明天或者后天，就可以到达阿里了。这样一天天数着日子等，绝不是什么好滋味。可是直到中午，他也没有来。我竟然有了一种奇怪的企盼，总以为眼前正经过的那辆车上面一定载着阿尔康。时间一分一秒过去，阿尔康依然毫无踪影，我的心情变得有些低落。今天风小了一些，我下了车到四处走了走，原来前面几公里处有个里程碑，上面的数字是653，说明这儿离阿里还有约400公里。

我遥望视线以内所有的物体：雪山、戈壁滩、公路、蓝天、白云和那辆坏在路边的大货车，心里有说不出的难受。曾经，我总想要到大自然中，去寻找寂静，渴望找到一个宁静的港湾，好让我沉淀心头日积月累的风霜。可是现在，寂静日日夜夜地围绕着我，我却为何总是怅然若失、郁郁寡欢，根本没有像想象中那样享受其中。这是因为脱离“人类文明”太久导致的孤独，

大雪覆盖的甜水海

还是因为没有最基本的温饱保障，对自身安全的担忧？我想一定是后者。我明白了，一个人得到了寂静，不等于就有了安宁，他们中间还需要一座桥梁联结起来，那就是食物与温暖。人类的祖先几百万年来都在绞尽脑汁地争取这两样东西。即使到了现代，这两样东西一样是大多数人奋斗的目标。

直到夜幕降下也没有见到阿尔康，我回到车内吃了些干硬的馕，看来今天他是来不了了，可能是某一环节出了问题。在柴达木沙漠里，在托克托的雨夜等等那些难忘的经历已经教会了我认真对待一切变故，遇事平心静气地思考。那些最糟糕的、最令我痛苦的经历，也总是会给我留下最刻骨铭心的回忆，且更快地教我成长。

4月15日清晨，因为实在无聊到了极点，我开始唱歌，并且是扯开嗓子放声歌唱，反正此时唱得不好也不会有人来扔砖头。从草原歌曲、少数民族民歌、粤语老歌再到流行歌曲，把会唱的全唱了个遍。唱着唱着我就陷入了沉重的回忆当中，不知不觉地流下了眼泪，之后就再也唱不下去了。一道晨光照进车窗，朦胧的阳光把我透明的泪珠照得闪闪发光。此时，我似乎对雪山、荒漠这些邻居已经习以为常，感觉他们同样有生命、有回忆。公元670

年，西藏的吐蕃王朝挥军从这条路北进，攻占了位于今新疆地区的唐王朝安西四镇：龟兹（今库车）、焉耆、疏勒（今喀什）与于阗（今和田）。我很想知道，那些为了与大唐帝国争夺丝绸之路而背井离乡、远赴西域的吐蕃军人经过这里时，不知会不会对着雪山陷入乡愁？

14点，一辆过路的货车在路边停了下来，我以为是阿尔康来了，赶忙下车去迎接。可下来的人是一个骨瘦如柴的维吾尔族小伙子，他身着蓝色上衣与牛仔裤，手提了一个工具箱，一副修车工人的打扮。他一下车，送他前来的那辆车便开走了。他不太会说汉语，默默地在车内换下一身脏衣服后，便把车头的发动机盖摇了上去开始修起车来。我问他阿尔康什么时候来，他说等一下就来。他站在车头处顶着寒风拧着发动机的螺丝，不一会儿面色就铁青了，一定是冻得不行了，看着真可怜。

两小时后，又开来一辆车，阿尔康终于来了，他让我从来车上卸下了很多东西：几桶机油、润滑油、塑料布与零件等等物品。我和他用一大块塑料布把车头围了起来，再用石头将布的边缘压紧，他说这样修车的时候就不会冷了。塑料布抵挡了大风，里面确实暖和了很多。他和那个小伙子一起把发

大雪过后的新藏线

新藏线653里程碑

动机的很多零件卸了下来，我也帮他们做了一些力所能及的事情，毕竟我们谁也不想在这个鬼地方再多待一分钟。

18点左右，经过三个人的反复折腾，发动机终于打着火了，可是货车却无法启动。阿尔康拦下一位过路的维吾尔族司机，请他用他的拖挂车帮忙拉车。拖挂车开到了阿尔康的车前面，他们用金属绳索将两车连接起来，然后用前车缓缓拉动。阿尔康也一直在尝试发动自己的车，车子被拖了约5公里后，阿尔康终于让自己的车运行了起来。我们很开心，终于可以离开这个鬼地方了。拖挂车解索后走了，我们的车独自前进，可是阿尔康总感觉货车发出的声音不太对劲，他让小伙子去检查一下。过了一会儿，阿尔康长长地叹了口气，说："太麻烦了，发动机修好了，可刚才拖车的时候把压宝的齿轮拉坏了。"

我很失望，眼看着夜晚又要来临，本以为可以离开了，意外竟然又发生了。"压宝"（压宝，一种汽车悬挂系统的零件。——编者注）是很重要的部件，坏了肯定又要让人从叶城发货，那我还要不要再在这儿帮他看车呢？按道理来说，他帮助过我，我也帮助过他，俩人扯平了，互不相欠。不过，要是我就这么走了的话，能不能从这儿安全走下去可是个问题。这里已经是死人沟的地域，在红柳滩时就有人警告过我，说死人沟有很多狼，徒步穿越很危险。我又想，再次留下来看车的话会怎么样呢？上次看车前后等了四天才重新上路，这次要是再等新零件发来，恐怕又要再等四天时间。我还能再等四天吗？这么多天我没有与外界联系，家人朋友一定着急了吧。

正当我陷入两难，不知道如何决定时，阿尔康好像看出了我的心结，对我说："你已经帮了我的大忙，如果你要现在走的话，等一下我让过路的维吾尔族司机带你去阿里。如果你愿意再帮我看两三天车的话，那就太感谢你了。"他说这话时显得很没底，大概他也不对我再次同意抱太大希望了吧。我说我考虑一下，他说好，然后他就继续到车底下拆卸坏掉的零件去了。

我倒是挺想帮帮他的，他现在的麻烦要比我的大得多，只是我也有自己的难处，我已经11天没有与外界联系过了。考虑再三之后，我想出了一个两全其美的好办法。我对阿尔康说："我今晚和你一起回红柳滩去，那里有

信号，我用你的手机打个电话回家，然后再回来继续帮你看车怎么样？”从此地到红柳滩，一个往返需要一两天时间，但无论如何总比三四天都没人看车要好吧。阿尔康想了想说行，他现在的选择并不多，这时他已经把车底像轴一样的东西卸了下来。夜色又笼罩了大地，我们上了车，现在能做的，只有等待，等待去往红柳滩的过路货车。

第6节

23点，我们都在车内等得快睡着了。此时，一辆货车驶来，车灯划出了两道金色光线，仿佛在黑夜中划出了我们的希望。阿尔康连忙下车把车拦了下来。对方司机也是维吾尔族人，很爽快地答应了阿尔康的请求，我也急急忙忙地跟着他上了回红柳滩的车。这辆车要比阿尔康的车大一些，而且空调系统很棒，坐在里面感觉很舒适。车子沿着我们来时的路行驶，四面漆黑一片，什么也看不到。

次日3点多，车子进了红柳滩，在一家维吾尔族饭店门前停了下来，我把睡着的阿尔康叫醒。他下了车走向维吾尔族饭店去，我也跟着走了过去。当走到门口时，他突然转过头对我说：“这个是维吾尔族人的地方，你在这儿吃饭可以，但睡觉还是去汉族人的地方吧。”接着他指了指公路的另一边说：“那边有汉族人的旅店，你去那儿住吧，明天过来吃早饭。”说完就走进去了。

我呆呆地站在门口，看着从路灯昏黄的灯光中密密麻麻地飘下的雪花，心中感慨万千，难道民族与信仰的不同总会在人与人之间划下鸿沟吗？真希望，在将来，这些分歧与禁忌对人们沟通与交往造成的阻碍会越来越少。我来到一家门牌上写着“达州饭店”的旅店，推门进去，客堂有很多摆放整齐

的圆桌，角落里一张小床上躺着一个人，看来就是店主。我轻声叫了好几声“老板”，对方才睡眼惺忪地起身看我。他是个汉族青年，揉了揉眼睛问：“什么事啊？”

我说：“能住宿吗？”

他说：“一个人住的话，20元一个床位。”。

我说行。可当我要付钱时，却陷入惊恐了，我找遍全身的口袋才发现自己竟然没带钱，钱和手机都放在了背包里，而背包还仍在死人沟荒野中停着的那辆货车里呢。真是祸不单行啊，我暗自自嘲道。我硬着头皮把身上的零钱全加在一起，总共才10.50元。我把钱放在了青年老板的床边，满脸歉意地说：“老板，我没带钱，身上只有这么多了，要不你就让我睡三小时好了，再过几个小时就天亮了。”

青年老板愣了一下，然后拿了10元钱，把余下的五角钱放回我手上说：“那就收你10块钱吧，睡到明天中午也行。”他指了指里面一个开着门的房间说：“里面有很多床，自己进去随便找张床睡吧。”说完就继续躺下睡觉了。

我感动极了，好人真是无处不在啊。道完谢之后我就走进了那个黑漆漆的房间，没想到这小小的房间竟然密密麻麻地放了十多张单人床，房内空无一人，厚厚的羽绒被子整齐地叠放在床头。我走到最里面的一张床脱了鞋子，钻进了被子。这么多天以来，终于可以睡一张真正的床了。

之后我想，手机也放在死人沟的车里了，丢倒是不会丢，但明天我就要打电话给亲友报平安，没有电话号码，怎么打呢？如果打不了电话，那来到这里又有什么用呢？我努力回忆着手机电话簿里的号码，都怪自己从来没去记过号码，想来想去只记得一个人的电话，那就是奶奶的，仅记得这一个也好，至少也算没有白来，这才安心睡下。

4月16日，10点左右，我醒来后走出房门，发现天早已大亮了。一个妇女正在打扫着客厅，她看到我后说：“刚才有个维吾尔族人到这来找人，找的是你吗？我不知道这屋里还有人住，我说没看到。”

我走出旅店，看到阿尔康正在不远处向人询问。我叫了他几声，他听到后转过头高高兴兴地跑过来说：“终于找到你了，快去吃早饭。”我们来到

了昨晚他住的那个旅店，我一进屋，店内很多维吾尔族人的眼神都聚集到了我身上，并议论纷纷。阿尔康让我坐在一张无人坐的桌子旁，然后他自己坐到了维吾尔族人聚集的另一张桌子那儿去了。这让我有一种被孤立的感觉，很不好受，现在，我才是少数民族。不过一想到马上就有饭吃了，也就觉得无所谓了。

过了一会儿，一个头戴白色帽子，腰间别着把匕首的大胡子老人给我端来一碗热气腾腾的牛肉面。阿尔康走过来把他手中的馕掰了一块放到我碗里说："吃吧，我已经付过钱了。"然后他又坐了回去，端着自己的那一碗吃了起来。

几分钟后，整整一碗汤面都被我搞定了，好多天没有吃到热的食物了，吃完还感觉意犹未尽。我觉得，除了湘菜、川菜和广东菜之外，就属清真菜最好吃了。阿尔康和其他几个维吾尔族人吃完饭后玩起了斗地主，筹码是烟，输一场给一支烟。我觉得这样比赌钱有意思多了，我在旁边看了很久，同时趁机借他的手机给奶奶打了个电话，果然不出我所料，家里人已经是焦急万分，他们还以为我出事了。我向来对任何人都是报喜不报忧的，特别是亲近的人，在我连哄带骗一阵子后，她才笑着挂了电话。

15点，我正在帮阿尔康干活，五六个穿着军服的解放军士兵从远处走来，见到人就问，有没有看到过一个背着大包，留着长发，叫陈超波的人。虽然距离挺远，但因为人烟稀少，我能听得清楚他们说的话。正当我在想怎么回事时，他们已经走到了我跟前，他们突然露出了喜悦的笑容，其中一个问我："你是不是陈超波？"

我糊里糊涂地答："是。"

他们全都"哗"了一声，刚才问话的那位士兵长出了一口气说："终于找到你了，你都上哪儿去了？网友、媒体、公安局、兵站都在找你呢？赶快给家人报个平安吧！"

我点了点头，满脸困惑，公安局找我干什么呢？我好像没做违法的事呀？我还没来得及问原因，他们就嬉笑着走了。

旁边的阿尔康狐疑地问："他们找你干什么？"

新藏线上的奇台达坂

红柳滩的黄昏

我摇摇头说："我也不知道啊。"然后又继续干活了。

正当我边干活边猜想他们找我的目的时，昨晚让我住宿的那个青年老板向我走了过来，说："兵站刚才打电话来，说公安局的让你去接电话，赶快去吧，没挂呢！"然后他看了我一眼就回旅店去了。看他的表情，恐怕是在后悔昨晚让一个嫌疑犯住进了自己的旅店吧。

我跟阿尔康说了一声，就往远处的兵站走去。刚走到兵站大门口时，有两条大狼狗对着我发出低沉的吼声，十分恐怖。我在呼伦贝尔时已经领教了狗的厉害，此刻可不敢小瞧他们。好在这时一个士兵走了过来，用脚轻轻地碰了一下狗，它们这才停止吼叫。我问士兵："它们会咬人吗？"士兵笑着说："他们要么不咬，一咬就要咬死才会松口，快进去吧，在等你呢。"

我随着士兵来到兵站领导的办公室，领导姓王，刚刚一进门，王就对着电话说："他来了，你跟他说吧。"然后把手机递给我，我把它小心翼翼放在耳边，说："你好，我是陈超波。"

刚说完，电话那边传来热情的声音："超波啊！我们找你两天了，网友和你的朋友都以为你失踪了，都报警了。媒体给了我们很大的压力，要我们务必找到你，就连黑龙江哈尔滨的派出所都打来电话了。你能不能告诉我你最近的具体情况，4月4号，你在麻扎发了最后一条微博，之后就没了音讯，打电话也打不通。"

我一听"哈尔滨的派出所"就知道一定是刘哥（前作《90元走中国》

中有介绍我与他的故事），这下我才感觉到了事情的严重性，便一五一十地把经过全给他讲了一遍，电话那边他说他是叶城县公安局的路警官。

路警官听完我的讲述后，叹了口气说："没事就好。"他让我在这兵站住一天，休息一下明天再走。他说："我已经跟兵站的领导说好了，今晚让他们给你做顿好吃的。"听到这里我就饿了，路警官一直很激动，这也让我感觉到温馨，他说他要去通知媒体和各个兵站，把"找到我"的消息告诉他们，让我先休息一会儿再联系，这才挂了电话。

姓王的兵站领导给我倒了杯茶，我告诉了他事情的来龙去脉，然后他说一会儿让人给我烧水，好让我在洗澡房洗个澡。听到能洗澡我非常开心，自从离开叶城后，我已经十多天没洗过澡了，都怪天气太冷，几乎天天下雪，还好也没觉得身体不舒服。现在有洗澡的好机会，当然不能放过。正当给我烧好水的士兵带我去洗澡时，兵站的领导拿着手机来跟我说："新疆日报社的找你。"

电话那边传来了很熟悉的声音："波波啊，你可吓死我了，我都已经准备好了装备，要开越野车去新藏线上找你了。"原来是我在乌鲁木齐的记者朋友何新社，这些天一直在为我"失踪"的事情着急，还有仙浪、阿瓦提刀郎部落的王小平等等众多朋友、网友都在为我牵挂。我感动不已，真没想到会有那么多的人关心我，同时我又感到有些内疚，毕竟我并没有失踪，却没有及时让大家知道我一直平安。我手机没带来，所以请何帮我通知一下其他朋友，代我发个微博报下平安，并表示我对所有人的感谢。

接着，新疆的《法制晚报》《晨报》《都市报》广播电台等媒体纷纷打来电话做采访，并给了我许多关怀。因为我感到对大家有所歉疚，所以对每个媒体的朋友都细细讲述了事情的经过。没想到无聊了好几天，突然之间我变成了大忙人。

傍晚，我去找阿尔康，概括地告诉了他这些事情，听完后，阿尔康似懂非懂地点了点头，说："明天早上6点钟有辆货车去那边，你搭他们的车过去吧。"

我问："那你呢？"

"货还没到，等到了我就去。"说完他进了维吾尔族旅店吃饭去了。

第7节

4月17日，凌晨5点半，躺在兵站宿舍床上的我被自己昨晚定好的闹钟吵醒。这是我怕自己睡过头，耽误出发时间，从兵站领导那儿借来的闹钟。我十分反感无故迟到和言而无信的人，所以为避免自己犯这种错误，我把闹钟时间定早了半小时。

走出兵站的院子，大地已经又覆盖上了厚厚的白雪，雪花仍然在不停地下着。天空黑乎乎的，小镇十分安静，我借着白雪反射的微微光亮，轻轻地向维吾尔族旅店走去，尽量减少脚踩雪地所发出的“咯吱咯吱”的声响，以防吵醒熟睡的人们。

来到维吾尔族旅店，并没有听到任何动静，大概是我来得太早，司机还在睡觉的缘故吧。我裹紧衣服在门口走来走去，一直到6点半时，有两辆车亮起了灯，发动机的声音打破了黎明的寂静。原来他们是睡在车里的，我走到车窗处，维吾尔族司机看到了我让我上车。车子发动半小时后才开动，缓缓地沿着白茫茫的公路向死人沟驶去。

车子开到一个高坡时停了下来，离公路不远处有一排没有顶的屋子，原来又到了那天我住的地方了。维吾尔族司机告诉我再往前就要进山了，因为雪太大，为了安全要等太阳出来了再走。司机拿给我一个苹果和一块馕，让我吃了早餐。然后他跪在车内的休息室，念念有词地做起了礼拜。在新疆这么久我早已经习惯了这一切，专心吃着自己的早餐。

到了11点多，太阳出来了。我们继续上路，看着一路上那些看过的画面，有些许感伤，没想到当初自己扬言这辈子无论如何也要走一次新藏线，而如今我竟然在几天里来回走了三次，真是世事难料啊。

16点，回到了死人沟，海拔5200米坏车的那个地方。据说，当年解放军进军阿里的时候，一晚，有一个连的战士在这里宿营，结果第二天早上一个都没有醒来，全部因缺氧壮烈牺牲在了这里，这也许就是死人沟得名的原因。此刻，这里并没有像红柳滩一样下雪，反而十分干燥。回到了车内，感觉自己又恢复了寂静，又开始了心灵的漂泊。一切同原先一模一样，雪山、寒风、荒野、孤独依旧陪伴在我左右，不同的是，现在总算放下了一些担忧。

有几只羚羊在距离公路的不远处徘徊，看上去并不害怕人，原来这片土地也并不是毫无生机的，为了打发时间，我开始到附近观察地形地貌。

4月19日，也许是馕吃得太多了，我对馕彻底失去了兴趣，实在是吃不下去了。而幸运的是，15点左右，阿尔康和那个修车的小师傅搭乘同一辆过路货车来了，他们把零件卸下来装好，到18点，终于解决了货车的问题。车子从这里缓缓开动，越过了写着西藏界的牌子，进入了西藏地界，但同时道路也由柏油路变成了砂石路，甚至是土路。黑夜让车子在土路上行驶变得十分麻烦，有时候土路还会分成几条，导致走错路。4月20日凌晨3点，阿尔康担心会走偏，身体也太累了，决定先休息几小时，等天亮再前行。

当黎明来临时，我们重新前进，天空越来越明亮，到9点时，我们看到雪山下稀疏的草地上，出现了一个由许多红顶白墙的民房组成的一个村庄，村庄中央的经幡随着微风飘舞。村庄周围，一群群羚羊并没有因为我们的到来而惊恐，很和谐地分布在了草原上。时光似乎在我眼前凝固，化作了一位高原少女的形象，面容早已被风沙划伤，她已无暇顾及初升的朝阳，这场景使我热泪眼眶。眼前就是新藏线上西藏的第一个村——松西村了。

阿尔康的车小毛病太多了，路上又坏了不知多少次，好在是白天，而且离村庄近。手机有了信号，问题比较好解决。直到18点，我们才到达日土县的多玛乡。去兵站登记时，检查站的人说，有个小女孩以为我失踪了，到这儿来找我了。我并没有感到很诧异，在红柳滩时何就跟我说过，他说在微博上有个女孩自称是我的粉丝，从东北到这儿来找我，想要见我。既然现在我们都到了同一个地方，岂有不见之理呢？但是阿尔康的车已经超载了，不能再载人了，权衡利弊之后，我决定下车与她见面，为了不耽误阿尔康的时

重回海拔5200米的死人沟

间，我让阿尔康驾车先走。

当晚，我与那位女孩在检查站见了面，检查站的人很热心，让我们住在检查站的宿舍里，在那儿我有一种回家的感觉。4月21日上午，检查站的朋友帮我们找了一辆过路的越野车，带我们前往海拔4500米的阿里。

我的新藏线之旅就这样迷迷糊糊地开始，又在迷迷糊糊中结束了。有人说我的这段旅途可谓轰轰烈烈，实际上，我觉得自己一路上都陷于被动中，一直不知道会发生什么事情，又会在什么时候发生，完全没有自主性。但仔细一想，这不就是我理想中的旅行所需要的状况吗？我前面说过，发现未知，是一个旅行家的天性；而应对旅途中一切突如其来的变故，更是一个旅行家所应具有的品质。

从海拔1500米的叶城到5200米的死人沟，从沙漠到高原，地势一路上升。我经历了春冬之变，也走过了风暴严寒。在那段暴风雪说来就来的艰险旅途中，我见到了许多绝美的风景。路途虽艰辛，感动却久远。我深深体会到，在一个善良而平静的旅行者面前，不会存在 阻挡他的邪恶与逆境。

高原黄昏

第22章

转神山

第1节

4月25日，在阿里地区，我到达了世界闻名的冈仁波齐神山脚下的八嘎乡。我看到了两个穿着红色藏袍、捆着橙色腰带的藏族小孩，他们身高约有1.2米、大约十来岁，齐腰的长发因为长时间不洗，已经打着结紧紧粘在了一起。他们等在一个商店门口，要求一个刚从商店出来的旅行者给他们买些吃的。在这圣洁的神山脚下，没有人会吝啬自己的善心与钱财，那个旅行者给他们买了许多食品。在这个旅行者看来，这两个脸蛋上沾满泥土的孩子和国内大多数可怜的乞讨者一样，有着坎坷的命运和不快乐的童年，当时我也是如此认为。

黄昏时分，我与几个刚刚认识的旅行者聊着天经过一个桌球台时又看到了 那俩小孩，顿时惊呆了。只见那两个孩子正动作十分标准地打着台球，其中一个专业地握着台球杆将一个球麻利地打进网袋中，技巧十分娴熟，然后双目炯炯有神地盯着台上其他的球，很快又打进了一个，看上去像一个自信的桌球高手。而他旁边的几个中年藏族男人也很认真地对待他们的对手，神情专注地观察着，好像并不把对手当成小孩看待。

用人云亦云的标准看待他人注定是错误的，这不禁让我想到了第一个登上《时代》杂志封面的中国人——吴佩孚将军。吴佩孚是山东蓬莱人，年轻时惹了祸被通缉，逃到了北平闯荡，靠算命、写对联为生。24岁时他在天津投军做了一名护兵，没想到稳定的生活没过多久，就赶上八国联军侵华，他的部队在战争中溃败。身为大清国常备军的一名护兵，从土地到尊严他什么都没护住，穷途末路的他独自沿着铁路向东北方向流浪，后来走到唐山的一个小镇时，他意外得知当地有个武备学堂正在招生，从此他走上了现代陆

冈底斯山脉

普兰县的雪山黄昏

我在转山的路上

军的军人生涯，最终成为北洋军阀直系的一个重要领袖。我想，那些在北平让他算过命的人和那些在他穷途末路沿着铁路流浪时遇到的人，一定不会想到那个穷困潦倒的书生将来会成为大军阀吧。永远不要低估任何人，这两个孩子似乎是在提醒我。

抬头遥望那高耸入云又冰清玉洁的神山，我有了一种近距离观察它的冲动。26日上午，在当地藏民的劝说下，我与昨天遇到的一个骑摩托车从内地而来的福建旅行者林先生决定结伴一起去转这座神山（转山，原指我国藏族同胞的一种借以表达宗教虔诚的登山活动，后来国内旅行者就把沿着环绕一座山，以螺旋上升的路线行走或者攀登的登山方式叫做“转山”。——编者注）。围着冈仁波齐山转一圈的路程是52公里，说短不短，说长也不长。

“骗子！骗子！”在刚刚走了几公里后，身后突然传来了女孩子的叫骂声。我回过头一看，竟然有两个女孩子从一条小路喘着大气跑来指着我气呼呼地说。我一头雾水地问道：“两位姑娘可别乱说，我什么时候骗了你们？”

她们俩一边大口喘气一边盯着我说：“昨天下午我们求你那么久，你都不愿意陪我们转山，说要自己走，现在又跟人结伴而行了？”

事实上，我与这两位姑娘确实不是第一次见面，前两天我离开普兰县时遇上了正在拍照的她们，她们主动跟我搭讪，邀我一起到普兰县城不远处的山上的一个寺庙去。我想反正自己没着急的事，便同意了。后来傍晚我离开时，她们问我明天会去哪儿，我说大概是神山吧。她们兴奋地说：“我们明天也会去转山，能不能一块儿？”我问：“你们明天什么时候去呢？”她们说：“大概是十一二点吧。”我想跟我的预定时间也差不多便答应了。

可是第二天，我在神山脚下从12点一直等到15点多也没她们的音信。直到将近16点我打算离开时，却遇上她们俩乘一辆车来了，她们看到我就马上下了车，飞快地跑到我身旁让我明天再陪她们一起转山。她们的失约已经给我留下了不好的印象，因此我委婉地拒绝了。她们好说歹说我还是没答应，她们很失望地走了。她们刚离开一会儿，我遇到了骑摩托车来的林和他的同伴李，来自四面八方的旅友能够在一个偏远的小镇相遇，也算是难得的缘分。我们聊得很投机，当晚我与林、李一同住在了一个藏族旅馆。林是福建泉州人，我自认是一个感性的人，经过两年前在福建的感人经历，我对福建人有着特殊的好感。林说如果我去转山那他就一起去。我说如果你想去那我也去，就这样我与林在26日上午出发了。

我把为何会到这来的原因说完后，眼前的两个女孩并不怎么相信，她们恶狠狠地说："你们是基友啊？他去你就陪他去，我们让你陪你就不陪！"这话我听着怎么感觉那么别扭。我笑笑说："你们前天和昨天一样一直用口罩蒙着脸，我感觉不到你们的真诚，所以才……"其实我心里还有一句话没说出来："你们要是早点把口罩拿下来，早知道你们长得这么漂亮，我又怎会不懂怜香惜玉呢？"南无阿弥陀佛，圣洁的神山，请原谅我这种坦率的想法。

可是说归说，两个女孩在野兽随处可见的荒野中旅行怎能不找男性旅友呢？于是我们也都没再说什么，顺理成章地组成了一个转山的四人组。她们一个叫青，湖南衡阳人，是个辣妹子。一个叫岚，显得比较神秘，不愿意说自己的事，但老是打探别人的事。有一次，我们走累了休息时，我的手机不小心被她抢去了，然后她马上拿我微博转发她的微博，不一会儿她大叫道："你微博怎么会有那么多粉丝？你刚转我微博，我的微博就多了好几个粉丝！"我没直接回答她，迅速抢回手机没好气地说："什么叫我转，明明是你转的好不好？"这时坐在我旁边的青撇了岚一眼对我说："她老是这样。"我心里暗喜，心说："哈哈，两个女生内讧了。"

我们沿着藏民转山走过的小路往山谷中走去，途中遇到了一家磕长头转山的藏民，我们向他们打招呼时，他们笑容满面地告诉我们他们还需要二十

我与转山的藏民

多天才能转完剩下的路程。我抬头望了望山上的积雪和他们破旧的衣裳，不禁感叹信仰赋予人的力量。带着对佛的敬畏，我们沿着海拔高度不断上升的山谷行走。又走了几公里后，我在山谷中看到了几个脸上带有浓烈的高原标志的藏民，正坐在草地上用一种独特的方式泡方便面——他们用干牛粪烧热水，然后把热水灌在方便面塑料包装袋里，之后用在地上捡的树枝当筷子食用。他们头巾下那被强烈的紫外线烤成“高原红”的脸庞和身上脏脏的长袍，让他们看上去就像是来自公元前，这场景令我的心情十分沉重。他们同样是来朝拜神山的，想到这里我感到惭愧，同样是转山，他们是跪拜而上，我们则是步行而上，他们是为了践行信仰、洗清罪孽而转山，我们说到底只不过是为了游玩而已，因为我们四人当中没有一个信佛。不过出于对神山的尊重，即便我们是步行转山，他们看我们的眼神中也没有丝毫的轻蔑。在林的建议下，我们把背包里的鸡蛋都给了他们，几位藏族同胞感谢地接受了。

海拔高度不断上升，我们的脚步也变得越来越慢，地上的冰雪似乎也越来越厚。15点，天色突变下起了大雪，且越下越大，此时海拔高度已上升到了5000多米，大雪落到冰原地貌的陈年积雪上，成了没膝的白雪地毯。视野中的能见度迅速降到了十米，为了安全我让女孩们紧紧地跟在我后面，走我走过的脚印，好在林曾去过许多地方，早已多次见过恶劣的环境，所以并没有表现出丝毫的慌张，只是不停地说：“好冷！好冷！”

艰难地走了几公里后，一群藏民的身影在风雪中出现，他们正是我们刚出发时遇到的那队转山者。上午聊天中得知他们早已经转过很多次，可是为

何现在他们集体撤退呢？我们上前问候，他们正冻得牙齿打架，对我们说："前面雪下得更加大，看不见路，太危险了，所以要回巴嘎乡去，明天再转。"连藏民都返回了，我们又该如何呢？正在我们为是否该像经验丰富的藏民一样返回而犹豫时，看到旁边小河的一座桥上有个牌子写着"执热寺"。昨天我听一个刚转完山的人说执热寺可以住，我们僵硬的脸上总算露出了一丝喜色，很兴奋地往冰河对岸走去。刚走了一公里后，一排排白色佛塔出现在视野里，山上红色寺庙建筑的轮廓也出现在眼前。我们一瘸一拐地走进了庙里。

第2节

寺里的藏民把我们带到了屋内烤火，让我们喝上碗热腾腾的酥油茶，茶和糌粑一入喉，身体马上就变得暖和无比，恢复了活力。天空此时也暗了下来，一个藏族小伙调皮地往我们身上看来看去，一边和面一遍做着些古怪动作，逗得大家哈哈大笑，让气氛变得很活跃。那个小伙意味深长地直夸我帅，岚小声地对我说："他们好像很喜欢你。"不一会儿藏族小伙唱了一首歌后，要我们轮流也唱首歌，并且把目光看向我，我尴尬地说："我不会唱歌。"岚迅速说："他们那么喜欢你，你不唱个歌给他们听啊？"然后嬉笑着看着我，看着她的奸笑我真想把她撕成碎片。接着其他几人也都把目光望向我，无奈，只好唱了首蒙古族的歌曲，这招学的是周杰伦的"唱歌的最高境界就是唱别人听不懂的歌"。好在看来效果还不错，看上去大家听了都很满意。之后轮到林和青时，他们却金口难开，死活不唱。夜幕早已落下，我们欢声笑语玩到很晚。22点左右，吃完了面汤，藏族小伙把我们带到寺庙边缘的一个屋子去，让我们今晚住这儿，屋内正好有四张床，床上盖着两床

冈仁波齐神山

被子，也不会很冷。

4月27日，清晨我走出房门，东边的旭日正徐徐升起。由于雪山遮挡的原因，阳光还没有照到寺里，只把金钟似的冈仁波齐神山和他左右两座大山照得玲珑剔透。而那神山顶部被风吹起的雪，像一张绸缎一样飘来飘去，像极了太阳的日珥，在纯净而毫无杂质的碧空下，这张绸缎一枝独秀。此时我早已按捺不住，想走到更高处欣赏它。在寺里我们吃了些糌粑，付了一些食宿的费用后，便穿过冰河，往山上走去。

事实上，我们已经走到了神山的北面，只有翻过一个垭口，才能到达它的左边。不过老天已经很给面子了，有藏民说能看到神山山顶是很幸运的，为此我心情好几天都停留在那一时刻的喜悦上。

上山的坡度很陡，脚下的雪随着我们的脚步发出“扑通扑通”的声音。积雪太厚，有的地方已经淹没大腿。一脚踩下去，雪水都会浸湿鞋子和裤子。青稍微有些高原反应，她很快就迈不开步了，一口口喘着大气。

我知道一个人在雪山上发生高原反应是件多么可怕的事。可如今已走到山腰上，上也不是下也不是，倒不如继续往前走，越过垭口便是下坡。我抓住青的手往前走，青似乎也知道了情况的危险，便没有拒绝，而是很配合地跟着我的步伐。其实我们所有人现在都差不多，呼吸艰难，而且鞋子、被子、裤子都已湿了，脚也有些麻木。但好歹我也是曾在海拔5200米的地方待过十天的人，高原适应能力自然要比他们好。

我们走几步休息一会儿，好让呼吸的氧气能满足大脑需要，不知何时起岚和林都在看着我们偷笑。我不好意思地放开了青的手，可是继续走了没多

远，单纯的青竟主动拉住我的手，好让我拉着她走。我们相互搀扶着走过没膝的积雪，向雪山高处的垭口走去。在深雪中行走要比我在柴达木盆地的沙丘上行走艰难很多，至少在沙漠里不会出现连呼吸都困难的情况。日光中的紫外线径直照射在我们脸上，从雪面上反射而来的的紫外线同样毫不留情地摧残着我们的皮肤，我们都感觉脸部又痛又痒，下山后，我们四人的皮肤都蜕了一层。

15点时，我们到达了一堆石头处，看到了多彩经幡聚集在此，飘荡在空中，我们此行的最高点——垭口终于到了。我和林都测量了一下海拔高度，大约为6000米，这应该是我徒步到达过的海拔高度的最高纪录了。我们没有氧气瓶，没有手杖，没有绳索，再加上天寒地冻的环境，对我们来说实在是值得骄傲的成绩。岚拉上我一个劲地用手机摆拍，弄得我上气不接下气，本想唱首歌表达我的心情的，可惜现在实在没力气。

过垭口后就是一路下坡，不过同样陡峭，乱石林立。我们沿着藏民走过的脚印一路下坡，下坡的路要好走很多，雪没有那么厚了，但常常遇到面积很大的冰面，那是从神山上的冰川延伸下来的，这里的冰川虽然没有我在新疆看到的天山一号冰川壮观，但走在上面也足以让人胆战心惊。16点时，我们几乎精疲力竭，终于拖着冻僵的双脚走到了坡下。此处的山谷中有一栋

平房，走近后才发现原来是一家以转山者为客源的商店，不过只提供方便面和热水，而且价格高昂，一包袋装方便面都要5元，桶装的要10元。岚说商店这是在抢钱，我觉得，当她知道当阿尔金山大雪封路时，有人把方便面用20元的价格卖给被雪堵住去路的司机时，她才会知道什么叫“趁火打劫”。我们简单地吃了些方便面，喝了些开水便又踏上了归途。商店老板告诉我们，从此处大约还要走20多公里才能到巴嘎乡。

从雪山上下来，雄鹰在天空中盘旋，一群白色牦牛正伫立着饮用雪水融化后汇成的小溪水，荒芜的草原中散落着冰冷的石头，大自然的本色完美地呈现在了这幅画卷里。夜幕降临时，我们已走了12公里，随着海拔的降低，空气也不再那么稀薄，我的呼吸不那么困难了，但体能却几乎消耗殆尽。这时山脚下又出现了一户人家，那同样是为转山者提供的一个驿站。林说他太累了，不愿走了，就住这儿了。其实，我要是带了帐篷早就住下了。但青与岚说衣服都湿了，如果不换会生病的，劝我们一定要赶回巴嘎乡去。看她们那么坚持，让女孩子自己走夜路我肯定不放心，便同他们一起劝林一起走，好说歹说之下，林才同意走夜路回去。

在漆黑的夜里行进却没有手电，疲惫的我们只好靠着夜空微弱的星光指路，一路的困窘可想而知，还时常碰上夜里出没的野狗，吓得女孩们惊叫连连。女孩的这种惊恐的尖叫声掺杂着猛犬的吠叫声回荡在夜空中，听上去十分恐怖。一向挺有男子气概的岚竟然也吓得拽住我的胳膊不肯放手。绕着山路一直走到半夜23点时，我们终于走出了山谷，看到山脚下那一片灯光，巴嘎乡就在前方了。

过去我从未发现，原来如此偏远的小镇的夜景也会如此美丽。在苍茫的原野上，小镇的点点灯火犹如无数只萤火虫抱成一团，与天空中闪烁的繁星融合在一起，显得和谐而美好。让饱经风雪、狼狈不堪的人们心中有了几分久违的安全感。

第23章

感动墨脱

第1节

从阿里往东，在一片荒芜而枯黄的草原中间，我偶尔还会看到一些沙丘，满眼都是风沙。直到进入拉孜县一带，视野中才出现了一些形单影只的杨树。再往东走，看到的树木越来越多，海拔高度似乎也在不知不觉中降低了。

波密县帕龙藏布河谷中，由桦树、松树等树种组成的五颜六色的森林，一直从河谷底部延伸到雄伟的雪山顶部的雪线处，像一块巨大的绿色围巾一

横断山脉中的小村庄

般紧紧地包裹住巍巍山峦。而那些雪山就好像是巨大的雪人，从围巾中露出一个个白色的头来俯视着脚下的村庄。

事实上，尽管处于喜马拉雅山北麓的波密县海拔高度已近2700米，但是气温暖如江南，那喜马拉雅南麓的墨脱县又会是什么样的景象呢？这份好奇心让我从拉萨到波密的一路上对墨脱的兴趣有增无减。去墨脱的旅人大多数都会选择从波密进入，几年前我听说这里正在修公路，要把公路修进那个曾经称之为中国唯一一个没有通公路的县——墨脱，那么现在又会是什么情况呢？5月10日，我来到了波密县城，打算前往墨脱一探究竟。

上午正当我准备启程时，微博上一位自称为我的粉丝的网友联系到我，说他也来到了波密要见我一面，既然已在同一个县，那便是缘分，我没有拒绝。我在邮局盖邮戳时，他嬉笑着找了过来。原来是一个小伙子，身高与我相当，但可要比我瘦多了，谈吐间他显得很激动，小伙子姓扶，湖南郴州人。二十天前他从成都骑自行车前往拉萨，当骑到八宿县时，他的假期即将结束不得不返回，便坐了大巴车前往拉萨。当他经过波密县时，从手机微博上知道了我在波密，于是他下了车要见我。他中途下车，专程来看我，让我有些感动，我告诉他我正要去墨脱，如果时间来得及他可以和我一起去。他一听，显然激动得有些过头，没多想就答应了。中午他把自行车放在了一个旅馆，与我结伴往南而去。

波密县帕龙藏布河谷

离开县城的大桥后，我们沿着盘山公路徒步上了山，这段路路况似乎还不错，是水泥路面，但走了没多久，局部路面就开始出现坍塌现象，一些工人正在施工修补，这

些施工工人当中汉族占了大多数。将近傍晚时，天空下起了阵雨，而且越下越大，山谷里小河的流水声很快就与雨点拍打地面的声音融合在了一起。我们躲进了修路工人临时搭建的木屋，一个藏族妇女正把猪肉切成条，然后挂在屋顶风干，此时木屋的大梁上已经挂满了被腌制过的、颜色鲜艳的猪肉，炉子上的高压锅里正煮着米饭，木屋内弥漫着浓厚的生活气息。藏族妇女见我们进来，也没问我们来干什么，反而很客气地让我们坐。此时，两辆越野车从墨脱方向往外开了过来，我想既然公路都能通行车辆了，再徒步走过去也就没必要了，虽然波密到墨脱才130公里，也走不了几天，但是扶赶时间，时间和力气都要用在该用的地方。于是，我找到了个避雨的理由，一边和工人们聊天，一边等待过往的车辆。

19点多时，雨终于停了，浓浓的雾笼罩了整个山谷，雾气如同非洲大草原上大群动物迁徙时所产生的尘埃，随着微风缓缓地向着山谷口子散去。隐隐约约中，只能看到山腰上一株株高大而古老的云杉、雪松挺拔地矗立着，仿佛一幅巨型水墨画，令人迷失。我们忍不住发出“哇——”的一声感叹。也许工人们早已习惯了身边这些自然景色，他们忍不住笑话我们大惊小怪。

波密县帕龙藏布河谷

在雨雾渐渐散去时，黑夜也悄悄地降临了，在我们拍照时，一辆白色SUV从波密方向开了过来。我习惯性地对车辆竖了个大拇指，没想到车竟然停了，我激动地走到车窗边正想说话，对方却先开口了：“你是陈超波吗？”我顺着声音往车后座看去，这话原来是一位瘦瘦的哥们儿说的。我十

分惊讶，问他怎会知道我的名字，他笑笑说：“我是你粉丝呢，一直都在关注你微博，只不过是默默地关注。”听到这话，我感到自己十分幸运。从拉萨到这里的一路上，虽然几乎每天都会被一些旅行者认出来，没想到在这僻静的山谷里，也会有认识自己的人。遇上便是缘，于是我们上了车，刚刚说话的哥们儿自我介绍了下，说他是湖南常德人，叫“皮皮”，司机叫“八戒”，是广西人，他们是朋友，一起结伴自驾游。今晚他们打算住在波密，只是吃晚饭后出来转转，不会走远。

车子沿着无数个Z型路段组成的盘山公路不断上升。到20点时，我们上了一座大山，到了一个山凹处，前方和左右两边都是巨大的雪山，八戒告诉我们，前面是嘎隆拉隧道，隧道刚修好不久，有两三公里长，过了隧道就是墨脱地界了。他们不打算再往前走，必须要返回了，但走之前给我留下一个电筒，说隧道里没有灯，带个手电安全一些。我本想谢绝，八戒说他以前也常接受别人的帮助，他很感恩，所以后来常给别人一些力所能及的帮助。他的这句话让我感受到了力量，一种能促进人与人之间互相帮助、彼此坦诚的正能量。我高兴地接受了他的帮助，并告诉他，我同样会将这份爱心传递下去。在双方握手道别后，我和扶往路边的一个废弃工地走去。漆黑的夜空下，我们心情十分愉快，八戒那辆车的发动机的声音在我们身后越来越小，最后消失。不过我有种预感，我肯定还会与他们再见。果然，后来我与皮皮又在广州见了面。

工地是一个由木板房组成的院子，院中间放满了各种设备，众多房间中只有一个亮着微弱的灯光。我站在院门口喊了两声后，从亮着灯的房间里走出来一个藏族大叔。他又黑又瘦，而且还穿着黑色夹克，那夹克显得他更加黑了。我说明来借宿的目的之后，大叔苦笑着说：“其实我很想让你们住这儿，但就在前两天，我让两个自称是来旅游的人借宿了。结果第二天，人不见了，东西也丢了很多，实在是不敢让你们再住了。”

我听说过，最近几年有很多打扮成旅行者的乞讨行骗者，假装步行或者骑自行车的都有，没想到竟然还有骗上门来的，想到这里我气得牙痒痒。他们侮辱了旅行者的名声已经够可恶了，现在竟然还让我们没地方可住。当

然，不排除大叔是在借故推脱，但我宁愿相信大叔说的是真的。于是我把自己的处境和情况都详细地向大叔诉说了一遍，希望让大叔相信我人畜无害。不过之后我听到失望的答复似乎也是必然的，因为一朝被蛇咬十年怕井绳嘛，何况还是几天前呢，因此我没再对借宿抱多大希望。

我之所以决定借宿，是因为这里相对波密海拔高了许多，处在三座大雪山中间，而且扶没有睡袋，露宿一晚必定扛不住，想到这儿我也只能硬着头皮继续试着说服大叔。最后在我的再三请求之下，大叔说："那我打个电话问问老板，如果老板让你们住，那就住，如果不行，我也没办法了，我只是打工的，在这儿看工地，一切得听老板的。"我们满怀期望地点点头，这样至少又多了一种可能性。

结果很幸运，大叔在旁边打了一通电话后，告诉我们可以留宿。我心里的感觉就像一块大石头落了地。大叔把我们带到一个空房，房间里有两张床，都是席梦思，大叔说这房间是老板以前的办公室，让我们今晚就住这儿。他给我们放下了两床被子，叮嘱了几句之后，要求拿着我们的身份证，说明天给我。我们同意了，之后大叔就出去了。我觉得他这样做是对的，暂时拿着我们的身份证，既帮助了他人，做了善事，又起到了必要的安保作用。这样折腾来折腾去，时间已近23点，我连日记都没心思写就关灯睡觉了。

第2节

5月11日清晨，我们走出房间时，大叔正在院子里摆弄他的摩托车，看上去似乎是刚买不久。我们整理了一下房间，并把被子放回原处。我问大叔吃过早餐没有，他说他刚吃完，我不好意思地说："我可以借用一下你的锅吗？我自备材料用来做面。"大叔看我说话时小心翼翼的样子笑着说："当然可以。”于是我们做了鱼汤面条，我感觉自己睡了床，还用了锅，似乎有点得寸进尺了，很不好意思，在走时给大叔留下了一袋绿豆糕。大叔高兴地说：“你们回来的时候，肯定还要从这条路返回的，到时候欢迎你们再来住。”还叮嘱我过雪山时一定要小心，他说在嘎隆拉隧道没打通前，他们去墨脱都要翻雪山过去，而且常常遇到雪崩。就单单是去年，他们工地就因为雪崩而丧生了12人，听起来真是可怕。

今天阳光明媚，巍峨的雪山从山顶到山脚都被白茫茫的冰雪完全覆盖，在强烈的阳光下显得异常刺眼。昨晚因为太晚，在黑夜里没有感受到它的美丽，为此我开始为自己昨晚没有连夜走过隧道而感到幸运。走过隧道之后，眼前又变成了与隧道入口那边截然不同的景象，山脉依然雄伟，但山体已经分成了三种颜色，山头是皑皑白雪，山腰则是低矮的灌木，而山脚下却是茂密的原始森林。

墨脱嘎隆拉雪山

喜马拉雅山脉

雪山下的溪流

从隧道出口到谷底仍然是危险的盘山公路，上下落差极大，而且路况已差了许多。谷底有一条砂石公路，边上有几栋建筑和一个信号塔。在建筑的旁边有很多车辆排起了长队，想必那就是检查站了吧。不过我还不太确定，便向旁边的一个修路工人打听，得到的答案证实那的确是检查站。在波密时听说过检查站是需要通行证的，可是我没有，肯定会被拦住。昨天一个修路的藏族工人告诉了我一个方法：可以从一旁的树林里绕过去。我仔细观察了周边地形，觉得可以尝试。我没有沿着盘山公路下谷底，而是沿着山坡直线走下去，这样才不会被察觉。

在下到谷底后我才发现，印度洋吹来的暖风对喜马拉雅山山谷的影响是多么大，众多溪水清如明镜。在茂盛的原始森林中，所有的树木与石头上都被包裹上了一层厚厚的青苔。千百年来，倒塌的巨大树木横七竖八、层层堆积，在遮天蔽日的枝叶下，空气十分潮湿，致使枯木上长满了苔藓与菌类。奇妙的是，在高原之上，枯木下甚至还生长着一些我在广东时见过的热带植物。我兴奋莫名，感觉十分有意思，山顶是冰天雪地，而山脚下确是热带雨林。扶则一直拿着相机这里拍拍，那里拍拍，也感到此处的景色简直是美不胜收，令人眼花缭乱、欲罢不能。

我们行走在遮天蔽日的雨林中，之前是真没想到，从山上看起来很小的一片森林，在其中行进却如此艰难。我们沿着密密麻麻的森林里湍急的河流摸索着前进，摔倒了好几次，终于在12点半绕过了检查站，回到了砂石路上。

又走了几公里之后，搭上了一辆工地的拖拉机，15点多到达了一个人称“80K”的地方，这里的海拔明显已降了很多，视线里看不到白雪，一眼望去满是绿色，空气也明显变得潮湿闷热。一路过来能看到许多飞流直下的瀑布，“80K”这儿也有一个检查站。从这里的民房就可以感受到墨脱气候与波密的不同，建有木制阁楼的房屋在西藏实在是太稀奇了。在我考虑是不是再从远处绕过检查站时，我发现检查站并没有人在值守，栏杆也是打开的。我们从此经过也没人出来看一下，看来这里的管理真是随意。一辆越野车经过，我们拦下车，并说服了车主带我们去墨脱。车主是门巴族人，叫顿珠，汉语说得很不错，车技更好。越野车沿着河谷一路下坡，在布满急转弯又坎坷不平的路上飞驰着。车子奔驰得又急又猛、颠簸得忽上忽下，仿佛是车主在炫耀自己的车技一般，我的心好几次都提了上来，但总算是有惊无险。

18点10分，我们看到了奔腾的雅鲁藏布江，墨脱县城就在江边的一座山坡上。芭蕉林随处可见，这里给人的印象与其地处的青藏高原高寒缺氧的特征完全不相符。在县城里，当我看到几栋写着“广东援建”标语的建筑时，更是感觉这里有一股浓厚的热带氛围。

县城海拔仅有八九百米，比波密低了2000米，温度比波密县城高了10

度。两地相隔仅100多公里，气候相差却如此悬殊，这恐怕也是一大奇观吧。县城有很多充满热带海岛风情的茅草圆顶凉亭，都修建在水塘边。这里兴建了很多的别墅，可真是个国内外游客来度假的好地方。

晚上，我们住进了一家旅店，老板是个藏族人，老板娘是珞巴族人，他们有一个儿子两个女儿，一家人整天都是一副笑呵呵的样子，真是其乐融融。令我疑惑的是，他们一家人的普通话都说得很好，尤其是老板正在读小学的女儿，她说的普通话就像电台播音员说的一般标准、甜美，我猜想她的老师一定是个北方人。老板很得意地说，他们这儿的孩子上学都免费（就连大学也是），并且毕业后全部分配工作。听到这里，我感到羡慕不已。

5月12日，我站在山坡上，看着浓浓的云雾铺天盖地地把县城与对面的几座山全部笼罩，这情景宛如仙境，令我的视线久久不肯移开。旅店老板得意地说："这没什么，你们要去山上看，那才是真正的好看。"他拿出手机给我们看他以前拍的照片，他说这是之前有一次在雨后的山上拍的，看上去确实比眼前的美景还要壮观。

上午我们在回去的路上出县城时，碰上了检查站的警察，把我们叫了进去，让我一阵紧张。其实昨天我们进城时也看到了这个检查站，但没见到人站岗。好在今天的警察也只是登记了一下身份证，别的什么也没说，看来我是虚惊一场。

行走在墨脱奇异的原始森林

5月13日中午，我和扶走到一个叫"108K"的地方后，换乘了辆皮卡。再次经过当初我们从森林里绕过的那个检查站时，也被拦了下来，但令我更加疑惑的是，工作人员也只是登记了一下司机的身份证，就让我们通过了。前几天我有几个东北的朋友也去了墨脱，他们是从拉萨办了通行证才通过的，后来他们还给

我打电话说路上会有人检查通行证。不知为何现在却没查我们，难道真的是我们交好运了吗?

不管如何，这段路程让我遇见了许多温暖人心的人与事。我的旅行是一场修行，一段苦旅。每天都要面对许许多多的问题，而且绝大多数都是关乎生存的严峻问题，都是不得不去解决的。在一路上，在多种局面下，我或被动、或主动地解决了许许多多这样的那样的问题。在经历了那一切、解决了所有问题之后，我的心境也变得越来越明朗，面对困难也越来越自信。我深刻地明白了一句话："如果你不打算做一件事，那就最好别开始；如果开始了，即使天塌下来也要去完成。"人如果决定了做某件事却又不去坚持做完，久而久之就会形成了容易放弃的习惯。比如说这次，之前到了波密后我才知道，原来去墨脱是要办通行证的，而且只有在拉萨或者八一才能办到。我从来都不喜欢走回头路，如果我不坚持前往墨脱，那可能就要等到下次来西藏才能去了。西藏山高水远，来一次本就不容易，况且以后的事情没有谁能说得准，我连以后还有没有机会来都不知道，所以想来想去，我还是抱着试一试的心态踏上了前往墨脱的道路，结果就克服困难顺利抵达了。"想做的事情就一定要去做，天无绝人之路，坚持到底就总能把事情做成。"这是我在福建龙岩时，那几个做网游代练的哥们儿叮嘱我的话。

第24章

滇西七日

第1节

5月24日，灰色的云朵笼罩在丽江的上空，光线暗了许多。我站在拉市乡邮局门口，看着雨点痛快地敲击着黑乎乎的公路，感觉滇西的天气十分有趣。早上我从束河古镇走来时，天气还十分晴朗，而现在却突然之间就变了。

之前联系到了当地的朋友，他们愿意用车载我一段。果然，当我正在避雨时，一辆淡蓝色的SUV朝这里驶来了。我迎上前去打招呼，车子停在了我身旁。坐在副驾驶座上的女孩豪迈地笑着说："超波，久等了吧？"

"也不是很久，我也是正好避雨。对了，刚才我遇到两个背包客，他们要去香格里拉，搭他们一段吧，反正咱们是去石鼓镇，有点顺路。"我指着我身旁两个来自贵州的背包客说道。他们一男一女都穿着拖鞋，背着和我一样的大背包，看上去似乎比我还滑稽。

"坐不下了呀，再坐两人有点挤了。"女孩歉意地说。

"没关系的，我们在后面挤一挤就行了，反正也不太远。"我说。

"行，后面的位置是你的了，你们要是不觉得挤，那就可以搭。"女孩微笑着点点头。

我在西藏与云南的交界处

穿着蓝色衬衫的青年司机帮我把后座收拾了一下，让我们上车。他是小华，副驾驶座上的女孩是他的女朋友小李。

早在去年8月份，我和小华就已经在太原认识了，他是陕西人，人一直奋斗在生意场上，但心却一直向往着自由的旅行，向往着远方的风景。2008年时，他因为失恋独自一人从山西骑自行车一路南下，到了广东。在太原我与他见面时，他向我说起了此事。我很惊讶，没想到表面上看似循规蹈矩的他竟也如此感性。因为性格相合、兴趣相投，我们都给彼此留下了深刻印象。后来我到了延安，他给我发信息说要给我一个惊喜。我很疑惑，不知他所说的惊喜会是什么，充满期待。可是过了几天也没下文，后来他才告诉我原因，原来他当时准备暂时放下工作，同我去走一段路程，但当他到达壶口瀑布一带时，他公司有急事又把他叫了回去。他感到很遗憾，一直想再找机会与我同行。

前不久，他终于再次开始了远行，从山西自驾到了西藏，然后又前往

香格里拉的彝寨

云南。快到达丽江时，他在路边搭载了一个顺路的背包客，那个背包客与他聊天时无意中说起了我，说在微博上看到我已到了丽江。小华听了后异常兴奋，我们久未联系，他并不知道我现在在哪里，而我也不知道他自驾游的事情，本以为很难再见到，他却从一个陌生人口中得知了我的信息，当他到达丽江后，便与我取得了联系。那时候的我也只能感叹缘分的奇异了。要不是我前不久在西藏的芒康县停留了几天挣盘缠，恐怕我也不会在丽江与他相遇，真是无巧不成书。他们的下一个方向是向东边开，而我下面的计划是往西南走。一个向东一个向西，如不是缘分安排我们重逢，那我们必定会擦肩而过。

我与小华

我问正在盯着前方公路的小华："我们下面去哪里呀？"

他转过头来微笑着说："你说呢？"

小李接着小华的话说："超波，你对这方面比较了解，你说去哪儿我们就去哪儿，你就带我们去一些好玩的、有意思的地方吧。"

我笑着说："好啊，那我们就先去石鼓镇的长江第一湾吧。"接着我简单介绍了一下长江第一湾。小华边开车边说："好啊，那我设定下汽车导航，是石头的石吗？"

"嗯，不用，我正在看手机导航，我来指路就行。"我说。

车子沿着曲折的公路到达了一个十字路口后，放下了我身旁两个要去香格里拉的背包客，然后我们三人继续前往石鼓镇。

长江在石鼓镇来了个360度的大转弯，真是一道奇观。我们沿羊肠小道登上了江边的一座山，眺望长江大弯中间的圆形沙洲，整个沙洲已经被开辟成数十亩的良田，沙洲边缘种上了深绿色的树木。从高处看，长江和沙洲像个大鸡蛋，长江是蛋白，而圆形沙洲是蛋黄，蛋白围绕在蛋黄周围，而整个

鸡蛋则被高山所包围，因此圆形沙洲上阡陌纵横的良田变得更加显眼。

我们下山后来到了灰瓦白墙的石鼓镇，我指着街边一栋屋子说："那里有个红军纪念馆，你们想不想去看看。"小李摇摇头，甩动着她的短发说："这种地方最没意思，就一些草鞋而已。"小华说他也不感兴趣。其实我原本想去寻访此地的革命遗迹，缅怀红军在此的故事的，但碍于搭人家车的情面，也没有再提议，只好以后来这儿时再去了。之后，我们没有在石鼓镇过多逗留，车子往剑川开去。

孔子曰："三人行，必有我师焉，择其善者而从之，其不善者而改之。"我们都以欣赏的态度看待彼此，彼此平等交谈，一路上有说有笑，走走停停，十分开心。我们谈论了很多事情，人文地理无所不说，各自都平心静气地凭各自观点讲述，不妄自菲薄，也不轻易转移话题，多数时候会刨根问底地去探讨，以实现彼此间的理解。这就让我们的谈话变得十分有趣、轻松，并富有某种独特的价值，让人谈论完一件事情之后能够对它耳目一新。更有趣的是，车内三人从不谈论都市的奢靡，反而觉得乡村田野更具某种魔力，牵引着我们的思考。

剑川沙溪古镇

傍晚时分，我们到达了剑川县古色古香的沙溪古镇。小华说："我对云南的印象就是少数民族群众和村寨，如果能近距离接触偏僻山区的少数民族，和当地人聊聊天，吃一吃当地的饭那该多好，哪怕是事后付些钱都可以。"

"云南很多地方应该都有这样的农家院。"我脱口而出。

"嗯，是，但事情一旦跟钱挂上钩，性质好像就不是那么纯粹了。"小华皱着眉头说道。

小李转过头看着我说："对啊，你知不知道哪儿有这样的地方啊？"

看他们俩认真的样子，我也开始重视起这个问题来。思量了一会儿之后，我横躺在宽敞的车后座上，看着车顶说："我想想哈，这样的地方肯定有很多的。"然后自言自语道："贡山有独龙族，维西有傈僳族，西双版纳有傣族……"但我突然想到了什么，放弃了这些地方，就算去了语言也不通。那样的话交流不便不说，何况现在已非民风淳朴的古代，提住在人家家里的这种要求会不会被当地人当成坏人来防范，还真不好说。要是有当地朋友带着去，那情况就好多了。

于是我联系了附近的朋友，宾川的、大理的、楚雄的，可惜了解清楚情况后感觉都不尽人意。最后我想到，我刚进云南时，有个网名叫"稀豆粉"的网友曾在网上给我留过言，他向我自我介绍说他是腾冲人，希望我能去腾冲，并且留下了电话。我不想让小华失望，只好厚着脸皮找出了稀豆粉的留言记录，找到他的电话打了过去。不一会儿电话那边就传来了一个十分平和的男人的声音，当对方得知是我打来时，态度立刻变得十分热情。我们聊了很多，稀豆粉问我什么时候能到腾冲，言语之中我已感觉到了他的热情与真诚，便也没有再客套，直接说明了本意。没想到，稀豆粉并不觉得有什么不妥，热情地告诉我说他有个同学就是傣族人，从小在寨子里长大，然后又给我介绍了一下他同学那个寨子的情况，愿意邀请我们去那儿做客。当我把他的好意转述给小华后，小华兴奋地说："太好了，那我们就直接去腾冲吧！"我跟稀豆粉说明了时间与行程，车子就直奔滇西南而去，当晚我们住在洱源县的邓川镇。

第2节

也许是一个人孤独地行走了太久的缘故，两个朋友的突然到来，让我的旅途变得格外轻松、舒适。我很珍惜这种感受，因为它让我因日夜疲于奔命而早已疲惫不堪的身心得到了许多安慰。25日清晨，我们在海拔比丽江低许多的洱源醒来，感觉气温更加温暖，空气中弥漫着潮湿的气息。

继续赶路之前，我和小李到一家卖本地小吃“烤饵块”的小店买早餐。老板娘是一个头戴黑色纱巾的回族姑娘，身材婀娜，非常美丽。我看着她，溢美之词情不自禁地脱口而出：“你真漂亮。”说完这话我就觉着有点后悔，毕竟回族同胞信仰伊斯兰教，而穆斯林的习俗是不允许陌生男人对妇女随便说这样的话的。可是老板娘似乎并没有生气，她红着脸偷笑着，面颊上立即显露出两个深深的酒窝，然后继续低头去烤饵块。突然我发觉身旁的小李也在暗自偷笑，不过我可不觉得尴尬，因为赞美别人也是让这个世界变得更加美好的重要途径。

灰蒙蒙的天空与洱海的湖水融为一体，水天一色，岸边茂盛的垂柳倒映在湖面上，形成一幅淡淡的水墨画。远处高耸的苍山周围雾气正浓，时隐时现，给苍山与洱海之间的喜洲古镇又增加了几分神韵。再次踏上旅程之后，我们没有放过任何一处美景，看到美丽的画面便会马上停下，所以直到夕阳西下，我们才到达保山。虽然保山离腾冲已不过几十公里远了，但我们谁也不急着赶路，便决定明天再前行。

在从保山到腾冲的路上，我发现路边的植被看起来要比之前经过的地方稀疏得多，山上只长着一些低矮的灌木。车子一路往西南行驶，不仅海拔在降低，纬度也低了很多。26日上午，过了一片红土地后，我们终于到达了

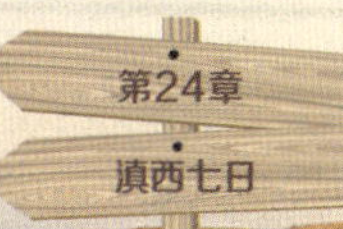

闷热的腾冲县城，而稀豆粉和他的傣族同学也已经在腾冲收费站处的车边等候了很久。之前稀豆粉就说了他等着我，只是我没想到他会专程出城到这儿来等我，这种礼遇让我受宠若惊。我们相互介绍后，早已步入中年的稀豆粉笑容满面地说："走，我们先去吃饭。我都安排好了，你们车跟在我后面，我来带路。"

两辆车一前一后向腾冲县城开去，小李惊讶地问："超波，我还以为你朋友是90后呢！因为我觉得崇拜你的人应该都是跟你一样大的，真没想到还有这么大年纪的。"

我不认为谁会崇拜我，我想更多的应该是欣赏，所以只是笑了笑，说："是吗？"

小李好奇地追问："你这朋友是干什么的呀？"

"这，我也不太清楚，我没有问过他的个人信息，但从刚才他的谈吐和

穿着来看，不是官员，那一定就是企业高管。”我望着窗外远处的树林回答。后来稀豆粉主动告诉我们，他在政府工作，看来已经走了不知几万里路的我因为“阅人无数”已经颇有些看人的心得了。

进入县城后，庞大的城区，整洁的街道，众多的高楼大厦，让我们三人震撼不已，小李感叹地说：“这真的只是一个县城吗？比保山市都要建设得好多了！”

“是啊，真是没想到。”小华也跟着说。

当我把自己对腾冲的了解向他们解释完之后，小李摇摇头说：“看来我们真是孤陋寡闻了，这趟腾冲是来对了。”小华也很配合地点头表示同意。

午餐时，稀豆粉一脸自豪地说：“腾冲县属于保山市管辖，但很多人只知道腾冲，不知道保山。”这话我同意，因为很久以来，我就是这么认为的。

饭后我们在白云朵朵的蓝天下直接前往荷花镇的傣族村庄。此村海拔约800米，比1500米的腾冲县城要低得多，处于一个小盆地里，空气不流通。在亚热带火辣辣的阳光直射下，车厢内变得如同一个蒸笼，十分闷热。村庄的建筑大多是灰瓦木楼，中间有一个宽大的半露天院子，空气循环的效果很好，很凉快。村口有几棵盛开的扶桑花，田埂边随处可见的仙人掌、剑麻，丰富的植被使这个充满异族风情的村庄给人带来一种温馨又浓烈的乡土气息。

我们走进一户人家，那里就是是稀豆粉的傣族同学的家。他那穿着长裙、头捆白色毛巾的母亲坐在小板凳上，正把满屋子已烤干的一排排烟叶一一收起来。他的母亲听不懂普通话，但笑容很朴实。他的父亲则能听懂而且还会说，老人家给我们端来了自家酿造的酒，与我们一起一杯一杯地喝，这种只喝酒不吃菜的喝法，我倒还是头一次尝试，不过后来我竟然喜欢上了这种方式，觉得这才叫品酒。我们喝到兴致高的时候，他的父亲拿出傣文书籍，说现在很多傣族年轻人都不认识傣文了。

喝过几杯后，我们一起来到附近一片亚热带原始森林，里面参天的古榕树与茂密的竹林遮天蔽日，照不进阳光。我们心情大好，拍了很多照片，直到傍晚才回到腾冲县城。稀豆粉带我们直接来到了县城北边北海湿地上的一

家本地菜馆，稀豆粉的另一个同学尹先生早已在此等候，尹说明天带我们去缅甸边界旁的一个小镇。我本以为这话是不可能兑现的，毕竟酒桌上的话不能全信，况且我没有护照和签证，也不方便出境。没想到第二天他真的开着他的福特车带着我们往边界开去。汽车颠簸地行驶了很长一段时间，我们经过了边防站、中缅友谊隧道，进入位于缅甸国土上的甘拜地，我的第一次“出国”竟然就这样实现了。

事实上，腾冲最能体现当地历史价值的地方是国殇墓园，这也是大多数来腾冲的人必去之地。它于1945年建成，安葬着3000多名抗战时壮烈牺牲于此的中国远征军战士，据说是我国规模最大的抗战时期正面战场的阵亡纪念陵园。进入大门，头顶苍松翠柏，地上碧草萋萋，一派庄重肃穆的气氛，极具震撼力。稀豆粉责无旁贷地做起了我们的导游与解说，他说文化大革命时这里很多东西都被毁掉了，但国殇墓园却从没人来动它，由此可看出腾冲人对墓园的敬重。在墓园旁边正在兴建中国远征军纪念馆，很快就会开馆。

“稀豆粉”那位傣族同学的家

我相信这两个地方会成为很多军人的精神寄托，成为爱国主义的教育基地。很多人都说，那些从那场惨烈的战争中幸存并回来的远征军士兵也过得很惨，他们总会被战争给他们带来的梦魇所折磨，最后郁郁而终。

小李好奇地问稀豆粉：“你为什么叫‘稀豆粉’呀？我们在有些店门口的牌子上看到过这几个字。”

稀豆粉有点尴尬地说：“稀豆粉是我们这儿的一种小吃，明天早上我带你们去吃。其实我姓杜，‘稀豆粉’就是个网名，起它为的是让人们都知道它。”

“这样啊，这样宣传家乡的特产还挺好呢，以后要不我也改个名字，我们汉中有什么呢？那就叫‘凉皮儿’吧。”小李大笑着说。她一说完，我们都哈哈大笑起来，我无法想象一个女孩子以后在跟别人介绍自己时说自己叫“凉皮儿”，那会给人什么样的印象。

不过既然已经知道稀豆粉的姓，我也不好再以网名称呼长辈。杜先生的年龄比我大很多不说，还一向举止儒雅，很有长者风范，我自然也不能没大没小。晚上我们一起爬山时，我和小李走在前面，小李告诉我，其实小华08年失恋后骑自行车去深圳，就是为了找她，我突然感觉这故事里面的内容好丰富哦。

28日上午，小华与小李因为工作的原因，要尽早回去，所以开着车往北去了。从他们要走的那天早上开始，我心情就变得十分失落，总感到很难过，好像失去了某样重要东西一般不舍。我本以为自己经历了那么多的生离死别，早已经对相聚与分离麻木了。但事实却并非如此，在久违的友情与温暖即将再次远去之前，人类最薄弱的情感终究还是不堪一击。

老杜想让我多了解一些腾冲的故事，想我多住些日子。我的旅程一向随心所欲，何不在此收拾好心情再上路呢？想到这儿，我便答应了。老杜带我到了一个叫翡翠城的市场，在这里经营的其中一个商家是老杜的另一个同学。记得小时候看过一部电视剧《大马帮》，讲述了主人公以赌翡翠起家，历经大起大落的传奇人生。该剧就拍摄于腾冲，所以我对腾冲最初的印象就是翡翠。但眼前这整个翡翠城，却可以用萧条来形容。我观察了一上午，竟

没看到一个客人进入翡翠城，有很多店家都已关门，或者正在搬家。我很好奇这其中的缘由，老杜的同学说："自从党的'十八大'限制了公款消费后，这里的生意就清淡了很多，有时候一整天也看不到一个人来，好多店家都已搬走了。"我不由得感到很滑稽，难道之前来花费不菲的价格买翡翠的消费者花的都是公款吗？

老杜的这位玉商同学有缅甸的二代公民身份证，他常常去缅甸山区找翡翠，他给我看了许多缅文单子、收据，他说在缅甸北部有很多的武装派系，并且每个派系都各自据守着一些地盘，就像民国时期各地林立的那些小军阀一样。而他们都会在自己的地盘设立检查站，往来的人需要交一定费用才可通过，我问一般会收多少钱，他说一般要几万缅币（10000缅币约等于600元人民币）。有趣的是，收过钱之后，对方还会煞有介事地开具发票。听到这儿，我被逗得直想笑，像土匪一样设卡讹钱还给开发票，这是为了方便人家回去向老板交代，还是为了防止对人家重复收费呢？听他讲着在缅甸数次深入丛林的经历，看着他相机里在那边拍的照片，不知不觉中对缅甸产生了极大兴趣。要不是没办护照与签证，我想我一定会直接从这儿出境去仰光看看了。

下午我和老杜以及他的同学爬完火山后一起去了当地的高尔夫球场，之前见过的尹先生正在那儿打球，在他的指导下我也像模像样地挥了几杆，觉得这真是个不错的运动，同时也是个烧钱的运动。这些天我和尹聊得并不多，但他语重心长对我说的一句话，真是让我久久难忘，那就是："倾其一生玩下去！"是啊，如果能用一生去做一件有价值的事，那这人生想不精彩都难。这样追求着的人是可敬的，他们不屈不挠地为了梦想呕心沥血，就像《大马帮》中的主人公一样，经历了三起三落，

我在腾冲荷花镇的亚热带森林

依然在为了心中的目标而拼搏。

5月30日，在一个阴云密布的上午，老杜与嫂子（杜的妻子）开车10多公里把我送到了腾冲前往梁河县的一个路口，我再次开始徒步前行，继续我的旅程。

在路边那一片片长条状的阶梯形水田里，许多农民正在用手插秧，四处都是一派热闹的春耕景象。但我却无心看风景，脑海中不时浮现小华、小李、老杜与老杜的那些朋友带给我的记忆，这些天老杜真是对我关照得无微不至，让我心中充满了感激。

有段时间我住在尹先生的酒店里，与老杜的家隔着一条街，尽管他工作忙，但每天早上老杜都会在8点左右准时开车到酒店楼下接我出去游览，晚上再送我回来。有时候来早了一点他怕我睡不够，就会在楼下等到8点再给我打电话，告诉我他已经到了。有一次，他早上要开一小时的会，在前一天晚上他就告诉了我，说让我多睡一会儿，他晚点来。我总是怕耽误了他的工作，因而总感到十分抱歉，不止一次地对他说不用整天陪我，可别影响了工作。他总是笑着说："没事的。"甚至在带我游玩时，也从未提及工作中的事，他身上没有官僚政客的那一套作风，他毫不做作、以诚待人的品德给我留下了极其深刻的印象。也正因为他，我对腾冲有了一个更加完整的印象，那印象真实而多彩。

第25章

北部湾偶遇

在荒芜的西北戈壁漂泊了大半年，紧接着又进入了高寒的青藏高原，然后又走过了云南的亚热带地区。我发现很多时候，我都是在被动地适应环境与气候，一切经历就好像一场梦幻之旅，我一直不知被什么推着走，从不知道旅程是怎么开始的，也不知道旅程是怎么结束的。后来，我到达昆明后，开始对自己的经历与现状进行反思，并且强烈地意识到了这种被动的弊端，所以没有选择直接往东去广西，而是先到了贵州、湖南，转了一大圈后才南下广西，以逐步缓解自己因为习惯了荒野而对内地都市产生的抵触。事实证明，我这么做是明智的。在8月7日，我到达了广西北海。

广西北海到合浦县的公路上，从北部湾吹来的清爽海风，风干了从我额头上不断滴落在炽热的公路上的汗珠。竞速似的各种豪车奔驰在宽阔的公路，路边的狗尾巴草随着车流而摇摆。蓝色的天空中云卷云舒，尽显南国安逸。

之后我离开了北海市区，走出了20多公里时，一辆小汽车在我身旁一个急刹车停了下来，突如其来的情况使我惊得一愣。虽然这一路上我都会时常习惯性地边走边伸出大拇指搭便车，但是从桂林一路南下的这些日子，我深深感受到了此地搭车之艰难，对今天也没抱什么希望，所以我并不认为眼前停下的这辆会给我提供方便。正当我走上前去想问明车主来意时，车窗打开了，我看到了车主憨厚的笑容以及他那一直下垂到宽阔肩膀的一头长发，这形象使他浑身都散发出一种豪情，让我好感大增。

车主将身子向车窗外靠了靠，微笑着问："你去哪里呀？"

"我去湛江那边。"我一边用眼神打量着车主一边答道，感觉似乎有些希望。

车主一听我的话高兴地说："上来，我正要回湛江。"他收拾了一下副驾驶座，接着说："你把背包放后座，你坐前面吧。"他说话很客气，就像在跟一个老朋友说话一般。

我迫不及待地想逃离烈日的炙烤，没等他说完就已经开始准备上车。要知道从合浦走到湛江那可至少要一个星期，何况现在已近黄昏，即将天黑，不搭车就得找地方露营。在我放好背包正要上车时，两个陌生的小伙子开着摩托车停在离我不远的地方，并且喊起了我的名字。我很奇怪，记得我在北

海并没有熟人呀？小伙子们看出了我的疑惑告诉我，他们一直在关注我的微博，刚刚看到我发的微博地图定位了，便想过来看看我。考虑到车主的感受，不能让他久等，我跟小伙子们客套了几句，就上了车。似乎早已等不及的车主，开着车上了高速往湛江方向开去。后来两个小伙子给我留言说其实他们带来了自己买的《90元走中国》，想让我给签个名，怕耽搁我的时间没说出来，对此我感到一丝歉意，之后再有机会，一定要给他们签名。

湛江热带公园

车主叫“椰子”，一上车我们便一见如故地聊了起来，我简要地介绍了一下自己的行程，当我告诉他我很快就要回到出发地东莞时，作为广东人，椰子难免有一些自豪，得意的情绪溢于言表。他询问了我最近在广西搭车的经历，我也随口问道：“为什么你会停下来搭我呢？”

他顿了顿然后说道：“其实当初我也走过滇藏线，也是穷游，是和我女朋友两人搭车加徒步去的，路上有很多人帮助我们。而且，我也体会过搭不到车的滋味，有时那的确很难受，也很失望，刚才我看你留着这么长的头发，背着个大包，一看就是长途旅行的前辈，所以就停下来了。”

这个世界有时候是很有趣的，一个人主动去帮助或接近另一个陌生人时，其缘由，往往是因为从对方身上想到了某些自己的记忆。就像椰子一样，如果他不是曾经有过望穿公路，久久等不到一辆愿意停下来的车的失望经历，他又怎会理解我的难处。很多时候，没有接受过某方面帮助的人，是不会在这方面去真心诚意地帮助他人的。

椰子打量着我："头发从出发到现在没剪过吧？"

我眼睛一亮，看着他问："你是怎么知道的？"

他笑笑说："因为你走了两三年，没有两三年头发是不会这么长的。"

一想也对，他头发都这么长了，对头发肯定是了解的，不过这还是让我有一种他乡遇故知的感觉，因为经历、年龄、观念的相似，所以我们的谈话没有隔阂，可以想说什么就说什么。

不知不觉，车子已经进入了广东地界，傍晚天快黑时，我们进入了湛江市区。路过湛江师范学院时，他把车速放慢了一点，指着学校说："这个学校口碑很好。"然后他又介绍了师范学院附近那座有名的"寸金桥"的故事：19世纪，法国殖民者侵犯湛江，面对武器先进、来势汹汹的侵略者，湛江人不屈不挠、奋起反抗，喊出了"一寸山河一寸金"的豪迈口号，终于凭借一条小河阻挡了侵略者的步伐，并将其赶了出去。后来为了纪念，在小河上修建了一座桥，取名为"寸金桥"。说这个故事时，椰子眼神中流露出了对家乡的热爱。接着他又开玩笑说："要是当年法国人侵占了湛江的话，那我们也许就跟香港人一样，要等上百年才能回归祖国。"

湛江海湾大桥

在一个路口，车子停了下来，上来了一位

美女。椰子说这是他女朋友，就是和他一起搭车去西藏的那位。我很惊讶，没想到如此一位不说“一笑倾人城”也要“倾倒半个城”的美女会去接受那种穷游的挑战，可见她是多么的坚强与勇敢。椰子跟她介绍了我之后，她也很高兴认识我，激动地对我赞不绝口。

椰子邀我晚上同他们一起吃晚餐，并住在他的客栈。他怕我客气，没等我说话又接着说：“客栈现在是淡季，就在大学旁边，学校都放假了，也没什么人。”我也想参观一下他的客栈，也就没有推脱了。

此时，湛江的天空早已被拉上了黑色的夜幕，吃完饭后，椰子开着车带我到海湾大桥等湛江的景点转了一大圈，给我介绍着湛江的军港和他所了解的一切，就像是对待久未见面的老朋友一样。椰子说他在北海的涠洲岛新开了一家客栈，现在正在装修，这次回来是拿东西，明天早上就要回北海去。

当我问到他客栈的经营情况时，他说开客栈赚不了多少钱，但也不会亏，主要是自己喜欢这种生活方式，就住在自己喜欢的地方，等到淡季时就去自己想去的地方旅行，他觉得人生这个样子也就足够了。我很赞同他这样的想法，大丈夫“穷则独善其身，达则兼济天下”。把爱好与生活结合在一起，不用深陷险恶的商场斗争，又能结识许多志同道合的朋友，回归生活的本质，何乐而不为？在云南与西藏，有许多开客栈的朋友都是怀着这样的心态，淡泊名利，过着属于自己的生活。

椰子的客栈就在寸金学院旁边，位于一个小区的里面，房间设计很有特点，按照十二星座的意境来布置主题房间，格调很清新。他提出想看看我在各地拍摄的照片，于是我把自己的移动硬盘连接在他电脑上。椰子和他女朋友津津有味地细品着每一张照片，并小声讨论着，不住地感叹。他们俩都是湛江人，但出于对我的尊重，他们对话时一直都说普通话。我也偶尔给他们讲解一下那些图片背后的故事。

照片看完后，椰子长长地感叹了一声，说这些照片真是让他看得热血沸腾，很想马上出发去旅行。其实，当我翻看我的日记与照片时，内心同样会汹涌澎湃，沉浸在对往日的经历与风景的回味中。

第26章

南海夕阳

海南岛沁人心脾的盛夏是让人留恋的。雷州半岛到海口的渡船划开蓝色的大海，留下翻滚的朵朵浪花，生长于内陆的我，每次看到大海后都会激动不已。到达海口时，时间已近黄昏，我没有进入海口市区，而是直接沿着省道向南走去，我计划像逆时针方向环游中国一样也环游海南岛一周。

落日的余晖挥洒在椰林婆娑的沙地上，两个被夕阳拉得老长的影子，正缓缓在沥青公路上缓缓移动，与路边草地上整齐排列的椰子树影融合在一起。除我之外的另一个影子属于苗族女孩王，王自称是我的粉丝，几月前与我取得了联系，提出想要与我同行，但考虑到各种各样的原因，这愿望曾多次被我拒绝。不过前不久，她的锲而不舍终于感动了我，我同意了同她同行一段路程。于是，她坐火车到达了湛江，与我一同环游海南岛。

清爽的海风迎面吹来，空气中夹杂着淡淡的鱼腥味，散发着无与伦比的海岛气息，让人即便行走了很久，也不会觉得疲惫。不得不承认的是，不知从何时开始，2011年刚开始徒步旅行时我那种持续行走就等于是折磨的感觉，早已不复存在了。我想，这种变化在体现着生活的本质：坎坷、磨难、逆境等等的考验，其实就像是夏日里的蚊子，一直围绕着你，让你苦不堪言，但当你能从容面对它们时，它们就再也不能给你的意志，甚至心情带来任何伤害，其实这并不是因为你已经战胜了它们，而是因为你早已经习惯了面对它们。

一个行者需要的不仅仅是勇气，还有智慧。对于这种长满荆棘、充满考验的旅途生活，我虽已“遍体鳞伤”，但从未有过过多的抱怨与责难，而是在伤感与忧郁中表现出了宽容与理解，无奈但却又坦然地承认了那些不如意的存在。因为我知道，只要我还在路上，这种充满考验的生活就是无法停止的，也是无法抗拒的。每一个人都有一颗向往自由的心，每一个人也都做过游侠之梦，但又有多少人真正懂得，走上一条无羁追寻自我的道路，需要人付出多大的代价、经历多少的考验。

19点时，火红的夕阳西沉之前，我们已经走到了西秀镇，路边是无数整齐排列着的池塘，有的养虾有的养鸭，还有很多种满蔬菜的田地，人们仍旧在田间劳作着。我曾在摄影杂志上看到过一张表现海边日落的照片，那简

直美得如同仙境，让人不禁怀疑那影像是否真实。我想亲眼一见，看看它是真是假。于是，我们沿着池塘边的一条小道，按着地图的指引，往海边快步走去。

眼见着天空随着我们前进的脚步一点一点变黑，我心急如焚。走了一个小时后，进度并不尽如人意，太阳还是沉下去了，只剩下地平线上薄薄的一层昏黄。一辆摩托车在远处开过，车灯与天幕中的月亮巧妙地彼此映衬着，那黑暗中孤零零的微光给人带来一抹忧伤，看来今天是不可能看到海边的日落了。脚下的小路从一片错综复杂的水塘中间七扭八拐地穿过，四周黑漆漆的一片，什么也看不清楚。万一我们走进去迷路了，那局面将会十分糟糕。为了安全我必须先打听清楚路该怎么走，回顾四周，附近一处水塘边一栋盖着灰色石棉瓦的空心砖房中正好亮着灯光，很明显这是看守鱼虾水塘的人临时居住的房子。我走进屋里，看到三个男人正在聊天。我同他们打了招呼，为打断三人的谈话而表达了歉意，然后说明了问路的来意。意外的是三人并没有显得不耐烦，而是把他们的话题变成了讨论该如何回答我的问题。他们用海南话你一言我一语地起劲议论着，似乎忘记了我的存在。

待他们讨论了一阵子后，一个大叔指着池塘边的小道，用生硬的普通话

我在海南省东方市

东方市黄昏中的渔港

说："沿着这条路一直走，到一条河，过桥右转——"说到这里他停顿了一会儿，然后转过头去问旁边的一个大叔："那个桥修路时撤掉没有啊？"接着又是一阵讨论，看着他们只顾聊天的朴实样子，我又好气又好笑。最后他们终于得出了结论，一个大叔说："这路不好走，又没有路灯，你还带着个女孩子，不安全。这么办吧，我一会儿就回老城去，你要是不怕我是坏人，我就开摩托车搭你们过去，那里离海滨就很近了，而且那里的景色还要好看一些。"我什么都没有，又有什么可怕的呢？因而，对大叔的话，我感到有些喜出望外。他说得也对，要是走了冤枉路，那是很不划算的，而且走夜路本身就不是件舒服的事，我就答应了他的提议。

摩托车载着我们回到了宽阔的国道，然后往南行驶着，这位大叔姓奉，是本地的养殖户。奉先生很热情，他一边骑着摩托一边问我们吃过饭没有，接着就要请我们吃饭。不料我谢绝之后，他突然说："你太自私了！"我还没来得及理解他的意思，他又接着说："你是男孩子，这样徒步走没事，但怎么能让女孩子这样呢？女孩子不能跟男人比的。"奉粤语式的长尾音还没停，王赶忙说："我没事的。"奉一样不依不饶地说着。其实，我之前总是拒绝女孩子与我同行也大多都是出于这个原因。所以此时，我也只能默认奉的话有道理了，并向大叔保证接下来的环岛旅程尽量多搭车，少徒步。奉这才停止对我的指责。

这时，摩托车到了一个十字路口，奉说："这里就是老城了，往右是去盈滨海边的，那个海边建了很多别墅，要不我送你们过去吧。"说着也没等我们回答，他就直接右转了。他一边驾车，一边时而转过头来津津有味地向我们介绍着海边的众多别墅和酒店，仿佛那些是他的产业一样。我们穿过了一个花园式的度假小区，来到了海边的沙滩，沿着海岸线行进着。许久之后，奉在一处比较干净的沙滩附近把我们放下了，这里的海岸很宽阔，而且附近灯火明亮。我们再三谢过了奉，同我们合影之后，奉离去了。

虽然今天没有在海边看到日落，但我心里仍然充满了温暖。一路上都能遇到像这样萍水相逢，但又充满善意的热心人，没有他们我甚至都不能成功地走到现在。而且，很多时候，恰恰是因为与这些人的相遇，我对这个世界

的热爱和心中的勇气才会不断地增长。此时，我更加坚信，这才是这场徒步环游中国旅行的深层意义。

海浪不断地涌上细软的沙滩，王是第一次见到大海，我们刚一放下背包，她就跑到了沙滩上，像个孩子那样在沙滩上这里摸摸、那里看看，大声说："今天好开心！"

这一晚，我们的营地离别墅小区仅有几十米，同样倾听着海浪拍打海岸的声音，但我们睡得未必没有别墅主人踏实。

次日清晨，睁开惺忪的睡眼，王已经起来，正在沙滩上漫步。许多男男女女正在赶潮，捡着蚬贝，浅海处十分热闹。太阳正逐渐升起，可惜的是这里的海岸在大海东面，所以无法看到东边的海上日出。在平静的海面上方，天空仿佛与大海相接相连，空中飘浮着一簇簇洁白的云朵，就像海上的浪花一样迷人，海天浑然一体，让人陶醉不已。海水清澈见底，岸边的沙砾清晰可见，我的感觉就像回到了秦皇岛的黄金海岸。以前总觉得北方的海要比南方的海更大气、更壮美，现在看来那只是一时的错觉，因为南方的大海，拥有同样动人的风姿。

后来，我们来到了东方市的八所港。令人失望的是，我们仍然没有见到完美的日落。8月13日，为了看到日落，我们来到了莺歌海边，苦苦守候。那天，有台风在东海岸擦过，对西海岸影响并不太大。即使如此，大海上的风浪的确要比平日里疯狂许多，被搅浑的灰色海浪不断冲上沙滩。条条渔船停靠在岸边，光着膀子的渔民们安静地坐在船头，平和地望着西方，毫不在意海风中刺鼻的鱼腥味。一直等到19点，天渐渐暗了下来。天边被灰云遮挡得严严实实的夕阳，还是连半个头都没有露出，看来我与海上日落当真是无缘了。我们无奈地背上背包，去别处寻找露营地。

不知是老天对我的眷顾还是纯属巧合，在我刚刚走出一两分钟后，我恋恋不舍地回过头，才发现眼前的世界已经变了模样。祈盼已久的夕阳透过薄云现身了，将它周围的云朵染成了金色，并且描绘出了一幅以它为中心的辐射状画面——半边天都被它染成了红色，颜色从中心向外层逐渐变化，越是往外红色调就越深。无垠的大海也被红色的天空映射成了深深的红色，致使

海南省莺歌海的夕阳

天地之间一片绯红，的确是犹如幻境，亦真亦假。

此刻，我只觉得，旅途上的一切劳苦、艰辛，都如同额上被风吹干的汗珠，不足为道。身处仙境、心胸坦荡，没有了世俗风尘的烦恼。默对黄昏、晚霞、海浪、礁石，脑中一片空白，这一刻我忘记了自己，忘记了“文明”强加在人类身上的所有东西。恍然间，我感到，我好像从未像现在这样清晰地看懂过我自己。此刻，我在自己心目中的形象，让我觉得如从未见过般的陌生；然而，同时又觉得前所未有过的熟悉。

原来，我，就只是我。现在，我只是把自己看得更透彻、更清楚了。

第27章

世界改变了我们

再远的路程也总会有结束的一天，在到达终点的时间进入倒计时后，我取消了许多风景、名城的行走计划，转而改为探访新老朋友。长时间的孤独行走和荒野冒险，我感觉自己对都市、对文明的了解已经模糊了许多。我并不认为这是好事，毕竟我这两年所做的这一切，并不是为了脱离社会，而是为了更好地融入社会，融入到当初我离开的世界中。

8月24日，毒辣的骄阳烘烤着开平市，而那些随处可见的工厂排污管起劲地排放着污水，酷暑之中，就连城郊的树林里也弥漫着一股恶臭。傍晚，当我走到开平与台山交界的小镇时，一个戴着头盔、皮肤白净的小伙子缓缓开着一辆女士摩托车迎面朝我驶来，掉了个头停在我前面，我热情洋溢地赶忙迎了上去。他是志，江西人，我们两年前认识。那时，他即将大学毕业，而我刚刚开始旅行。后来，便再也没有见过面，只是偶有联系。在我穿越柴达木沙漠前，就是他给我寄去了睡袋，因此我对他一直怀有感恩之心。

不多时，志就带我进了市区，来到了他在台山市博物馆旁的家里。他是一名医生，这套六楼的公寓是医院为他分配的住处。志的屋里干净整洁，在靠床的墙壁上贴着几张两年前我与他的合影，书桌上放着许多书籍，其中一本就是《90元走中国》。他觉得这本书还可以

台山近代建筑

写得更好，因为书中讲的故事与经历不错，但有的地方写得不够深入，他建议我下本书要亲自执笔，好好写写。我并不反对他的话，反而很欣赏他的用心与坦诚。

他房屋的采光、通风、视野条件都非常棒，站在阳台上就可以看到台山城的全景以及周边绿色的森林，这是一个僻静的绝佳居所。志一人独居，所以一回到家，他就自己到厨房忙碌，给我做了很多好吃的菜。言谈间，我感觉到现在的志与两年前相比有了很大的改变，他不太爱说话了，开口总是只有只言片语，也许他对待同事也是如此。

记得2011年，志独自来到我的家乡永州宁远县，与我一起攀登九嶷山。我们从九嶷山乡的乡镇驻地出发，沿山间小路徒步前行，直到晚上才走到九嶷山脚下。次日早上开始攀登，晚上才下山。那时的他即将大学毕业，和所有大学生一样，他乐观、自信，对未来充满了期待。我们走在路上，他总是满脸笑容地唠叨个不停，有时走着走着还会唱上一段戏文。反倒是那个时候的我，因为刚刚开始辞职旅行，对未来，对来自各个方面的压力感到迷茫，常常沉默。而如今，我与他的性情好像完全反了过来，不知不觉中，我们都在被世界一点一点地改变。

在这里，我们多半时间都是沉默着的，我总想与志多聊一聊各自的想法，分享我一路上心灵的收获。可是面对志不冷不热的沉默，我又不知该从何说起。有一天，一个朋友发了一张截图给我，说“90元走中国”这一词汇，成了这两天百度搜索中关键词搜索量排名第二的信息，腾讯、新浪、人民网等很多网站都将我的新闻放在了头条。我试图唤起我们谈话的热情，便把这条消息分享给了他。可是，志不冷不热地说：“哦，我最近没看新闻。”然后谈话就又断了。

也许是职业原因，志把很多精力都放在了行动上，而不是说话。他做事严谨、细心，上班前怕我会闷，把水果切成小块，装进碗里，放入冰箱，让我边用他的电脑看电影边吃。志常常脸上挂着微笑，但遮掩不住他消极的情绪。有一次，我陪他在市场买菜，他长叹道：“现在物价太高了，100块钱买一次菜就没了，什么都在涨，就工资不涨，压力很大，这点工资根本干不了什么。”我问志：“中秋节很快就到了，你会回家吗？”他说：“不回，过年都还不知道回不回呢，回一次又要花很多钱。”有道是巧妇难为无米之炊，他这番话让我感觉到了现实的残酷。

8月27日，我离开了台山，在这两天里，我们的谈话不多。记得在阳江的时候我还告诉过朋友，说我在台山有个好朋友，已经两年没见，我要去跟他好好聚一聚。但是到了之后，我才知道，我们都变了，变得陌生，明明就在眼前，纵有千言万语，却又说不出来。这话说起来有些别扭，因为在电影里，这样的情节一般发生在男人与女人之间。但是，人人都有情感，男女都是如此，朋友间同样会如此。这种陌生是可怕的，它产生的结果就是一种危机。

人的生活很容易因为梦想而改变，但梦想却更容易因现实而夭折。现实和理想的撞击，带给人的往往是无尽的失落。在失败的重击下，真正能站起来的人就是英雄，但英雄不一定就是最后的成功者。于是，我们看到无数壮志凌云的青年，最终沦为平庸。每年有成千上万朝气蓬勃、充满理想的大学生走进校园，而当他们走出校园之后，就会迅速变得世俗，迅速臣服于现实。面对知识、自由、艺术、梦想，他们什么也没选，而是选择了生存。在生存的重担下，失去了对美的追求，对新鲜事物的热情，变得更加理性、更加务实。这样的例子，在路上我碰到了太多。一个人倘若意志力不够坚定，想必很快也会在这样的社会氛围中随波逐流。

在离开台山后，我来到了江门新会，拜访了另一位好朋友童。他是海南人，在我穿越柴达木沙漠前，是他给我寄去了冲锋衣，但更令我感动得是他现在对我的态度。

童早已过了而立之年，家有妻儿，尽管如此，他对梦想的追求却从未因为有家而改变过。不久前，他辞去了一家公司的总经理职位，自己开起了一家小公司，研发更好的户外服装。因为公司刚刚创立，所有事情他都亲力亲为。虽然忙碌，但他对我的热情一如既往，他带着我去他的办公室交流想法、去外面拜访客户，或者下到车间观察生产，无论做任何事情，他都与我形影不离。我们每天都到很晚才吃饭，他总是说：“很不好意思，你来了都

台山市

台山村落

没带你出去玩，还让你整天跟着我跑。”我并不觉得这有什么不妥，他对理想的坚守，他旺盛的工作激情，对我而言都在传递着一种正能量。

童个子瘦小，但总是成竹在胸，所以做事十分麻利。我去过他的办公室，竟然是楼顶的一间平房，8月份的室内温度高达30多度。屋内像个烤炉，每次走进去都闷热得受不了，让人窒息。按常理说，年过30的人，又有老婆孩子，该追求稳定才对，不该再如此折腾。可他却辞去了稳定的职位，转而从头再来经营一家小公司，这行为难免会让人感到疑惑。我也问过他其中的原因，他义愤填膺地说：“因为我很不喜欢以前那个公司搞产品的方式，他们很多时候都是只要数量不要质量，而买户外服装的人大都是要进行户外活动的，产品质量不过硬，使用中就很容易出问题。而户外活动，一出问题没准就是棘手的大问题，因此这是对消费者的不负责。”说到这儿，原因再明白不过了，人要有自己所追求的东西，不能为了得过且过、为了保住工作，就丧失原则和信念。

记得在贵阳时，我曾遇到过一个朋友，他说：“我关注你两年多了，那时候你刚刚开始为了梦想而旅行，而我那个时候刚刚开始创业，我们都在为各自的梦想而努力。现在，两年过去，你很快要实现梦想了，而我现在已经有了自己的店，也算有了一点成就。”他说这话时眼神里充满欣慰，我也为他而感动。摸爬滚打、历经艰辛，两三年坚持一个梦，这样的人即使最后没有成功，也是可敬的人。

我希望所有人都能为梦想而活着，活得快乐、充实。虽说，活在这个世界上，一点不被现实所影响是不可能的，我们也难以改变世界，但是，我们却可以做到不被世界改变。

第28章
东莞！
东莞！

白色的天空像电影院的帷幕般覆盖着刚刚苏醒的大地，而帷幕之下，建筑密集、街巷交错的东莞市虎门镇正上演着如火如荼的早市，市场里卖肠粉的早餐店家家座无虚席。街道上，穿着时尚的两个女孩手里拿着包子与豆浆，急匆匆地走进市场边的一家手机店，他们正赶着去上班。市场门口一位拔罐老人正为一个中年男人，取下背上吸得紧紧的火罐。在宽阔的街道上，来来往往的人们步履匆匆。

在每一座庞大的高楼内，在每一家繁忙的店铺里，生活和工作就像陀螺一样，不停旋转着。每个人都在过着各不相同却又同样有苦有甜的日子，人们开始了新一天的生活。这一天，是9月3日。而此刻，是我进入东莞——那个我两年半前出发的城市的第一个早晨。

“那我们出发吧，从松山湖绕到石排镇去，把你送到我再回来。”一个帅气的青年带我上了他的轿车后说。

“嗯，好啊。”我点点头回答。

他叫利民，安徽阜阳人。昨天下午我从广州南沙港坐船过珠江，一到码头就看见利民与他的夫人开着车来接我。虎门是中国著名的服装基地，他经营的是服装配件中的拉链。许多年前，他到东莞打工，一无所有，如今总算有了些成就，这是个艰苦创业的实例。他劝我说：“既然都已经进去了东莞，也就算是到终点了，城市里没什么好走的，要到石排的话就由我送你去吧。”他说得也没错，东莞号称世界工厂，各种各样的工厂随处可见，污染自然也不小。早在几年前，新闻上就说东莞的机动车数量全国排名第一。如果徒步走到石排镇，那这一路上的收获除了可以吸到足够的汽车废气、浑浊空气之外，就只剩下欣赏味道难闻的臭水沟了，倒不如轻轻松松地一路在车里领略这

东莞市石排镇镇标

座我曾经生活过的城市，就答应了他的提议。

东莞市有32个镇区，都是市直管理，中间没有县，这和中山一样是个特殊的发展模式。从虎门到石排不过几十公里，但要经过好几个镇，且每一个镇都如同一座繁华的城市。车子在宽阔的公路上行驶着，公路边的路牌上偶尔会出现一些熟悉的地名：长安、大岭山、东坑、横沥。到东坑镇时，利民跟我说起了他多年前到东坑打工的经历，并跟我介绍他对东坑的了解。东坑是东莞土地面积最小的一个镇，不知不觉地就开出去了，但它曾经拥有东莞最大的玩具厂，不过该厂在2008年金融危机时倒闭了，这是我当时在报纸上看到的。

11点时，车子经过一个三岔路口，拐进了一条路边牌子上写着“石崇大道”的公路。利民说：“这里好像就已经属于石排了，你想去哪里？”望着陌生的公路，我一时毫无目的，不知该如何回答。2011年5月13日，我从这里出发了。本来当初计划用一年半环游中国一圈回到这里的。而今天已经是2013年9月3日了，我整整走了两年零四个月，总共行走了33890公里，途径了28个省市自治区。世界从来都不是一成不变的，唯有变化才是不变的规律。如今我回到起点，将终点与起点完美结合，尽管早已有了心理准备，眼前的世界仍然让我感到无比陌生。这两三年里石排的变化和我一样，都非常大。在路上我一直专注于面对与解决各种不同的问题，每天都要接收与处理大量的信息，脑海里对东莞的记忆几乎已是一片空白，我甚至不记得这里有些什么，除了石排公园——我当初就是从那里出发的。

车子驶入了一条繁华的街道，利民好像是想让我想起些什么似的，开着车在几条街上到处游荡。突然，我在街边一家商店的门牌上看到了“石排大道”几个字，我惊喜万分，终于想起来了，石排公园就在石排大道旁边，只要一直往前走就能看到。可是，当我满怀期待地来到石牌公园时，它给我的感觉仍然是陌生的。两年半过去，这里早已不再是原来的样子，公园已被重新改造，完全找不到熟悉的感觉，公园门口没了花圃，多了个门面光鲜、正在营业的麦当劳。利民把车熄了火，静静地停在公园旁的街边，倾盆大雨狠狠地击打着车窗，树木随风不断摇摆，时间好像忽然静止在这一刻了，气氛异常沉闷。

在走回广东的这段时间里，很多朋友都问过我："既然你都已回到广东，为什么一定要回到东莞石排去呢？"我只是简短地回答："要有始有终。"其实，我在当初出发时，就在发表在博客里的旅行计划中写到过，我要环绕中国走一圈，最后回到出发地。说过的话就是承诺，这正如，我出发时跟朋友说过的"梦想不成头发不剪"一样，一定要做到。现如今我长发及腰，总算是说到做到了。不过这个承诺也让我吃了不少苦头，在西北时，我喜欢散着头发，有时候一些天真的孩子看到，竟然叫我阿姨，气得我差点把长发剪掉。

实际上，过去我在东莞待过的时间并不长，都比不上在深圳久，只是当初我哥哥在这里，我才会从此地开始。不过，在我离开后不久，他也离开了这座城市。我曾经在这里有过一些朋友，但如今他们也早已各奔东西。

当我看到"石排"的字眼时，内心无比激动，但这场旅行前后历时两年零四个月的磨炼，却又让我在表面上显得十分平静，有的人把它称之为城府。上路前，我曾经盼望，在这条未知而又注定充满荆棘的旅途中，会找到我生命的某个答案。现在，我转了一大圈又回到这里，我不知道我找到了没有，但那已经不重要了。在路上，我体验到了许许多多不同的生活态度，也了解到了许多不同的人的多种多样的价值观。对于很多问题，这个世界原本就没有什么准确的答案。经历了各种酸甜苦辣之后，许多事情已经改变，不管是这个世界，还是我自己。

我从未把抵达终当成旅途中最重要的事，每一段旅程，都会有一个终点，但是若说人生旅程的终点，恐怕没有人会盼望它的到来，这感觉就如同我对旅行的感觉一样。记得我在《90元走中国》中说过："旅行的意义就在于路上的经历与感受，而不在于到达终点。"当然了，终点一定会到达，但，那可能只是另外

我与石排镇的朋友黄润明

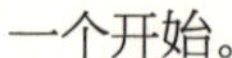

一个开始。

在路上，我曾设想过许多种自己回到东莞时的场面，也许我会在万众瞩目下忽然出现在终点，那一瞬间人群会为之沸腾。但当我越走越远，感悟越来越深，反思越来越多后，我发现那种场面并不是我的初衷，也不是我想要的结果，就像眼前车流不息的街道、拥挤不堪的城市上空灰色的乌云一样，毫无意义。所以如出发时一样，我任何人都没有通知，默默地离开，悄悄地回来。

中午，我和利民在石排大道上我曾常去的湘菜馆吃完午饭后，他因为工作原因就回去了。我坐在一个位于三楼的旅馆房间窗前，俯视着窗外大道上的车流和密集的雨点，感慨万分。

或许有一天，我又将背起背包，重新开始我的旅程。我肯定，到那时我心中一定不会再有2011年出发时那样的迷惘与忐忑。

或许，我又将回到那些我曾经挣盘缠的地方：福建的游戏工作室、哈尔滨的网吧、呼伦贝尔的游乐场，还有新疆、西藏、云南等地的许多地方，我之所以一直选择不同的工作，就是为了体验到更多不一样的生活。

或许，我也会回到江西瑞金那个在建的楼盘，再次眺望农民下地时背后的一轮红日；再次前往山东，看望那个给我启示的大叔；到上海和那里的兄弟们再聚；再去会会那两条在茫茫的草原上追逐我的牧羊犬；再去看看柴达木沙漠中我在绝望时找到的那处屋子；也会再遇见我放在兰州一家养老院门口的猫咪；再次走过可可托海的冰原；再次看到阿里的神山圣湖等美得令人窒息的风景。想到这里，我忽然觉得："我，并不是一无所有。"

在接下来的几天里，我住在了我哥哥的家里。一天晚上，我发现石排镇政府的官方微博竟接连发了两条消息，一条是我2011年出发时《南方都市报》采访我的新闻截图，另一条是近日同一家媒体对我归来的新闻报道。我感到十分有趣，一条是开始，一条是结束，如此简单。

不知是惯性，还是感觉，回到东莞的几天里，我都感觉自己似乎还沉浸在漂泊的状态之中，或许我只有将它汇成一本书，这段旅程才会真正结束。

在这几天里，偶尔会有一些网友、朋友专程来探访我。其中也有石排人

黄润明，他经营着一家保安公司。巧合的是，在我哥哥居住的地方附近就有他的客户。他说跟我聊天很轻松，可以忘掉工作压力，还开着车带我到石排、东莞市区那些他认为值得去的地方去游览。他以一个本地人的眼光向我讲述了对这些年来东莞的变化的感受，并跟我介绍了许多做企业的朋友，让我对东莞有了一个更全面、更切实的认识。在我心中，东莞是个既陌生又熟悉的城市，它确实是一个神奇的地方，一个给我留下了深刻记忆的地方。只是，这记忆中不仅有一段难忘旅程的结束，还有一段更宏伟的旅程的开始。

尽管之前走过了漫长的旅途，但回来之后我并没在东莞待多久，仿佛我已经无法习惯不被激情与挑战充满的生活。不久后，我就又打点好了行装，走出了哥哥的家，迈向了远方崭新的目标。

东莞市市标

回忆是为了出发

任何事情总会成为过去，唯有回忆永留心底，时间越久，越显珍贵。

两年半的难忘旅程历历在目，记忆中的很多故事恍如发生在昨日。2013年中秋节，我从炎热的广东回到湖南山清水秀的老家。班车过了一个山头，进入村庄，映入眼帘的是满眼郁郁葱葱的绿色、阡陌纵横的稻田。多美丽的景色啊，可是，好几年来，我对家乡的印象似乎只有冬季。只因这么多年来每次回家，几乎全是在腊月，早已忘记了家乡盛夏的颜色。看着家乡熟悉的树木、熟悉的河流、熟悉的面孔，心灵一阵悸动。我终于可以真正地停下来了！没错，就是“终于”，经过两年半的漂泊，内心已疲惫不堪，我现在需要的是对过去的梳理与沉淀。

回到老家的原因有三个：其一，想多陪陪奶奶；其二，想找一个安静的地方写书；其三，是我真想安静地生活一段时间了。

在家乡的日子十分清闲，但是有些该自己做的事，还是逃不开的，比如写书。拿起纸笔想了半天，还是不知该如何开始。最后只得找出移动硬盘里的照片和这几年写在笔记本上的日记、笔记等资料，一本本浏览、一页页品读，希望从中找出什么灵感。“当你有了目标，世界都会为你让路。”这句话适用于任何时候。果然，我还没看到一半，就已内心澎湃、下笔如神。可见平时写日记是个多么好的习惯。同时也诚挚地建议读者，今后在生活中或在旅行时一定要记得写日记。有了那些文字的积累，今后如果要写些什么作品，那会方便很多。

为了保证写作时不受干扰、情真意切，我先把书稿用笔写在纸本上，全部写完后再打字输入电脑里。这样虽然慢，但却能做到想到哪儿就写到哪儿，更有创作的快感。写累了，就或骑摩托车或徒步行走游荡于故乡的山水之间。

光阴荏苒，转眼又到了冬季，房前屋后已是一地枯草，稻谷也已收割完毕。终于，在临近农历腊月的一天，本书最后一章终于写完了，这部书初稿的创作也就进入了尾声，此时我竟然有了一种莫名的成就感。毕竟，对于一个“一直在路上”的行者来说，待在同一个地方整整三个月的时间，沉浸在文字与回忆当中，也是个不小的挑战呢！

2014年2月，当测绘出版社的朋友们得知我将写作《90元走中国2》时，非常高兴地表示愿意与我再次合作。有了先前的合作经验，这一次就显得顺利多了。在此，我要衷心感谢测绘出版社文化生活分社赵强社长对我的鼎力支持，是他最早发掘出了我的故事，并做出了极大投入与投资，使《90元走中国》《90元走中国2》两部作品得以问世。同时，我也要衷心感谢我作品的编辑徐以达先生，他也为两书的成功推出倾注了大量心血，不厌其烦地把我初次尝试创作时写下的无数生涩文字，逐字逐句地审阅与校改妥当，并且总是鼓励我，“用腿踏上新的旅程，用笔写下你的心路，好不断把一个人的故事，分享给世间更多的人”。

不久，我就又离开了家乡，开始为我新的旅行而去精心准备了。

——陈超波

2014年5月13日

附录一
70后读者寄语

幸福，在起身的一瞬间

拿到超波手稿的时候，我正遭受着腰痛的折磨。为了能让腰尽快好起来，我不得不每天都抽出一些时间来强迫自己躺在床上。楼上那小子正在为自己和新娘装修婚房，房间原有的格局似乎已经被彻底打破，冲击钻终日不停的轰响竟然把我的天花板给震出了一道裂缝，那裂缝就横在我的头顶。每次装修工人们一开始作业，我头顶便开始有沙砾落下来，打在脸上，甚至落满床单和案头。腰还没好心又填了堵。幸好此时收到了超波送来的《90元走中国2》手稿。来不及调整思绪，我便像这样躺在床上被超波拖拽着上路了。由于之前读过超波的第一部书，我对现在这本《90元走中国2》有了更多的期待。我急切地想要知道，蛰伏了整整一个冬天的超波，在乍暖还寒的春天之后，会为我们捧出一颗什么样的热忱之心？

第一章《寻找古墓》便吸引了我眼球。也许，很多男孩子的童年时都会有一个古墓探秘的幻想，只是在历经岁月的侵蚀之后，那梦便尘封在了尘世间的浮华与喧嚣里没了踪影。就像古城村的那些巨大的汉代坟冢，永恒不变的也许就只有它们不灭的内涵。在那无尽的夜中，独守在古墓间宿营，帐篷外萦绕着萤火虫的点点微光，头顶悬着浩瀚的银河……挖煤人栖身的小屋、汾河边传统的庙会、明清古镇那暧昧的小阁楼、青海湖边放牧的少数民族兄弟……超波的行走让我们看到了这世间更多的人文关怀。我从那字里行间看到，超波那一颗年轻的心纯净得就像额尔齐斯河流淌着的清澈河水。只是替那些阁楼里的女孩子生出一丝惋惜和担心，在那如春草般娇嫩的生命里，究竟经历过怎样的纠结和挣扎？那些轻而易举的皮肉交易的背后，人情感的蜕变，会不会就像货币的贬值那么快……超波的行走经历从来不会缺乏趣味，就像“自古未闻粪有税，而今只有屁无捐”的那块黑色石碑。在那些黑色幽默的背后，总会藏着些耐人琢磨的回味。

从看到穿越柴达木盆地的雅丹地貌沙漠的情节开始，我必须不断起身查看女儿贴在墙上的地图，冷茶口、一里沟、罗布泊镇，包括后来新藏线的那些数不清的“达坂”与“麻扎”。他到过许多人们甚至听都没听过的地方，超波行走中国的精彩之一便在于此。我想在每一个中国人的心中，西部都该是个圣洁的梦。在那无尽的荒芜和苍茫之间，烈日、黄沙、白云、狂风、雅丹地貌中的风蚀林、不屈的胡杨树、坚硬的盐碱滩，甚至还有野牦牛的白骨，都成了那雄浑、壮丽、残酷、暴虐的戈壁滩不可缺少的一个组成部分。戈壁滩亘古不变的坚守让几乎山穷水尽的超波悟出了生命的深刻哲理，那一刻征服与被征服已经不再重要。行走在戈壁上的超波，便已经成为了那戈壁的一部分。就像彭加木、余纯顺，早已融入了罗布泊那已激荡了千年的大漠魂。

人类原本就是大自然不可分割的一部分。对民族、对信仰的忠诚，都是我们生活、前行的动力，就好比植物从泥土中吸收养分来生长。与人类生命的宏伟意义相比，人与人之间的差异简直就是微不足道。以下这些事例正体现了这一点：比如超波在若羌停下自己的三轮车，让一个维吾尔族小伙子搭了顺风车；还有后来等到不耐烦的维吾尔族大叔和柯尔克孜族男孩最终表现出了豁达；还有超波同叶城的维吾尔族司机阿尔康共同度过了货车抛锚的困境，墨脱小旅馆的藏族老板和珞巴族的老板娘毫不吝惜对客人们的热情与友善。超波用一个个亲身的体验告诉我们，尊重和信任从来就是我们中华民族大家庭共通的语言。无论西部还是沿海，无论戈壁还是绿洲，在中华大地上，美好和希望无处不在，就像天上的繁星，在不断闪闪发光……从这个角度上讲，超波的《90元走中国2》具有展现真实的中华民情的重要现实意义。

回首过往，他在红柳滩、死人沟失联的那十多个日日夜夜仿佛就在昨天，一年前的这场恐惧感受让我依然心有余悸。记得当时，新疆人民广播电台连线采访我的时候，我真想亲口告诉超波，我不希望他走中国，更不希望他走世界，我只希望他平平安安地好好活着……但是后来，自从我看了那个

发生在阿拉斯加的“荒野生存”故事之后，我读懂了超波，我知道他会用生命来体验自然，来回馈那些带给他希望和力量的一切，将真、善、美带来的希望传播给更多的人……

花了七个小时之后，我一口气读完了《90元走中国2》的手稿，此时的心是平静的，平静得就像可可托海的冰原，就像阿里肃穆的神山和圣湖清澈的湖水……楼上冲击钻的轰响再度传来，犹如罗布泊刮起的狂风，把那些落下的沙砾打在我脸上。但是此时，这状况只是加重了我对兰州的那只小猫的惦记、对新疆那位远离家乡寻找方向的青年的记挂……我起身走进阳台，夕阳早已烤尽了那些城市低空的雾霾。楼下那些快乐的人们让我想起了在新疆定居的那个幸福的重庆人，原来幸福无处不在。就在起身的一瞬，我感到，自己的腰痛真的好了许多……

记得一个外国学者曾经说过，当下的中国没有诗人，更没有诗意，每个人都活得太现实太浮躁……我想这个研究中国文学的外国老头一定没见过陈超波，也没有听过他的故事，更不会看过《90元走中国》这部作品。其实当我第一次见到超波的时候，我便断定，这个黑瘦而健壮的湖南小子，一定会是将来若干年里，那些活在浮躁、徘徊、迷茫中的人们，在人生苦旅中的一盏明灯、一个方向……我相信，《90元走中国》《90元走中国2》两书将会成为越来越多人的枕边读物。

再次感谢超波，让我找到了幸福！

——作者旅途中认识的朋友
黑龙江省公安干部　刘禄新
2014年5月18日于哈尔滨市家中

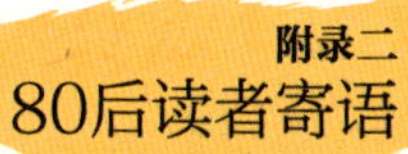

闪光的旅程

“‘90元走中国’是一段闪光的旅程，陈超波有一颗闪光的心灵。”这是我逐字逐句、细致入微地读完他的前后两部书稿后的第一感言。超波是一位“90后”旅行者，选择用行走来寻找人生的真谛，因此生命中有许多时光在路上走过；而我是一位“80后”写作者，选择用创作来为民族与世界创造价值，所以很多青春年华是在书中度过。尽管在年龄、经历、观念等等因素上十分不同，但通过这两本书的纽带，超波仍然获得了我的深深认同，让我由衷地想要把他在我眼中的闪光之处也分享给大家。

这段旅程因陈超波披荆斩棘的事迹而闪光！回顾超波这两年半时间以来历经的艰难险阻，有千山万水的阻挡、有狂风暴雪的堵截、有高原大漠的威胁、有缺钱少粮的窘迫，还有人心叵测的危局。面对它们，原本稚嫩的超波没有半途而废，而是在旅行中学习旅行、在困难中战胜困难，把自己从最初那个时常面对各种各样的麻烦束手无策的懵懂少年，逐渐成长成了一个能够因地制宜、懂得规避风险、善于随机应变、总是不屈不挠的职业旅行家。

可以说，这一路上，通过克服困难、完成旅程，超波不仅仅只是重新审视了自己、认清了自己；而且，更进一步地，他磨炼了自己、重塑了自己，从而创造了一个新的自我、一个崭新的人。

这段旅程因陈超波弘扬了人性中的美德而闪光！如果深入阅读了超波的内心，我们就会发现：在他心中，旅途中最让他难过的事情，并不是现实环境中的重重苦难与挫折，而是思想观点上他人对他的种种不懂与误解。有的人说他行走只是以名利为目的的自我炒作，有的人说他选择抛家舍业的生活方式是不负责任的表现，还有的人说他靠搭车借宿旅行是不劳而获的行为……

在此，本着一位编辑、一位写作者对读者负责任的态度，我要告诉大家：这些断章取义、主观臆断的言论，都是对陈超波的曲解。它们就像是夜空下的种种阴霾，只能给走在路上的陈超波以反衬作用，让他的形象更加闪光。

首先，让我们来看一看实情，在陈超波“90元走中国”的两年半时间中，他自始至终坚持“独立旅行”的原则。他从未以旅行者的名义为任何商品做过代言，也没有参加过任何商务活动，而且尽管众多媒体竟相宣传他和他的事迹，但其中没有任何一场报道与访谈活动是他自己主动预约的，就连《90元走中国》《90元走中国2》两书，也是由测绘出版社主动约稿后创作的。除了由私人朋友提供的部分友情赞助外，他旅行中所有的开销都由他自己以打零工、卖废品等方式筹措。这足以说明，陈超波的这场旅行，一不是为“名”，二不是为“利”，更谈不上是炒作。

而且，在陈超波的旅途中，他充分地与家中包括奶奶在内的亲人做好了沟通，取得了家人对他旅行的理解与支持。在过去的日子里，因为选择旅行作为自己的生活方式，他的确是过了很久很久离群索居、举目无亲的生活，无法从事稳定的职业，也无法像同龄人那样恋爱。但谈到自己如此的选择，他总感到自己的心情是无怨无悔的，自己的行为是富有意义的。他坚信自己通过旅行成为了比过去更好的人，将来也会通过旅行成为比现在更好的人。他，用自己的旅行，让青春有了价值，对生命负了责任。

最后，通过两书，我们也可以清清楚楚地看到：陈超波在旅途中搭车与借宿，是因为他选择了不用钱解决所有问题的“独立旅行”方式，而并非是因为他只想着占别人的便宜。我感到，他选择这种旅行方式，是因为他相信人性中存在着“乐于助人”与“慷慨分享”的可贵精神。不可否认，在当今时代，由于复杂的历史原因与商业文明的冲击，人们时常会看到种种复杂的人心映射出的严酷社会现实。但是，陈超波依靠这种相信他人的信念完成了这段艰难的旅程，不正证明了就在此时此刻，人性中依旧存在着那些不可磨灭的可贵精神？

在漫长的旅途中，陈超波选择以勇敢而得体的交流去不断寻求帮助，这其实需要鼓起很大的勇气，需要放下很多的虚荣。他做到了，并如此完成了

旅途，这创举不但证明了他自己有能力去与人们好好沟通，也证明了现在的人们并非都是物质第一、铁石心肠的自私者，总有人怀有一颗火红的心，会出手帮助那些需要帮助的人。

更进一步地，陈超波不仅学会了如何去争取他人的帮助与分享，而且学会了如何去帮助别人，如何同他人分享。他因此而成为了更好的人，这世界也因此多了许多份温暖的爱。所以，对积极融入广大善良的人们的超波来说，这并不是“不劳而获”，而是有“付出”，也有“收获”。人类因为能够互相帮助、彼此分享的而生存至今，也必将因此在未来更加进步。

这段旅程因陈超波证明了“90后”的力量而闪光。抱着独立环游中国的雄心、用了两年半的时间、行程达数万公里、出发时仅有90元，独立自主、追求个性，陈超波如此一路走了下来，实现了“90元走中国”的梦想。这创举向广大90后，以及80后、70后，还有其他许许多多的人们，都展现出了一种可能性——一种属于90后的可能性：

“我们并不是被宠坏的一代；我们并不是‘宅’在家里的一代；我们并不是内心封闭、脱离现实的一代；我们并不是难以与他人沟通与相处的一代。

“我们是充满个性的一代，能够独立追求自我，不被来自现实的、来自他人的干扰所阻碍；我们是热爱挑战与突破的一代，没有什么观念的牢笼能关住我们，也没有什么习俗的藩篱能束缚我们；我们是敢想敢做的一代，能够为了追求梦想走出去，也能够为了实现梦想走到底；我们也是空前活跃的一代，网络拉近了我们同他人间距离，信息赋予了我们无限的思路。

“为了梦想，我们一样可以白手起家、从无到有；我们一样可以吃苦耐劳、越挫越勇；我们一样可以纵横四海、广交朋友。只要我们愿意尝试，没准我们就能做成无数前人想都没想到过的事情。

“我们是90后，独树一帜的90后！怎么，你不信？陈超波就是我们绝佳的例子与代表！”

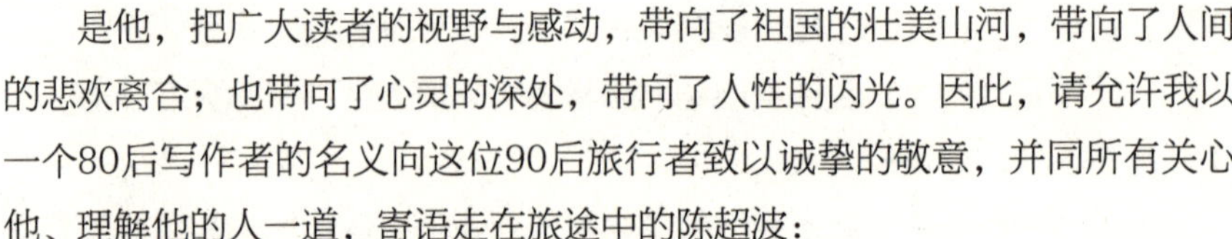

是他，把广大读者的视野与感动，带向了祖国的壮美山河，带向了人间的悲欢离合；也带向了心灵的深处，带向了人性的闪光。因此，请允许我以一个80后写作者的名义向这位90后旅行者致以诚挚的敬意，并同所有关心他、理解他的人一道，寄语走在旅途中的陈超波：

愿爱心的闪光照亮你的前程，
给你带来人间的光明与温暖。
愿耳畔的风带来我们的祝福，
每一份祝福都增添一分平安。

期盼你不断从远方发来消息，
把最美丽的风景拍摄给我们，
把最难忘的故事讲述给我们，
把最深刻的感动分享给我们。

——《90元走中国》《90元走中国2》编辑
北京市职业编辑　徐以达
2014年11月12日于测绘出版社

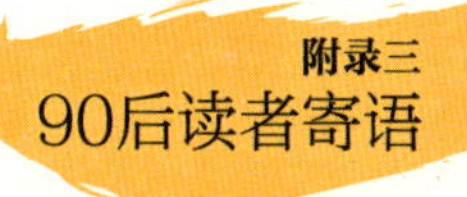

独立行走，恣意生活

作为循规蹈矩的一个人，我似乎没有资格写这本书的序。小时候，父母和老师教导我要合群！要听话！要成为某某家！要上清华北大！我也似乎觉得那些期望与训诫就是真理，于是我就像一条小鱼儿，铆足了劲儿、拼了小命地往那个规则与习俗堆砌成的“鱼缸”里游，自以为那就是广阔的大海。只是当我带着某种光环在鱼缸里恣意游走时，才发现自己根本逾越不过鱼缸那透明的玻璃。

“你们可以庇护孩子的身体，但不能禁锢他们的灵魂，孩子的灵魂栖息于明日之星，那是你们在梦中也无法造访之境。”纪伯伦如是说。可是，我好像从小灵魂就没了自由。我从小就开始学习怎么自己吃饭、穿衣、洗漱，却从未被告知最应该做的事情是——成为一个独立的人。而现在，我觉得，所谓的“独立”，是能倾听到自己潜意识里的最强音，努力拔除内心杂念，坚定且认真地做一件自身认可的、有意义的、有趣的事情。一辈子那么长，一定要找一件有趣的事情去做，找一个有趣的人相伴。

而在我眼里，超波就是这样一个有趣、独立、真实的人。与一般的旅行者和穷游者不同的是，超波把旅行当成了自己的生活，而非逃脱现实、寻求释放的一种方式。旅行即生活，生活即旅行，一直体验“最美的风光在路上”的感觉。这只能让我等被城市混凝土禁锢的一类人既好奇又艳羡。超波，一路向西，或骑车、或搭车、或徒步，跨越了山西、宁夏、青海、西藏、云南，用自己的视角记录了在神秘西域的奇闻异事，这个不走寻常路的家伙用自己的脚步走出了一条别有一番风采的中国独立旅行之路。这个曾经扬言“只要自己没有踏进的土地便是处女地”的不羁少年，的确让我有些心潮澎湃。纵然证实自己是否真实存在的方式有很多，在证明自己这方面，超

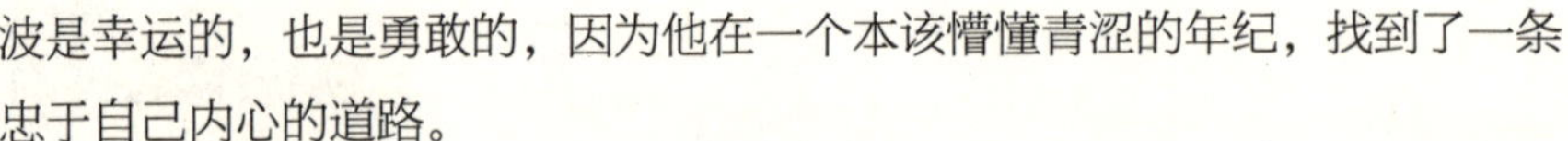

波是幸运的，也是勇敢的，因为他在一个本该懵懂青涩的年纪，找到了一条忠于自己内心的道路。

我也想像他一样，试试在一个鸟不拉屎的地方，竖起大拇指，看看哪位好心人能让我搭上他的车；我也想坐在拖拉机上，在无休止的颠簸中邂逅世外桃源；我也想挑战火车速度，一路搭车回家，以证明人心还是善的；我也想遇见一位婀娜多姿的少数民族少女，亲口对她说："你真美！"；我也想听听那些远离家乡、在外漂泊的游子们的故事；我也想跟那位重庆籍的砖厂工人谈谈，以搞清楚他为何能够面带微笑地说："我挺幸福的！"；我也想绕着海南岛走一圈，只为瞧见那最美的日出；我也想住在某处蛮荒的地方找个避风的港湾，鸟瞰山谷雪景，过上一段山洞里的野人生活。

但，这都只是想想而已。大部分人总是这样，想得比做得多。所以，谢谢超波与我们分享这一路的故事，让长时间居住在拥挤的、高度文明的城市中的我们，因他的讲述大开眼界，对他的行动心向往之。

与超波相识相熟是因为他要出《90元走中国》，那时的他，文笔青涩，不爱说话。该书以他来口述我们来记录并整理的方式成书。尽管我们希望能努力还原他旅途中经历的心境与所处的环境，但这种一说一写的方式也使《90元走中国》难免有不少缺陷和不足。对于旅行类的书而言，若不是亲身经历，是十分难以把心中的情愫杂感倾注于笔尖，付诸于文字的。

毕竟这不是写小说，而就像是场真人秀，仅凭局外人的想象是无法重筑那时那地的风景与心情的，唯有真正融入回忆才能抒发出最真切的情感。当我看到超波完成旅行后能如此快地写完这十几万字，且文字流畅、情节精彩，我惊讶于他如此之快的成长，这一定是他平时坚持阅读与写作带来的积淀，看来这段漫漫旅途的确使他改变了很多。

比起《90元走中国》，我更欣赏这本完全由他自己写的《90元走中国2》，因为它更真实、有更多的细节、更有血有肉，且被染上了一种神秘又惊险的探险色彩。

——《90元走中国》文稿整理参与者

自主创业的北京市大学毕业生　子非鱼

2014年6月22日